Chiara, Simona und die anderen

••

Sarah Sajetti

Chiara, Simona und die anderen

Roman

Aus dem Italienischen
von Julika Brandestini

Krug & Schadenberg

Der Ort des Verbrechens

Mailand. Ich liebe diese Stadt. Sie stinkt, ich weiß. Sie ist voller Autos, geltungssüchtiger Emporkömmlinge, in die Jahre gekommener Yuppies und junger Berlusconi-AnhängerInnen, für die Geldverdienen und schöner Schein entschieden mehr zählen als das Sein – eine Stadt, deren Werte immer schwieriger zu teilen sind. Mailand hat eine Generation von Aperitifsüchtigen hervorgebracht – meine Generation –, in der Negronis getrunken werden wie Fruchtsaft und alle mehr oder weniger dem Konsum verfallen sind, ebenso wie den leichten und harten Drogen.

Aus diesen und noch vielen anderen Gründen bin ich gegangen, aber ich habe es nicht ausgehalten. Ich habe sechs Jahre lang auf dem Land gelebt, fasziniert von der Umgebung, in der jede Jahreszeit ihre eigenen Düfte und Reize hat. In der Stadt wird der Schnee innerhalb weniger Stunden zu ekeligem Matsch, auf dem Land dagegen bleibt der weiße Mantel tagelang intakt, bis der Schnee schließlich an Kompaktheit verliert und sauber und wohltuend zu schmelzen beginnt. Früh am Morgen, wenn es Nachtfrost gegeben hat, sind die Zweige der Bäume und die Gräser weiß von Raureif, wie von Stickereien ummantelt, pure Poesie. Noch nie habe ich in Mailand Raureif gesehen, außer morgens auf den Autoscheiben, als gefrorene Kruste, der unmöglich beizukommen ist. Auf dem Land verströmt der Frühling mit seinen tausendfachen Blüten Düfte von Honig und Jasmin, und in der Stille werden Geräusche hörbar, die in der Stadt vom Verkehrslärm verschluckt werden: das Summen der Insekten, tausend verschiedene Vogelstimmen, sogar das Nagen der Holzwürmer. Und dennoch. An bestimmten Frühlingstagen weht in Mailand ein sanfter Wind, der die Luft mit Lindenduft erfüllt, auch wenn Stefania, meine Liebste, behauptet, ich sei verrückt, niemand außer mir könne das wahrnehmen.

Es gibt Ecken in der Stadt, die mit so vielen Emotionen verknüpft sind, dass ich sogar bei hektischen Autofahrten, wenn ich mich zwischen Mopeds und lebensmüden Passantinnen und Passanten hindurchschlängele, von einem unbestimmten wohligen Gefühl ergriffen werde, und obwohl diese Erinnerungen nicht immer nur glücklich sind, sind sie doch die Erinnerungen an die glücklichen Tage meines Lebens. Es ist ein bisschen so, wie wenn man auf einer Reise ist, bei der alles schiefgeht, weil es in der Gruppe oder mit der Freundin ständig Streit gibt, die Museen wegen Restaurierung geschlossen sind, die Stadt hässlich ist und man sich langweilt und die sich dann ein Jahr später in der Rückschau trotzdem in einen absurden, aber sehr vergnüglichen Urlaub verwandelt. Man würde gerne noch einmal hinfahren, um die Museen anzuschauen, die inzwischen sicher wieder geöffnet haben, um in diesem netten Lokal zu essen, in dem man damals keinen Platz bekommen hat. Ich habe nie verstanden, warum das so ist, aber es ist so. Genauso ist es auch mit Mailand und den Dingen, die mich dazu gebracht haben, die Stadt zu verlassen: Ich weiß, dass ich tausend Gründe hätte, die Stadt zu hassen. Und dennoch.

Auf dem Land sind die Menschen entspannt, ehrlicher, hilfsbereiter und weniger hektisch, und das sollte es eigentlich erleichtern, mit ihnen in Kontakt zu kommen. Doch wenn man in der Bar sitzt, um ein Schwätzchen zu halten, merkt man, dass die alltäglichen Erlebnisse derart eingeschränkt sind, der Austausch mit anderen derart selten, die intellektuellen Anreize derart spärlich und die Tätigkeiten der Personen so ähnlich, dass die Qualität der menschlichen Beziehungen im Endeffekt auch nicht besser ist als in der Stadt. Als ich auf dem Land lebte, ging ich irgendwann nur noch in Begleitung anderer in die Bar. Das hat sowohl meine Leber als auch mein Portemonnaie geschont, doch es hat mich eines großen Vergnügens beraubt: Fremde zu treffen, die einem ihre unterschiedlichen Lebensgeschichten erzählen, abends auszugehen, ohne vorher zu wissen, was geschehen wird, wen man treffen wird, ob man etwas Neues entdecken, über Politik, Gartenkunst oder Häkeln sprechen wird. Doch eine Sache habe ich mehr als alles andere vermisst, als ich fort aus Mailand war: die Frauenlokale und die Möglichkeit, jederzeit dort hinzugehen. Denn letztlich macht vor allem das mein Mailand aus: die Stadt der Frauen. Eine Stadt für sich, die den meisten unbekannt ist, die vor allem aus Bars, Privathäusern, Clubs und Diskotheken besteht, eine nächtliche Stadt, in der Freundschaften und Lieben unauflöslich verwoben sind, in der sich große Leidenschaften und große Tragödien abspielen, wo man über die Liebe diskutiert (sehr viel), aber auch über Politik und Kultur. Das ist die Stadt, in der ich aufgewachsen bin und die mir mehr als alles andere gefehlt hat in den sechs Jahren meines selbstverordneten Exils, und es ist die Stadt, in der dieser Roman spielt.

Die Kriminalgeschichte ist für mich eher ein Vorwand gewesen, um von einem Mailand zu erzählen, das nur wenige kennen, von Menschen, die täglich mit Forderungen und Fragen konfrontiert sind, von denen außer den direkt Beteiligten niemand etwas ahnt. Diese Stadt ist geboren aus Wünschen und Ängsten, aus der Schwierigkeit, die eigene Homosexualität offen zu leben, aus dem Wunsch, Gleichgesinnte zu treffen, der Hoffnung, sich einen Platz an der Sonne zu erkämpfen, und auch aus der Feindseligkeit und Gleichgültigkeit eines beträchtlichen Teils der Gesellschaft. Wenn euch das alles übertrieben erscheint, dann denkt an die Polemiken, die der Gesetzesvorschlag zur eingetragenen Lebenspartnerschaft hervorgerufen hat, zählt einmal nach, wie viele offene Lesben es in Musik, Sport, Politik und Literatur gibt, lest die Erklärungen des Vizebürgermeisters von Mailand (dem anderen Mailand), De Corato, zur Ablehnung der Finanzierung des schwul-lesbischen Filmfestivals und die von Bürgermeister Moratti über die Ausstellung homosexueller Kunst, die von Sgarbi gefördert wurde und schließlich der Zensur zum Opfer gefallen ist.

Und so versucht das lesbische Mailand – Gleiches gilt übrigens für jede andere Stadt Italiens –, sich vor den zudringlichen Augen jener zu verstecken, deren Unverständnis man fürchtet. Mein größter Wunsch ist es, dass es mir gelingen möge, dieses Mailand ein wenig verständlicher zu machen, zugänglicher und realer auch für diejenigen, die bisher vielleicht nicht einmal über dessen Existenz nachgedacht haben – durch ein Schmunzeln hie und da über die Geschichte des Buches, die Gefühle sowie Laster und Tugenden der Personen, die denen aller anderen Menschen so ähnlich sind.

Es ist jedoch wahr, dass ich dieses Buch vor allem in Gedanken an die anderen Lesben geschrieben habe, die es lesen werden und die, so hoffe ich, sich wiedererkennen und amüsieren werden wie ich beim ersten Mal, als ich den Text noch einmal las.

S.S.

Ich danke Stefania, die mein endloses nächtliches Getippe ertragen und ermutigt hat, und ich danke Elena Dall'Ovo, Autorin und Theaterschauspielerin, die mich bei der Ausarbeitung der Drehbuchszenen im Text unterstützt hat.

I

Tot. Seit Stunden schon lasse ich meine Gedanken um dieses Wort kreisen, ohne zu verstehen. Ab und zu höre ich mit dem Denken auf, um zu Simo zu sagen: »Verdammt, das ist doch nicht möglich! Ich habe gestern um halb elf noch mit ihr gesprochen ...«, und ähnliche Banalitäten, als ob der Tod sich anzukündigen pflegt und diesmal eine unbegreifliche Ausnahme gemacht hat.

Wir hatten vor dem Kiosk gestanden, bereit für die erste Aufnahme, mit einer etwas zusammengewürfelten, aber enthusiastischen Truppe; die Statisten standen in den Startlöchern, und der Zeitungsverkäufer, der in der ersten Szene des Films erscheint und sich selbst spielt, platzte fast vor Stolz.

Es lag ein Knistern in der Luft, und auch wenn sich die spielerische Leichtigkeit, mit der wir das Projekt ins Leben gerufen hatten, inzwischen in einen enormen Leistungsdruck verwandelt hatte – ganz tief drinnen waren wir außer uns vor Freude. Wir hatten es geschafft, es ging los, alles war bereit, nur eine fehlte: ich. Das heißt, nicht *ich* fehlte, sondern Silvia, die die Rolle der Chiara, also mich, spielen soll, pardon, sollte.

Wir haben immer wieder versucht, sie anzurufen, zuerst wütend, dann besorgt, und schließlich gaben wir auf: Bei ihr zu Hause ging niemand ans Telefon, auch auf dem Handy nicht, und so blieb uns nichts anderes übrig, als den so sehnsüchtig erwarteten ersten Take zu verschieben, überzeugt, es handle sich um den üblichen *coup de foudre*, dem immer wieder mal eine von uns zum Opfer fällt, die dann tagelang verschwindet, ohne sich um Arbeit, Mutter oder Partnerin zu scheren. In so einem Fall kennt jedoch eine gute Freundin den geheimen Rückzugsort – für Notfälle –, die dann ihrerseits zwei weitere gute Freundinnen ins Vertrauen zieht, die es wieder zwei anderen erzählen und so weiter, bis am Ende alle wissen, wo man sich aufhält und mit wem, inklusive dem Arbeitgeber, der Mutter und der inzwischen zur Ex gewordenen Liebsten. In Silvias Fall jedoch war es unmöglich, diese Informationen zu bekommen, denn niemand kannte sie. Sie hatte jahrelang in London gelebt und war gerade erst nach Italien zurückgekehrt; bei dem Filmprojekt wollte sie auch deshalb mitmachen, um ein paar Freundinnen zu finden. Also mussten wir abwarten, bis sie von sich hören ließ, um ihr den Kopf zu waschen, sie uns vorzuknöpfen und herauszubekommen, mit wem sie sich eingelassen hatte.

In diese Grübeleien war ich versunken gewesen, als Simo plötzlich blass und atemlos vor meiner Tür stand, mir wortlos die Zeitung in die Hand drückte und auf eine der Kurznachrichten im Lokalteil zeigte:

Silvia S. aus Mailand, 25, wurde erhängt in ihrer Wohnung gefunden. Die Mutter der jungen Frau entdeckte die Leiche …

O Gott … wie wär's mit einem Joint? Simona rollt schweigend eine ihrer üblichen krummen, buckeligen Tüten – nach jahrelanger Übung hat sie immer noch nicht raus, wie man es macht –, während ich zum fünften Mal den Artikel lese.

»Ich kann das nicht glauben. Hättest du je gedacht, dass sie sich umbringen wollte?«

»Nein, auf keinen Fall, aber so gut kannten wir sie ja nicht …«

»Stimmt, aber sie kam mir nie so verzweifelt vor – irgendetwas hätte man ihr doch angemerkt! Ich kann nicht glauben, dass es einer so schlecht gehen kann, dass sie sich am Kronleuchter aufknüpft, ohne dass irgendjemand in ihrem Umfeld etwas bemerkt!«

»Vielleicht hat sie ihre Lieblingsunterhose versehentlich in den Ofen gelegt anstatt in die Schublade, und dann hat sie ihn eingeschaltet, um einen Apfelkuchen zu backen, und als sie ihren Fehler bemerkte, war es schon zu spät, woraufhin sie beschloss, dem Ganzen ein Ende zu setzen …«

»Du bist wirklich bescheuert, weißt du das?«

»Komm, ich mache doch nur Spaß. Wenn wir es nicht wenigstens unter uns ein wenig leichter nehmen … Vielleicht hat sie LSD genommen und plötzlich schreckliche Dinge gesehen, die schlimmsten Monster, die man sich vorstellen kann – es wäre ja nicht das erste Mal, dass so etwas passiert.«

»Aber das hätte doch in der Zeitung gestanden, oder nicht?«

»Was weiß ich.«

»Wenn eine sich umbringt, machen sie dann eine Autopsie?«

»Keine Ahnung, wirklich. Ich wüsste auch nicht, wen man so etwas fragen könnte … Fällt dir jemand ein?«

»Hm, einen Arzt vielleicht, oder einen Polizisten …«

»Kennst du da welche?«

»Polizisten? Also bitte, jede Menge!«

Simona hat ein lustiges, sehr ausdrucksstarkes Gesicht, dunkle Augen, die ständig in Bewegung sind, eine kräftige Nase und glattes, mittellanges Haar; ihre Bewegungen sind etwas träge und wenig graziös, und es gelingt ihr stets, die Dinge von ihrer komischen Seite zu betrachten, wobei sie häufig ins Zynische oder Surreale abrutscht – je nach Laune, Qualität und Quantität der psychotropen Substanzen, die sie zu sich genommen hat. Nachdem wir jahrelang davon gesprochen hatten, irgendwann einmal zusammen einen Kurzfilm zu drehen, sobald uns eine gute Idee über den Weg liefe, kam uns die Idee eines Tages ganz plötzlich, während wir in unserem Stammcafé an der Bar saßen und ich einer Gruppe Freundinnen mit dramatischen Ausschmückungen von meinem letzten fehlgeschlagenen Liebesabenteuer erzählte. Simonas Augen funkelten lebendig, nach dem dritten Cocktail nur eine Spur ironischer als sonst, doch sie versuchte, ernst zu bleiben. Man merkte ihr an, dass sie sich nur mühsam zurückhielt. Irgendwann konnte sie nicht mehr, sprang vom Stuhl und platzte heraus: »Ich hab's! Jahrelang hatten wir es vor der Nase, ohne es zu bemerken!«

»Was denn?«

»Na, den Film! Dein Leben ist eine fantastische Vorlage – so eine Person könnten wir uns nie ausdenken ... die vielen Verwicklungen und Missgeschicke!«

Wir anderen stiegen nicht sofort auf ihre Idee ein – ich, weil ich nicht in der richtigen Stimmung war, unsere Freundinnen, weil sie Simonas spöttische Art kennen und auch weil man über mein Leben eher eine ganze Serie drehen könnte als einen Kurzfilm. Sie insistierte jedoch so lange, bis ich überzeugt war: Wenn weder sie noch ich, noch irgendjemand sonst ernst bleiben konnte, wenn ich von meinen Misserfolgen erzählte, warum sollte man daraus nicht wirklich etwas machen können? Gar nicht zu reden vom therapeutischen Effekt: vom Niederschreiben bis hin zur öffentlichen Aufführung, eine einzige Psycho-Kur, die mich von jeder Paranoia befreien würde.

Nachdem die Entscheidung gefallen war, machten wir uns

sofort auf die Suche nach einer, die ein glaubhaftes Drehbuch schreiben konnte. In unserem Umfeld gab es genügend schreibbegeisterte Frauen und auch viele, die privat oder beruflich mit Leuten aus dem Literaturbetrieb, dem Theater oder Kino zu tun hatten. Und doch war es nicht einfach, eine zu finden, die sich die Zeit für ein *no-budget*-Projekt wie das unsere nehmen wollte, das von zwei blutigen Anfängerinnen, um nicht zu sagen Dilettantinnen, ins Leben gerufen worden war, wobei eine von beiden ständig damit beschäftigt war, jede Art von Drogen auszuprobieren, die sie in die Finger kriegte, und die andere in ihrem Bemühen, die wahre Liebe zu finden, jede geneigte und weniger geneigte Frau der Stadt im biblischen Sinne kennengelernt hatte. Zu unserem Glück konnten wir Elena, eine professionelle Drehbuchschreiberin, schließlich für unser Projekt begeistern.

Das erste Mal traf ich sie bei einer Feier, für die sie eine Konzertaufführung organisiert hatte. Sie war weder groß noch klein, weder dick noch dünn, dunkelhaarig, alterslos, wie die meisten Lesben. Sie sah interessant aus in ihrem Dirigentenfrack, wie sie konzentriert und mit zerzaustem Haar vor ihrem Orchester stand. Sie war bei weitem die beste von allen, doch an diesem Tag war meine Aufmerksamkeit von irgendeiner anderen Frau angezogen worden, die meine Hormone stärker in Wallung brachte – zu diesem Zeitpunkt die einzige Art, menschliche Sympathien in mir zu wecken. Ich habe damals nicht mit ihr gesprochen und auch in der Zeit danach nie persönlich mit ihr zu tun gehabt, aber viel von ihr reden hören. Eine Freundin, die heimlich für sie schwärmte, erzählte mir von ihrer Militanz, und es war auch dank dieser gemeinsamen Freundin, dass wir uns schließlich kennenlernten und unsere starke intellektuelle Verbundenheit und unseren großen Respekt füreinander entdeckten.

Die Tatsache, dass Elena eingewilligt hat, an dem Film mitzuwirken – inzwischen haben wir die Idee des Kurzfilms aufgegeben und wollen einen richtigen Film daraus machen, wahrscheinlich mit Überlänge –, hat mich besonders gefreut, vor allem weil wir auf diese Weise vielleicht unser mangelndes Kapital sowie fehlende Mittel und Erfahrung durch ein professionelles und unterhaltsames Script ausgleichen können. Außerdem hat sich meine Beziehung zu ihr rapide verändert, und wir sind in Rekordzeit vom Abstrakten, Politischen zum Persönlichen übergegangen, das heißt, in der Zeit einer filmischen Fiktion anstatt in Echtzeit. Wir haben uns ein paar Mal allein getroffen, um über Personen und Handlung des Films zu sprechen, und ich habe angefangen, ihr gegenüber unanständige Gedanken zu hegen und mir unwahrscheinliche Situationen auszumalen, die ich niemals suchen werde zu verwirklichen, entschieden wie ich bin, den Kopf, die Hände und den ganzen Rest unter Kontrolle zu halten, wenigstens bei ihr.

Während Elena am Drehbuch schrieb, fingen Simo und ich an, darüber nachzudenken, wie wir es umsetzen wollten. Wie lange kenne ich sie schon? Zwölf Jahre? Dreizehn? Ich kann mich nicht erinnern. Aber ich erinnere mich genau an all die Projekte, die wir zusammen ausgeheckt haben, und an all die Stunden, die wir damit verbrachten, ohne je eines zu Ende zu bringen. Ganze Nachmittage und Abende haben wir Probleme analysiert, Lösungen ersonnen, verschiedene Szenarien durchgespielt. Jedes Mal, wenn es dann darum ging, zu handeln und unsere Fantasien zu konkretisieren, schob sich irgend ein externes Hindernis zwischen uns und unser Ziel, üblicherweise eine Partnerin, die die

Beziehung mit Simona beendete, oder eine neue, die in ihr Leben trat.

Wohl wissend, dass es sich um ein neues Projekt ohne Zukunft handeln könnte, aber wie immer vollkommen unfähig, den einmal in Gang gesetzten Mechanismus zu stoppen, verbringen wir also Stunden damit, detailliert zu besprechen, wie unser Film aussehen wird, alles bis in die kleinsten Einzelheiten zu durchdenken, die Schauspielerinnen auszusuchen und zu beschreiben, welche Einstellungen, welche Schnitte, welche Dialoge wir uns vorstellen können.

Wie gesagt, die Grundidee ist einfach: Wir erzählen die Geschichte meines Lebens. Die letztlich ähnlich ist wie die Geschichte aller, die ich kenne, nur dass bei ihnen irgendwann das Unglück seine Fänge lockert und alles gut ausgeht. In meinem Leben öffnet sich jedes Mal, wenn sich ein Happy End am Horizont abzeichnet, eine Falltür unter meinen Füßen, und während ich falle, erhasche ich einen Blick auf meine Partnerin, die die Gelegenheit nutzt, sich mit einer anderen davonzumachen. Um zu überleben, habe ich gelernt, mein Herz von meinem Magen und Gehirn abzukoppeln – aber erst nachdem ich von Katia, dann von Carmen, Annalisa und Pia verlassen worden war. Ab Patrizia habe ich aufgehört zu glauben, dass die Liebe eine menschliche Regung ist und beschlossen, sie für Einbildung zu halten – ein Produkt der Fantasie, die nur auf dem Papier und auf dem kleinen und großen Bildschirm Realität wird, aber niemals im wahren Leben.

Absicht unseres Films jedenfalls ist es, zum Lachen zu bringen: Wir wollen, dass es eine brillante Komödie wird, eine kleine Reise durch das lesbische Universum, durch verschiedenste Neurosen, Kommunikationsprobleme, den Hang zur Verstellung, ständige Betrügereien, Verführung um der Verführung willen und einen andauernden und absoluten Willen, sich ausschließlich um die eigene Achse zu drehen. Nicht unbedingt politisch korrekt, aber gewürzt mit einer ordentlichen Prise Selbstironie.

»Joint?«

Simonas Frage reißt mich aus dem unkontrollierbaren Sog von Erinnerungen und Gedanken und holt mich brüsk in die Realität zurück. Silvia ist tot. Wir kannten sie kaum und erst seit kurzem, darum trifft uns diese Nachricht emotional nicht so sehr. Doch sie war ein Mensch, den wir seit einiger Zeit regelmäßig trafen, und die Vorstellung vom Tod eines jungen Menschen, den man kannte, ist immer ziemlich schockierend. Eine nach der anderen steigen die Erinnerungen in mir auf: zuerst ihr Gesicht, das Gesicht einer hübschen jungen Frau mit hellbraunen Haaren und pechschwarzen, manchmal zu schwarzen Augen. Dann ihre schlaksige Art sich zu bewegen, immer in blauen Leinenhosen, blauem Pullover und blauen Clarks. Ein paar hin- und hergeworfene Frotzeleien, ein Lächeln, der Tag des Castings, als wir sie kennenlernten und beschlossen, sie sei perfekt, um mich zu verkörpern. Und dann dieser andere Gedanke, der unvermittelt auftaucht: Wenn sie ich sein sollte, hätte ich ebenso gut sie sein können. In dem Moment, in dem sie beschließt, allem ein Ende zu setzen, den Strick nimmt, auf den Stuhl steigt, den Strick am Kronleuchter befestigt und ihn sich um den Hals legt. Sie, die noch ein letztes Mal darüber nachdenkt, einen Grund sucht, es nicht zu tun, doch das Telefon klingelt nicht, niemand klopft an der Tür. Sie, die sich entschließt, sich fallenlässt, stirbt. Es überläuft mich eisig. Dann schüttele ich mich, weil ich neben all den anderen Überlegungen einen ganz anderen, ekelhaft nüchternen Gedanken nicht loswerden kann: Silvia war die Hauptperson des Films. Eine ziemliche Katastrophe. Ich beschließe, laut auszusprechen, was wir sicher beide denken, das zuzugeben sich bisher jedoch keine getraut hat.

»Was machen wir denn jetzt? Silvia war perfekt, um Chiara zu spielen – wir werden wohl kaum so schnell eine andere finden. Noch dazu die Hauptperson! Hätte nicht der Zeitungsverkäufer sterben können, wenn unbedingt jemand sterben musste?«

»Nein, Mario ist so ein Netter!«

Sie lacht. Ein bisschen ist es der Joint, ein bisschen ist es einfach deshalb, weil Simo eben Simo ist. Von jemand anderem hätte ich einen Tritt in den Hintern kassiert.

»Wir müssen wohl ein neues Casting machen.«

»Und was ist daran so schlimm?«

Tatsächlich ist nichts daran schlimm, normalerweise muss man ins Ausland reisen, um neue Frauen kennenzulernen, da reicht es nicht, nur die Stadt zu wechseln. Nach der *Immaginaria*, dem internationalen Frauenfilmfest, und all den lesbischen Wochen, die organisiert worden sind, kennt inzwischen jede jede in ganz Italien. Es sagt sich leicht, dass man nicht mit einer etwas anfangen sollte, die man schon seit zwölf Jahren kennt und die außerdem mit deiner Ex zusammen war, die wiederum die Geliebte ihrer Ex war. Um neue Frauen kennenzulernen, muss man die üblichen Kreise verlassen, es zum Beispiel mit Annoncen und Chats versuchen, aber für solche Begegnungen musst du geschaffen sein. Du musst genau wissen, was du willst, musst in der Lage sein, mit einer Wildfremden, die du nie von Angesicht zu Angesicht gesehen hast, eine scharfsinnige Unterhaltung zu führen, und du musst das Risiko eingehen, jemanden zu treffen, die du schrecklich findest, ohne zu wissen, wie du es ihr auf freundliche Weise zu verstehen gibst. Eine gute Alternative ist es, ein Casting zu veranstalten. Abgesehen von allem anderen, befindet man sich dabei in einer Machtposition, was nie schadet und dich definitiv interessanter macht. Beim ersten Mal hatten Simona und ich Herzflattern – nichts lag uns ferner, als die Situation auszunutzen. Es war der erste konkrete Schritt, den wir zusammen in Richtung Inszenierung taten, und wir waren wahnsinnig nervös. Außerdem hatten sich damals vollkommen unerwartet zwölf Frauen gemeldet, noch dazu zwölf unbekannte.

»Ich glaub's nicht – das ist besser als die Anzeigen in *Noi Donne.*«

»Simo, vergiss nicht, dass wir hier sind, um Schauspielerinnen zu finden, und nicht zum Aufreißen. Du willst doch nicht zu einem dieser ekeligen geilen Produzenten mutieren?«

»Nein, nein.«

Die Art, wie sie lächelt und sich die Hände reibt, überzeugt mich nicht wirklich.

»Na meinetwegen, wir haben sowieso einen ganz verschiedenen Geschmack.«

»Nun mach mal halblang. Du bist doch sonst die Ernsthafte von uns beiden.«

»Ernsthaft – ich? Seit wann denn das?«

Schließlich war die Besetzung komplett: Silvia alias Chiara, ein bisschen schlampig, aber geistesgegenwärtig und intelligent, ein bisschen ungeschickt und unbefangen, einfach, direkt, spontan. Tot ... Dann Elisa, großes Ego, durchsetzungsfähig, vielleicht ein bisschen aggressiv, klein, dunkelhaarig, spritzig. Perfekt für die Rolle der Katia, auch wenn uns schon vor dem Moment graust, in dem wir ihr am Set eine Bewegung, einen Ausdruck vorgeben müssen. Sie weiß, wie der Hase läuft, denn sie hat in der Grundschule einmal Zwerg Pimpel in *Schneewittchen* gespielt, und damals haben alle ihre Bühnenpräsenz bewundert. Sie hat danach nicht weitergespielt, weil sie nie die Zeit dazu fand, doch als sie unsere Anzeige sah, war ihr klar geworden, dass dies der rechte Augenblick war, wieder anzufangen.

Dann gibt es noch Rossana. Als Simo und ich sie sahen, waren wir beide sofort Feuer und Flamme. Nicht wegen ihrer atemberaubenden Sinnlichkeit, auch nicht weil ihre elegant aufgeknöpfte Bluse den Blick auf ein ansehnliches Dekolleté freigab und auch nicht weil sie jeder von uns, ohne dass die andere es merkte, ein strahlendes Lächeln voller (komplett eingebildeter) verborgener Bedeutungen schenkte – sondern weil sie Valentina ist. Das heißt, in Wirklichkeit ist Valentina überhaupt nicht wie sie, aber trotzdem könnte niemand sie besser verkörpern als diese Frau, die sich ihrer eigenen Verführungskünste so vollkommen sicher ist. Selbst wenn sie stumm wäre oder durch eine schlimme Krankheit vollständig gelähmt, würde ein Blick von ihr ausreichen, ein Lächeln, um bei allen Zuschauerinnen denselben Stich in der Magengegend auszulösen, der mich jedes Mal plagte, wenn ich Valentina sah oder mit ihr telefonierte oder jemand mir sagte, dass sie in Mailand war …

Und dann Maria. Auch wenn der Name etwas ganz anderes vermuten lässt, versetzt eine ihr Anblick sofort in die glühende Atmosphäre San Franciscos, wo im verruchtesten Sexclub der Szene eine tätowierte Schwarze enthusiastisch den Hintern schwingt, der du, arme kleine bürgerliche Lesbe, alter Hasenfuß, dich niemals nähern würdest. Das also ist unsere Sandra, die sich auf unsere Anweisung, sich ein bisschen spontan und provokant zu bewegen, kurzerhand auszog, mit gespreizten Beinen vor uns hinsetzte und vollkommen ungerührt den Blick auf eine rundliche und gut rasierte Möse freigab, mit der Aufforderung, wir sollten ruhig ein wenig näher kommen, wir zwei heißen Feger ...

»Chiaraaaaa?«

Ich fahre zusammen. Simo schüttelt mich und fragt, woran ich denke, sie habe mich schon drei Mal gerufen und ich antworte nicht.

»Entschuldige, ich habe an die Besetzung des Films gedacht, und über Maria bin ich auf Sandra gekommen, und da habe ich mich verloren. Du weißt ja, wie das ist.«

»Los, wir müssen gehen, die Mädels erwarten uns zum Aperitif. Ist dir aufgefallen, dass *Radio Saffo* gar keinen großen Wirbel um Silvias Geschichte gemacht hat? Das Telefon hat noch nicht ein Mal geklingelt. Silvia war wirklich eine ganz schöne Außenseiterin, wenn niemand ihr Verschwinden bemerkt hat. Du wirst sehen, was die alle für Gesichter machen, wenn wir das heute Abend erzählen.«

Sie machen entgeisterte Gesichter, so wie ich, als mir Simo heute Morgen die Zeitung unter die Nase hielt, doch nachdem ein paar Theorien darüber aufgestellt wurden, warum so etwas hatte geschehen können, ohne dass jemand auch nur die kleinste Vorahnung gehabt hätte, wird bald das Thema gewechselt. Letztlich kannte sie niemand sehr gut, und obwohl ich ziemlich mitgenommen bin, verliere auch ich das Interesse, nachdem mir die anregenden Gesprächspartnerinnen ausgegangen sind und ich nichts Neues mehr zu sagen weiß. Mein Interesse konzentriert sich dafür jetzt ganz und gar auf eine atemberaubende Frau um die vierzig, so sehr, dass es beinahe peinlich wird. Ich beginne um sie herumzuschwirren und versuche etwas Intelligentes zu sagen, aber mir fällt nichts ein. Ich bin ziemlich angeheitert, und ich weiß, wenn ich mich nicht beeile, bin ich bald sternhagelvoll und tue etwas, das ich später bereue. Irgendwann steht sie auf und geht; ich versuche ihr zu folgen, doch ich verliere sie in der Menge. Verdammt, sie ist verschwunden, dabei ist die Bar nicht sehr groß, wahrscheinlich ist sie schon draußen und um die nächste Ecke gebogen. Ich beschließe, Maria zu fragen, die immer auf der Stufe draußen vor der Tür sitzt, aber erst gehe ich zur Toilette, sonst sterbe ich. Ich stehe im Vorraum und warte, dabei frage ich mich, ob ich sie vielleicht zu sehr bedrängt und mich bis auf die Knochen blamiert habe. Ich sage mir, dass ich nichts Schlimmes getan habe, ich habe nur einen intensiven Blick auf eine Frau in einer Gay-Bar geworfen, und das ist schließlich kein Verbrechen. Selbst wenn es eine Hetero-Bar gewesen wäre, hätte ich nichts Schlimmes getan – es wäre nur schlauer gewesen, ich hätte aufgehört, sie anzustarren und stattdessen die Initiative ergriffen. Während ich zwischen diesen verschiedenen Gemütszuständen schwanke und meinen Cocktail schlürfe, öffnet sich die Tür zur Toilette, und da steht sie. O Gott, was mache ich jetzt? Ich trinke. Das ist eine automatische Reaktion, wie jemand sich eine Zigarette anzündet oder den Kopf kratzt – ich lächle, tue so, als wäre nichts, und dann geht sie und dieser Moment schrecklicher Peinlichkeit ist vorüber. Na wunderbar, denke ich und muss lachen. Ich setze mich auf den Hocker an der Bar und denke über die Ironie der Situation nach: Erst spreche ich sie nicht an, weil ich mich nicht traue, und dann lasse ich mich vor der Toilettentür erwischen ...

»Warum kicherst du so vor dich hin?«

Ich drehe mich um, weil ich sehen will, wer da gesprochen hat, und ich spüre, wie mir von einer Sekunde zur nächsten der Kopf heiß wird und meine Hände kribbeln, wie wenn ich mich beim Autofahren erschrecke, denn neben mir sitzt sie.

»Hallo, ich bin Carmen.«

»Carmen …«

»Störe ich?«

»Nein, überhaupt nicht. Ich bin Chiara.«

»Warum kicherst du so? Es muss ziemlich lustig sein, denn du hast schon gelacht, als du aus der Toilette kamst.«

Erst denke ich, dass sie mich auf den Arm nehmen will, aber als mir klar wird, dass die Frau keinerlei böse Hintergedanken hat, beschließe ich, ihr die Wahrheit zu sagen.

»Ich habe über mich gelacht und darüber, was du wahrscheinlich gedacht hast, als du mich vor der Tür stehen sahst …«

»Ich habe gehofft, dass du meinetwegen da stehst, aber dann hast du nichts gesagt … und da dachte ich, wenn ich nicht den ersten Schritt mache, wird das nie was!«

»Guter Gedanke. Ich bin wirklich nicht gerade das größte Talent im Abschleppen.«

»Hast du Angst vor Abfuhren?«

»Nein, ich habe Angst, nicht zu wissen, was ich sagen soll. Ich habe eine Freundin, die ist unglaublich – einmal waren wir in der Disco, und sie hat eine ins Auge gefasst, ist ein bisschen um sie herumgeschwirrt, irgendwann setzten wir uns in ein kleines Séparée. Laura, meine Freundin, war allein auf einem Sofa für zwei, und nicht weit von uns saß das Mädchen, an einem Tisch mit anderen Leuten. Laura ruft sie und fragt, wie sie heißt, die andere antwortet: ›Luisa.‹ Und Laura: ›Komm her, Luisa, setz dich zu mir.‹ Luisa steht auf und setzt sich neben Laura.«

»Das glaube ich ja nicht!«

»Ich schwöre es! Ich war vollkommen perplex. Wenn du eine vollkommen Fremde einlädst, sich zu dir zu setzen, worüber sprichst du dann mit ihr?«

»Über deine Freundin, die so gut darin ist, Unbekannte anzusprechen!«

Wir unterhalten uns noch ein wenig. Carmen ist genauso schön, wie sie mir auf den ersten Blick erschien und noch dazu sympathisch. Wir reden immer weiter, sie neckt mich, wir lachen, rauchen noch eine Zigarette, trinken noch einen Rum. Die Bar leert sich langsam, und wir sitzen immer noch hier drinnen und plaudern, sie macht keine Anstalten zu gehen und ich ebenso wenig. Alex, der Barmann, gibt uns noch einen Rum aus – das ist seine Art, Amor zu spielen – wahrscheinlich denkt auch er, dass die Geschichte vielversprechend aussieht. Dann lächelt er zufrieden und geht. Die Situation fesselt mich immer mehr; mir gefällt die Art, wie ihr die Haare in die Stirn fallen, und sie hat blaue Augen – ich liebe blaue Augen. Ich mache einen schlechten Witz, und sie lacht. Sie lacht laut und fragt, ob ich sie verführen wolle. Aber ich habe keine Zeit, mir eine spritzige Antwort auszudenken, denn sie nimmt mein Gesicht in beide Hände und küsst mich – ein bisschen mehr und ich kippe um –, dann sagt sie: Du hast aber ganz schön lange gebraucht. Sie dagegen verliert wahrlich keine Zeit.

Die Zahlen, die der Wecker an die Wand wirft, sagen mir, dass es Viertel nach zehn ist. Morgens. Es ist weder mein Wecker noch meine Wohnung. Durch die Jalousien dringt ein wenig Licht, so dass ich die Silhouette des Körpers erkennen kann, der da neben mir liegt. Nein, neben mir stimmt nicht, eher in mich verknotet in einem seltsamen Gewirr aus Armen und Beinen. Ein schöner Körper, keine Frage. Und ich habe keinerlei Lust zu fliehen, im Gegenteil, die Hitze steigt schon wieder in mir auf. Das muss auch sie bemerkt haben, denn sie rückt im Halbschlaf noch näher an mich heran, wenn das überhaupt möglich ist, und beginnt schwerer zu atmen. Was jetzt passiert, werde ich nicht beschreiben, die Kamera muss leider draußen bleiben: Sex ist eben Sex, die immergleiche Verschlingung von Mündern, Händen, Armen, Körpern, dieselbe Hitze, die sich der Wollust hingibt, dieselbe Art, sich gegenseitig Lust zu verschaffen. Auch die Gedanken dabei sind häufig dieselben, von Frau zu Frau, von Bett zu Bett – was sich unterscheidet, ist das, was im Bauch passiert, die Gefühle.

Ich gebe es zu, auf meine Art bin ich Romantikerin, und diese warmen Ströme lassen mich immer an Liebe denken. Aber es ist besser, wenn ich jetzt nicht daran denke, sonst stehe ich auf, ziehe mich an und gehe. Denn plötzlich fällt mir ein, dass diese Frau kein Single ist. Das hat sie mir gestern Abend erzählt, als wir beschwipst an der Bar saßen. Ja, sie hat eine Freundin, die ist Flugbegleiterin und wegen der Arbeit häufig unterwegs, und ich reite mich hier gerade ganz schön in die Scheiße. Irgendwie muss ich dazu eine besondere Veranlagung haben, irgendetwas an mir, eine besonders narzisstische Persönlichkeit oder einen ausgeprägten Masochismus, den ich nicht kontrollieren kann. Oder einfach unheimliches Pech. Wenn ich weniger trinken würde, gelänge es mir vielleicht, etwas besser auszuwählen.

Glücklicherweise bleibt mir immerhin ein kleiner Rest Selbsterhaltungstrieb, bei allem Übel, das ich mir selbst tagtäglich zufüge, und so erfinde ich eine banale Ausrede, um ihr meine Telefonnummer nicht zu geben, und gehe, nachdem ich mich für die tolle Nacht bedankt habe. Ich weiß, dass ich das nächste Mal, wenn ich allein in mein Bett steige und eigentlich gerne jemanden bei mir hätte, daran zurückdenken und es bereuen werde, aber es ist trotzdem viel besser so.

Im Rückblick hat dieser Abend trotz allem meine Laune gehoben, und auf dem Nachhauseweg singe ich leise vor mich hin und denke an den Film, und ich überlege, wie wir Silvia ersetzen können. Wir müssen dringend jemanden finden, die die Chiara spielen kann, und in der Zwischenzeit versuchen, auch ohne sie weiterzudrehen. Das Problem ist, dass sie in beinahe allen Szenen mitspielt …

Ringring, ringring, ringring.

»Hallo, Simo, wie war dein Abend?«

»Wie üblich, sie lässt mich nicht ran, sie lässt mich nicht ran, sie lässt mich nicht ran! Und du? Du warst ganz schön hinüber, schien mir. Einmal habe ich mich umgedreht und gesehen, wie eine Frau dich küsste, dann warst du plötzlich verschwunden …«

»Ja, ich bin bei ihr zu Hause gelandet, aber egal, das erzähle ich dir später. Ist dir was eingefallen, was uns aus der Patsche hilft?«

»Ich hatte eine geniale Idee! Erinnerst du dich an *El Mariachi,* diesen schrecklichen, aber super genialen Film von Rodriguez? Er hatte keinen Pfennig Geld, um seine Schauspieler zu bezahlen, und sie hatten irgendwelche Probleme, keine Ahnung, jedenfalls konnten sie nicht alle zusammen drehen. Also hat er alle Szenen mit nur einem Schauspieler aufgenommen und dann alles zusammenmontiert, und ich garantiere dir, dass man nichts davon merkt, überhaupt nichts! So können wir weitermachen, bis wir eine neue Chiara finden.«

»Genial! Das ist eine erstklassige Idee. Dann komme ich jetzt zu dir, und wir überlegen genau, wie wir das machen, und rufen die Mädels an, wer die Erste sein will. Bis gleich.«

Ringring, ringring, ringring.

»Ja, bitte?«

»Guten Tag, spreche ich mit Signora Chiaretti?«

»Ja, das ist richtig.«

»Hier spricht Kommissarin Pastore. Ich untersuche den Tod von Silvia Sorini. Ich rufe Sie an, weil der letzte Anruf, den die Dame erhalten hat, von Ihrem Apparat kam.«

»Ah ...«

»Ich muss Ihnen einige Fragen stellen. Macht es Ihnen etwas aus, ins Kommissariat zu kommen?«

»Nein, kein Problem. Ich habe gestern Morgen aus der Zeitung von ihrem Tod erfahren. Sie hat sich umgebracht, oder? Warum werde ich deshalb angerufen?«

»Ich werde Ihnen alles in Ruhe erklären. Kommen Sie bitte in die Via XX Settembre in den ersten Stock und fragen Sie nach mir. Wann können Sie da sein?«

»Na ja, ich bin in der Nähe vom Hauptbahnhof. Ich kann mich gleich auf den Weg machen.«

»Gut, vielen Dank, dann bis gleich.«

Ich tappe im Dunkeln. Warum wollen sie mit mir sprechen? Was ist das für eine Geschichte?

Tuuut, tuuut, tuuut.

»Simoooo!«

»Was ist los? Du hörst dich seltsam an!«

»Mich hat eine Kommissarin von der Polizei angerufen, wegen der Geschichte mit Silvia. Sie haben meine Nummer in ihrer Anruferliste gefunden. Es scheint so, als wäre ich die Letzte, die mit ihr gesprochen hat. Sie wollen mich sehen – ich bin gerade auf dem Weg dahin.«

»Wohin denn? Soll ich mitkommen?«

»Nein, nein, nutze die Zeit lieber, um ein bisschen zu arbeiten. Ich komme direkt danach zu dir.«

Schweigen.

»Simo, meinst du ... sie wurde umgebracht?«

Ich sitze vor der Kommissarin, einer Frau um die vierzig, groß, geschmeidig, mit langen rabenschwarzen Locken. Sie ist von einer sehr männlichen Weiblichkeit, oder einer sehr weiblichen Männlichkeit, je nachdem. Sie ist ein bisschen förmlich, aber wirklich eine schöne Frau, und ihre Augen verraten eine Zärtlichkeit, die sie eisern unter Verschluss hält. Ich bin an diesem Morgen wohl besonders empfänglich für die Genüsse des Lebens, denn ich denke, dass ich für eine wie sie schon die eine oder andere Dummheit begehen könnte. Ich bin wirklich unmöglich. Ich bin hier, um wegen einer toten Freundin befragt zu werden, die vielleicht sogar umgebracht wurde, und ich kann nicht umhin, wilde Fantasien mit der Kommissarin zu entwerfen. Die, das muss ich zu meiner Entschuldigung sagen, wirklich attraktiv ist, und meine Hormone führen seit jeher ein Eigenleben, und außerdem war Silvia ja nicht wirklich eine Freundin von mir …

»Guten Tag, Signorina Chiaretti, danke, dass Sie gekommen sind. Ich komme gleich zur Sache: Silvia Sorini wurde ermordet. Jemand hat den Selbstmord inszeniert, vielleicht in der Hoffnung, dass auf diese Weise keine weiteren Untersuchungen angestellt würden, oder um einfach Zeit zu gewinnen. Jedenfalls war es nicht schwer herauszufinden, wie es sich wirklich verhält. Die Wohnung war ein einziges Chaos, überall lagen Sachen herum, ein halbgepackter Koffer, als habe die Sorini verreisen wollen – nicht gerade das übliche Szenario eines Selbstmordes.«

»Warum erzählen Sie mir das?«

»Weil Sie kurz vor ihrem Tod mit ihr telefoniert haben. Worüber haben Sie gesprochen?«

»Ich drehe gerade einen Film, und sie war die Hauptdarstellerin. Gestern früh war Drehbeginn. Ich habe sie angerufen, um den Termin zu bestätigen.«

»Kam sie Ihnen seltsam vor?«

»Nein, es schien alles in Ordnung zu sein – sie sagte, sie würde da sein und freue sich schon.«

»Wissen Sie etwas über ihr Privatleben? Hatte sie einen Partner, einen Ex-Partner? Kennen Sie ihre Freunde?«

»Ich weiß nicht viel. Ich habe sie vor kurzem bei einem Casting kennengelernt – unsere Beziehung war recht oberflächlich. Ich kenne ihre Freunde nicht und wüsste auch nichts über eine Beziehung, weder mit einem Mann noch mit einer Frau. Aber sie wäre sicher lieber mit einer Frau zusammengewesen, denn sie hatte auf meine Anzeige geantwortet, die nur in der *lista lesbica* im Internet erschienen und ausschließlich in Lokalen für Frauen ausgehängt war.«

Ich schiele nach ihrer Reaktion, aber sie bleibt vollkommen ungerührt.

»Aber vielleicht war sie mal mit einem Mann zusammen – ich weiß nicht, davon hat sie nie etwas gesagt. Vielleicht hatte sie ihn verlassen, als sie merkte, dass sie lesbisch war, und er hat es ihr übel genommen, oder … Entschuldigung, das geht wohl ein bisschen zu weit.«

»Nein, nein, das ist eine interessante Hypothese. Sehen Sie, wir wussten noch nicht, dass die Sorini homosexuell war – ihre Mutter hat nichts davon gesagt, und in ihrer Wohnung haben wir nichts gefunden, was darauf hindeutete.«

»Vielleicht wusste sie es nicht, das ist gar nicht so ungewöhnlich …«

»Verstehe. Können Sie mir noch etwas über sie sagen?«

»Nein, tut mir leid, wie gesagt, ich kannte sie kaum …«

»Danke, im Moment habe ich keine weiteren Fragen. Wenn Ihnen noch etwas einfällt, rufen Sie mich an. Ich gebe Ihnen meine Nummer.«

»Ja, einverstanden. Auf Wiedersehen.«

»Auf Wiedersehen.«

Ich verlasse das Kommissariat mit dem Gefühl, etwas vergessen zu haben, aber natürlich stimmt das nicht – ich suche nur einen Vorwand, diese überstürzte Verabschiedung, die mich ganz aus dem Konzept gebracht hat, noch etwas in die Länge zu ziehen. Sie hat mich praktisch hinausgeworfen – vielleicht hat sie bemerkt, dass ich sonst den ganzen Nachmittag geblieben wäre? Nein, das ist es bestimmt nicht ... Silvia ermordet! Aber ermordet von wem? Und warum? Und dann ausgerechnet am Tag vor dem ersten Dreh. Die ganze Geschichte scheint mir wirklich ziemlich absurd. Aber in meiner Tasche steckt eine Visitenkarte – es ist also alles wahr, verdammt, es ist alles wahr.

»Oh, Entschuldigung ...«

Während ich grübelnd und mit gesenktem Kopf durch die Straßen gehe, pralle ich mit jemandem zusammen.

»Bitte, keine Ursache, ich habe selbst nicht aufgepasst ... Patrizia!«

»Chiara! Wie geht es dir?«

Ich zucke die Schultern.

»Wir haben uns eine Ewigkeit nicht gesehen – du warst wie vom Erdboden verschluckt! Bist du in Eile? Los, komm, lass uns was essen gehen und ein bisschen quatschen. Ich wollte gerade meinen Roller abholen. Ich bin mit Giò an der Madonnina verabredet – sie wird sich auch freuen, dich zu sehen.«

Ich schaue auf die Uhr, es ist Mittag. Dieser Morgen ist wirklich zu schnell vergangen, und ich bin so benommen von allem, was geschehen ist, dass ich nicht einmal Hunger habe. Wenigstens hatte ich bis zu diesem Moment keinen, aber jetzt, da ich ans Essen erinnert werde, überfällt mich ein wahrer Heißhunger.

»Okay, aber ich bin zu Fuß unterwegs. Hast du noch einen Helm für mich?«

»*Of course*. Ich habe immer einen zweiten Helm dabei. Du weißt doch, dass ich es nicht ertragen könnte, wenn mir die Gelegenheit entginge, eine schöne Frau hintendrauf mitzunehmen.«

»Du bist immer noch ganz die Alte!«

Ich steige auf den Roller und freue mich über das unerwartete Zusammentreffen. Mit Patrizia hatte ich mal eine kurze, vollkommen verrückte Affäre; sie hatte damals gerade eine lange Beziehung beendet, und ich war eine ihrer vielen Liebhaberinnen zu dieser Zeit. Natürlich verliebte ich mich wahnsinnig in sie. Am meisten gefiel mir an ihr, dass sie kräftig gebaut war, man kann auch sagen üppig, und wenn ich sie umarmte, fühlte ich mich zierlich, viel zierlicher, als ich in Wirklichkeit bin. Dann gefielen mir ihre Farben: die blauen Augen, die blonden Haare, ziemlich einzigartig in der Reihe meiner Eroberungen. Ihr Äußeres war licht und hell, ganz anders ihr Inneres: Sie war eine undurchsichtige Lügnerin und Manipulatorin. Ein leicht exzessiver Kokainkonsum trug dazu bei, diese wenig angenehme Seite ihres Charakters zu verstärken, und so habe ich nach tausenden sinnloser Lügen und heftiger Streits beschlossen, aus ihrem Umkreis zu verschwinden, um wenigstens den Anschein eines seelischen Gleichgewichts wiederzufinden. Und das tat ich. Aber dann sahen wir uns wieder, und ich mochte sie immer noch, trotz allem. Sie ist eine intelligente, charmante Frau, und es ist immer angenehm, ein bisschen Zeit mit ihr zu verbringen. Vielleicht bringt sie mich ein wenig zum Lachen, und ihr gesunder Zynismus ist genau das, was ich jetzt brauche. Und da ist auch schon Giò, die mich mit einem strahlenden Lächeln begrüßt – viel geliebter und viel gehasster Star der lesbischen Abende der Stadt, ehemalige Freundin, Ex-Mitbewohnerin, die ich irgendwann einfach aus den Augen verloren habe, wie es manchmal so ist.

»Chiara, wie geht's?«

»Na ja, bis gestern war alles in Ordnung. Da sollten die Dreharbeiten zu meinem Film beginnen …«

»Ach ja, ich habe die Anzeigen für das Casting gesehen, und dann hat Marta mir gesagt, dass es jetzt losgeht. Und ich muss von anderen erfahren, dass mein Ruf bald völlig ruiniert sein wird.«

»Ach komm schon, niemand wird dich wiedererkennen.«

»Ich habe mich schon wiedererkannt, als du mir das Skript zum Lesen gegeben hast. Ich habe dir sogar Geld geboten, damit du den Film nicht machst, weißt du nicht mehr?«

»Natürlich weiß ich das noch. Wie soll man zehntausend Euro vergessen, die einem geboten werden, damit man einen Film nicht dreht, den sowieso nur Simo, ich, die Schauspielerinnen und die Komparsen sehen werden? Apropos Schauspielerinnen, es ist was Verrücktes passiert … Silvia, die Hauptdarstellerin, ist gestern gestorben.«

»Was? Ein Unfall?«

»In der Zeitung hieß es, sie habe sich umgebracht …«

»Nein!«

»Aber die Polizei sagt, sie wurde ermordet.«

»Die Polizei?«

»Ja, ich bin gerade befragt worden. Ich kann mir nicht vorstellen, wer Silvia umgebracht haben soll – sie wirkte immer so hilflos.«

»Ach was, hilflos – wenn jemand sie umgebracht hat, wird sie schon jemandem gehörig auf die Eier gegangen sein. Hat sie gekokst? Vielleicht hatte sie Schulden, vielleicht hat sie den Bogen überspannt …«

»Ach Patrizia, so was kannst auch nur du sagen. Ich weiß es wirklich nicht. Ich kannte sie erst seit kurzem, aber sie schien mir nie besonders fertig zu sein. Aber auch ihr beide seht gut aus, so bei Tageslicht, in Business-Klamotten.«

»Ich habe ja auch aufgehört! Ich bin rein wie ein Engel, ich trinke nicht mal mehr – schau, nur Wasser. Sag es ihr, Giò ... He, Giò, hörst du überhaupt zu?«

»Was? Ach ja, entschuldigt, ich habe ein paar Probleme bei der Arbeit und kann nicht aufhören, daran zu denken ... Schaut mal, was ich mit dem Kaffee für eine Sauerei veranstaltet habe – da ist mehr auf dem Unterteller als in der Tasse.«

»Was ist denn los?«

»Ach nichts, das ist eine lange Geschichte, und ich muss jetzt wirklich los. Wir sehen uns, Chiara, ruf mich mal an. Tschüs, Pat, ich rufe dich an, wenn ich Feierabend habe.«

»Gestresst wie immer, was, unsere Giò.«

»Die wird sich nie ändern. Manchmal ist sie wirklich unerträglich, und seit ein paar Tagen ist sie besonders komisch. Sie sagt, sie habe Ärger bei der Arbeit, aber das glaube ich nicht. Die Wahrheit ist, dass sie irgendeine Affäre hat, von der sie nichts erzählen will.«

»Vielleicht schläft sie mit deiner Freundin ...«

»Und wenn schon. Du kennst ja meine Regel: Für eine, die du mit ins Bett nimmst ...«

»... nehme ich zehn. Ja, ich weiß. Ich hätte gleich dreißig nehmen sollen!«

»Komm schon, du wusstest doch auch, dass es so enden würde. Du bist doch nicht immer noch sauer auf mich?«

»Ein bisschen schon, sonst wärst du wohl kaum die Hauptfigur in meinem Film.«

»Ach, dieser Film. Ich kriege jedes Mal Bauchschmerzen,

wenn ich davon höre. Aber jetzt fällt er ins Wasser, oder?«

»Wir werden sehen. Du wirst jedenfalls noch von mir hören! Du wirst doch wohl nicht diejenige gewesen sein, die Silvia umgebracht hat, in der Hoffnung, dass ich dann nicht mehr drehen kann?«

»Verdammt, du hast mich erwischt.«

»Ein Glück, dass du nicht gleich mich umgebracht hast!«

»Ich muss jetzt wirklich los – ich habe haufenweise Dinge zu erledigen. Soll ich dich irgendwo hinbringen?«

»Nein, danke, ich nehme den Bus. Du weißt doch, dass ich deinem Wahnsinnskörper nicht zu lange nahe sein kann!«

»Er steht dir jederzeit zur Verfügung. Du musst nur fragen, das weißt du ...«

Ich gebe ihr einen Kuss auf die Wange, drehe mich um und gehe. Es gibt Frauen, die sind äußerst gefährlich, und Patrizia ist eine von ihnen. Auf dem Weg zu Simonas Wohnung überfällt mich wieder dieses mulmige Gefühl ... Was, wenn ich an Silvias Stelle gewesen wäre?

2

Als ich bei Simona ankomme, bin ich immer noch vollkommen durcheinander – die letzten Tage waren ein bisschen sehr chaotisch, selbst für meinen Geschmack. Erst die Nachricht von Silvia, dann die Blonde von gestern Abend, heute Morgen die Kommissarin, dann Patrizia und Giò. Ich brauche einen Joint und einen Tee mit ganz viel Milch und Zucker. Beides ist schon fertig. Seitdem Simona mit Jennifer zusammen war, einer waschechten Engländerin aus Brighton, ist bei ihr immer heißes Wasser im Wasserkocher und ein fertig gedrehter Joint im Aschenbecher.

»Und?«

»Nichts und – ich war etwa zehn Minuten da, höchstens eine Viertelstunde. Sie hat mich nur gefragt, was Silvia und ich an jenem Abend gesprochen haben und ob ich sonst etwas über sie wisse. Sie hat bestätigt, dass sie ermordet wurde, aber ich konnte natürlich nicht viel sagen. Wir wissen ja fast nichts über Silvia. Was hat sie gemacht? Wo hat sie gearbeitet? Wen kannte sie außer uns?«

»Ich weiß genauso wenig wie du. Bei unseren Treffen haben wir nur über den Film gesprochen, auch von den anderen weiß ich kaum etwas, außer den Sachen, die irgendwann zufällig herauskommen. Nur von Elisa kenne ich mittlerweile die komplette Lebensgeschichte in Toten und Taten, wir haben neulich Abend lange geredet. Silvia war so schüchtern ... Aber ihre Mutter, die wird doch etwas wissen?«

»Darüber hat die Kommissarin nichts gesagt, das werden sie mir wohl kaum erzählen. Aber die Mutter wusste nicht mal, dass sie lesbisch war – das haben sie erst von mir erfahren ... Aber entschuldige, weiß denn deine Mutter etwas über dein Leben?«

»Das fehlte mir gerade noch. Die würde auf der Stelle versuchen, mich in einer Schwesternschule für gefallene Mädchen unterzubringen.«

»Siehst du. Warum sollte also Silvias Mutter etwas über ihr Leben wissen?«

»Das war nur so dahingesagt. Außerdem werden doch nicht alle so undankbare Töchter sein wie wir, oder? Und als du der Kommissarin gesagt hast, dass sie lesbisch ist – wie hat sie reagiert?«

»Sie hat keine Miene verzogen. Die Frau ist atemberaubend schön und absolut undurchschaubar. Sie hat mir ihre

Visitenkarte gegeben, falls mir noch etwas einfällt, aber ich weiß wirklich nicht, wie ich ihr helfen sollte. Ich könnte sie höchstens zum Abendessen einladen.«

»Du wirst dich wohl nie ändern. Und die Frau von gestern – wo kam die her? Die habe ich noch nie gesehen …«

So vergehen ein paar Stunden, während wir über den vergangenen Abend reden und darüber nachdenken, wie wir Silvias Ausfall kompensieren und trotzdem mit den Dreharbeiten weitermachen können, und Fotos aussuchen, die Simona auf die Webseite einer Farbenfabrik stellen will, die sie gerade gestaltet. Sie hat den Morgen damit verbracht, Dosen mit roter, gelber und blauer Farbe zu fotografieren, Farbe, die von metallenen Düsen tropft, lächelnde Arbeiter, lächelnde Verkäufer, lächelnde Buchhalter, lächelnde Lagerarbeiter. Das Ziel der Seite ist es, einen Eindruck von Verlässlichkeit und Freundlichkeit dieser jungen, aufstrebenden Firma zu erzeugen.

Seit ein paar Jahren macht Simona diesen Job. Als das Internet noch beinahe für die gesamte Menschheit ein einziges Rätsel war, hat sie mal jemanden kennengelernt, der Webseiten erstellte, einen sympathischen Verrückten mit den richtigen Beziehungen, der ihr alles beibrachte, was man wissen muss, und ihr vor allem seine Begeisterung und das Vertrauen in die unbegrenzten Möglichkeiten des Internets übertrug. Simo ist keine Große Schöpferin geworden, keine weltberühmte Hackerin, aber ihre Arbeit macht ihr Spaß und wirft genug ab, dass sie sich freie Nachmittage, verrückte Nächte und lange Urlaube leisten kann. Ab und an gehe ich ihr zur Hand, und ich habe auch versucht, die Software zu lernen, um Seiten zu erstellen, aber ungeduldig wie ich bin, treibt mich jedes Projekt, das mich zwei Tage in Folge mehr als drei Stunden am Stück an einen Stuhl fesselt, in den Wahnsinn. Seit ich nicht mehr beim Radio bin, habe ich alles Mögliche gemacht, aber das Problem ist, dass ich keine andere Arbeit finde, die so gut zu mir passt wie diese. Den ganzen Tag über Ereignisse diskutieren, über Politik und politische Bewegungen, Servicestrecken entwerfen, mit den Leuten reden ... Jeder Tag war anders, auch wenn die Aufgaben wie in jedem Job letztlich immer dieselben waren. Ich bin gegangen, weil es unmöglich war zu bleiben, und ich bin noch immer überzeugt, dass es die richtige Entscheidung war, aber es fehlt mir schrecklich. Simo sagt immer, dass ich ruhiger werden, an meine Zukunft denken, mein Leben organisieren, eine Arbeit suchen soll, die mir gefällt, vielleicht bei einem anderen Radiosender, aber das ist so gut wie unmöglich, wenn man dort nicht jemanden in einer sehr guten Position kennt. Aber man kann man sich nicht einfach hinsetzen, sich eine neue Leidenschaft ausdenken, herausfinden, dass man schon immer davon geträumt hat, Zahnärztin zu werden, studieren, eine Praxis aufmachen und glücklich und zufrieden leben bis ans Ende seiner Tage. Es gibt zu viele verschiedene Sachen, zu viele Anreize, und außerdem bin ich überzeugt, dass die Dinge letztlich beinahe immer zufällig geschehen, so wie bei Simo.

Im Moment jobbe ich mal hier, mal da, um über die Runden zu kommen. Heute Abend zum Beispiel arbeite ich am Tresen in einem schicken Sandwichladen im Zentrum – zehn Euro pro Sandwich, und Kunden in Jackett und Krawatte, die ausstaffiert sind mit Brillantringen, Prada-Schuhen und türkisklunkerbesetzten Gürteln. Jeder der elegant bis sportlich gekleideten Kunden trägt Kleidung und Accessoires im Wert von einigen Tausend Euro mit sich herum. Das Schöne ist, dass die Besitzer nur immer mal für eine halbe

Stunde vorbeischauen, danach sind wir wieder allein. Wir, das heißt die Kassiererin, zwei Kellnerinnen, zwei Sandwichköche und ich, zuständig für Kaffee und Nachtisch und den Müll, Durchschnittsalter fünfundzwanzig Jahre. Die Kollegen und Kolleginnen sind nett; eine hat die Polizeiprüfung gemacht und sogar bestanden, aber dann hatte sie doch keine Lust, diese Uniform anzulegen und ihre Tage auf der Straße zu verbringen. Zwei haben einen Hochschulabschluss, und während sie versuchen herauszufinden, was sie mit ihrem Diplom anfangen sollen, schlagen sie sich irgendwie durch. Zwei sind außereuropäische Flüchtlinge, die sehr glücklich sind, diesen Job bekommen zu haben. Einer hat mich gebeten, seinen Bruder zu heiraten, damit er eine Aufenthaltserlaubnis bekäme. »Du wirst doch sowieso nie heiraten, was macht dir das aus, du tust ihm einen Gefallen, und er zahlt auch was dafür.« Man kann umsonst essen und trinken, und am späteren Abend findet man, unter dem Vorwand, das Bierfass austauschen zu müssen, einen Joint im Keller des Lokals, der hilft, die restlichen drei Stunden bis zum Ende der Schicht erträglich zu machen, und dabei wird über die Kunden geklatscht. In der Nähe des Lokals liegt eines der wichtigsten Theater der Stadt, und je nachdem, welche Art von Stück aufgeführt wird, Komödie oder Ballett, Konzert oder Musical, kommt zu den Stammgästen eine Menge ständig wechselnder Kundinnen und Kunden hinzu, und so wird es nie langweilig. Die besten Abende des Jahres sind die um den 8. Mai herum, wenn die *California Dream* in die Stadt kommen. Dann überrennen Horden hysterischer Frauen zwischen siebzehn und siebzig das Lokal; es herrscht eine Stimmung wie in einer Sportbar, und immer wenn eine der Anwesenden von Fortuna geküsst wird, was bedeutet, sich in den Armen des Blonden, des Brünetten oder des Schwarzhaarigen wiederzufinden, wird sie gefeiert, beneidet und gehasst, mit Fragen über die Spannkraft seiner Muskeln, die Länge seiner Oberschenkel, die Festigkeit seines Hinterns bestürmt und über die Dimension dessen, was zum Leidwesen aller immer im Verborgenen bleibt. Alle sind da, die Kassiererin aus dem Supermarkt, die Besitzerin des Juwelierladens, die Studentin und die Putzfrau, die Angestellte und die Kunsthandwerkerin, die Hausmeisterin, die Lehrerin und die Unternehmerin, die Frau des glatzköpfigen Apothekers, des durch jahrelange Schreibtischarbeit buckelig gewordenen Ex-Sportlers, des Anwalts mit dem Boot und den Elektroden zur Stimulation der Bauchmuskeln. Alle aufs Schönste herausgeputzt, glücklich, endlich einmal ihrer sonst streng unter Verschluss gehaltenen Libido öffentlich Ausdruck zu verleihen. Mütter, Ehefrauen, treue Liebhaberinnen, tadellose Töchter. Frauen, die es gewohnt sind, sich zu vergnügen, sich zu zeigen, sich ihr Stück von der Torte zu nehmen, trifft man hier dagegen beinahe nie, denn Frischfleisch dieser Art ist für sie nichts Besonderes, so etwas sehen sie öfter und von nahem, üblicherweise komplett nackt. Aber die Damen sind es zufrieden, sie lachen, ihre Augen strahlen, und das allein ist schon genug. Ihnen wenigstens scheint es zu reichen. Die beiden Sandwichköche hoffen immer, dass eine von ihnen nach dem anregenden Spektakel vielleicht bereit wäre, den Abend mit ihnen zu beschließen, aber das ist noch nie geschehen.

Ich arbeite an drei Abenden pro Woche in der Bar, sechs Stunden pro Abend, für die schöne Summe von fünfhundert Euro im Monat. Das ist meine Miete. Und es macht mir Spaß. Wenn ich Schluss habe und noch keine Lust, nach Hause zu fahren, gehe ich bei Alex vorbei oder zur Party von Marta oder ...

»Wie findest du das hier? Chiara? Immer bist du mit den Gedanken woanders – wie soll man da mit dir arbeiten?«

»Entschuldige, ich finde, die Fotos sind alle gleich. Hör mal, habe ich dir erzählt, dass ich in Patrizia hineingelaufen bin, als ich aus dem Kommissariat kam?«

Simona lacht.

»Warum lachst du?«

»Wie hast du das denn geschafft? Genau wie die *Titanic!* Patrizia ist so groß wie ein Eisberg – wie konntest du sie übersehen?«

»Du bist wirklich unmöglich, weißt du das?«

»Ach komm, sei nicht böse …«

»Giò war auch da. Sie ist immer noch die Alte – man hat sich seit Monaten nicht gesehen, Küsschen und Umarmung, Schätzchen hier und Schätzchen da, und danach scheißt sie praktisch auf dich. Sie war total genervt und hat erwähnt, dass ihre Firma eine Webseite zur Präsentation eines großen Events erstellen muss und dass ihr Webdesigner sie im letzten Moment hat sitzen lassen. Warum versuchst du nicht mal sie anzurufen?«

»Meinst du? Ich weiß nicht. Wir reden praktisch seit Jahren nicht mehr miteinander – seit sie beschlossen hat, dass ich unsere perfekte Liebesfreundschaft verraten habe.«

»Warum nicht? Vielleicht klappt es ja. Freitagabend wird sie im *Plastic* sein – versuch's!«

»Na gut, ich überlege es mir. Mal sehen, wie sie reagiert, wenn wir uns sehen. Wenn sie sich nicht zu blöd verhält, rede ich vielleicht mit ihr.«

»Verdammt, hast du gesehen, wie spät es ist? Schon sechs Uhr! Wenn ich mich nicht beeile, komme ich heute Abend zu spät – ich muss noch duschen und mich umziehen – ich fühle mich ekelhaft. Sehen wir uns später?«

»Nein, ich werde heute früh ins Bett gehen. Seit Tagen schlafe ich nur noch vier Stunden pro Nacht – ich bin völlig fertig. Ich muss diese Arbeit abgeben, und dafür muss ich wenigstens ein paar Stunden am Tag klar sein.«

»Okay, dann hören wir morgen voneinander.«

»Ich bin aber nicht den ganzen Tag zu Hause. Ich muss noch mal in die Firma und meine Entwürfe besprechen, bevor ich die endgültigen Seiten erstelle. Ich rufe dich an, wenn ich fertig bin.«

Und los. Vespa, Dusche, Vespa, Arbeit, Vespa, Martas Party, Vespa, Bett.

Ich träume davon, mit Alessandra Pastore, die mir den Hals küsst, auf der Vespa zu sitzen. Wir sind auf dem Weg zu Silvias Wohnung, aber ich weiß nicht warum, ich verfahre mich dauernd, und als ich aufwache, sind wir noch immer nicht angekommen.

Klingeling, klingeling, klingeling.

»Ja, bitte?«

»Guten Tag, hier spricht Alessandra Pastore.«

(Mein Herz macht einen Sprung.)

»Ach, Tag, wie geht's?«

(Meine Güte, was für eine bescheuerte Frage.)

»Ich rufe wegen des Falls Sorini an.«

(Ja, ich habe mir schon gedacht, dass du nicht anrufst, um mich zum Essen einzuladen.)

»Ich müsste Sie so bald wie möglich sehen.«

»Vielleicht heute zum Abendessen?«

(O Gott, was habe ich da gerade gesagt?)

»Na ja, das ist nicht gerade üblich ... Aber warum nicht? Bei dem Thema, das wir besprechen müssen ...«

»Entschuldigung, worum geht es denn?«

»Keine Sorge, ich erkläre Ihnen alles heute Abend. Da Sie den Vorschlag gemacht haben – kennen Sie ein nettes Lokal?«

(Was schlage ich jetzt bloß vor? Ein Chinarestaurant? Nein, danke. Eine gute Trattoria? Eine kleine intime Bar? Eine Pizzeria?)

»Also gut, dann schlage ich was vor. Mögen Sie exotische Küche?«

»Ja, schon ...«

»Bei mir um die Ecke gibt es ein sehr nettes brasilianisches Restaurant – dort ist es auch immer belebt genug, so dass niemand unsere Unterhaltung mitanhört. Ist Ihnen neun Uhr recht?«

»Ja.«

»Wenn Sie einen fahrbaren Untersatz haben, könnten Sie mich in der via Ripamonti 113 abholen. Einfach bei Pastore klingeln.«

»In Ordnung. Also um neun.«

»Bis später.«

Ich lege auf. Ich fahre mir mit der Hand durch die Haare. Ich drehe mir eine Zigarette. Ich zünde sie an. Was ist hier los? Worüber will sie mit mir sprechen? Und vor allem – was soll ich anziehen? Ich stehe auf, öffne den Kleiderschrank, ziehe alles heraus und erleide inmitten des Haufens von Hosen, Blusen und Unterwäsche einen Nervenzusammenbruch. Ich beginne mit mir selbst zu sprechen: In dem Teil sehe ich wirklich furchtbar aus, Madonna, wie schrecklich, das muss ich endlich wegschmeißen; diese Jeans sähen so gut aus, wenn nur meine Wampe nicht überall herausquellen würde, aber was soll das alles, sie wird es sowieso nicht bemerken – schon, aber wenn sie mich gegen alle Wahrscheinlichkeit doch bitten sollte, mit ihr nach oben zu kommen? Ach komm, schlag dir diese Dummheiten aus dem Kopf. Na gut, aber man weiß nie.

Ich verbringe den ganzen Tag damit, meinen Kleiderschrank zu durchwühlen, rauche wie ein Schlot und versuche, die Fahnen der Zeitschrift zu korrigieren, die in vier Tagen in Druck gehen soll. Habe ich das noch nicht erzählt? Ich arbeite auch als Korrektorin für einen Verlag aus Rom, dessen Redaktion in Bologna sitzt und der zwei Zeitschriften herausbringt, eine über Musik und ein Möchtegern-Hochglanzmagazin, für das ich auch Artikel schreibe. Jetzt ist Redaktionsschluss für die Musikzeitschrift, für die ich nicht schreibe, weil meine musikalischen Interessen, wie soll ich sagen, ein wenig naiv sind, aber die Artikel zu korrigieren macht Spaß, so weiß ich alles über die Bands, die gerade angesagt sind und von denen ich noch kein einziges Lied gehört habe. Vor einigen Monaten haben die Redakteure einen riesigen Bluff gestartet und eine junge Musikgruppe interviewt, die es gar nicht gibt. Fotos, Diskografie, das neue Album – alles ein Fake. Die Leserinnen und Leser waren ganz aus dem Häuschen und haben zu Dutzenden geschrieben, wo man die CD bekommen könne, nicht mal in den Läden für gebrauchte CDs wisse man etwas darüber, und die kleine, superunabhängige Plattenfirma sei unauffindbar. Da haben sie den Bluff enttarnt und erklärt, sie haben zeigen wollen, wie man eine Gruppe hochbringen kann, wie sich die Hörer durch ein Produkt in Euphorie versetzen lassen, sogar die kritischsten und abgeklärtesten unter ihnen. Einige waren verärgert, andere machten der Redaktion Komplimente, alles in allem war es ein interessantes Experiment.

Simona taucht ohne Vorankündigung bei mir auf, wie das zwischen uns üblich ist, während ich wieder mit meinem

Kleiderschrank beschäftigt bin. Es ist sieben Uhr, und der Zeitpunkt des schicksalhaften Treffens rückt immer näher.

»Hört, hört, wir haben ein Date, und ich erfahre nichts davon!«

»Ach was, ein Date – ich gehe mit Kommissarin Pastore zum Abendessen.«

»Wie bitte? Ich muss wohl eine entscheidende Folge verpasst haben ...«

»Ja, genau wie ich!«

»Erzähl mir alles von Anfang an.«

»Den Anfang kennst du. Das Ende ist, dass heute Morgen das Telefon klingelte und sie dran war. Sie sagte, sie müsse mit mir reden. Ehe ich mich's versah, hörte ich mich selbst sagen: ›In Ordnung, heute Abend beim Abendessen?‹ Sie hat ja gesagt und sich mit mir um neun bei sich zu Hause verabredet, um zum Brasilianer zu gehen, einem Lokal, das ›belebt genug ist, so dass niemand unsere Unterhaltung mitanhört‹ ...«

»O mein Gott – sie will doch nicht etwa dich beschuldigen?«

»Unsinn, dann hätte sie mich auf die Wache bestellt oder einen Brief geschickt, keine Ahnung, was sie in diesen Fällen tun, aber irgendetwas Offizielleres, nehme ich an.«

»Du hast recht. Wie wär's mit einem Joint?«

»Unbedingt, damit ich vollkommen breit da ankomme – mit roten Augen und einem Bärenhunger. Außerdem kann ich doch nicht mal nüchtern den Mund halten – stell dir vor bekifft.«

»Okay, du hast recht. Aber ich drehe mir einen, ich bin so hibbelig. Was meinst du, worüber will sie mit dir sprechen? Und vor allem: Was ziehst du denn jetzt an?«

»Hör mal, Simo, ich bin sowieso schon nervös genug.

Dreh dir deinen Joint und lass mich in Ruhe. Du siehst doch, dass ich schon meinen ganzen Schrank ausgeräumt habe! Das eine ist zu schick, das andere zu gewollt, das eine ist zu aufreizend, das andere zu sehr Sadomaso …«

»Ich würde ganz leger gehen, als wäre es das Normalste von der Welt – weißes Oberteil, zerrissene Jeans, Nietenlederjacke. Wie um zu sagen: Du bist nicht wichtig, und du machst mir keine Angst.«

»Aber sie macht mir Angst.«

»Na und? Das muss sie ja nicht wissen! Holst du sie mit deinem alten Möhrchen ab?«

»Nein, mit der Vespa, dann muss sie sich an mich schmiegen, und ich habe wenigstens einen kleinen Triumph.«

»Ein Abendessen zu zweit ist doch schon ein ziemlicher Triumph …«

»Ein Abendessen ist eine langwierige Angelegenheit. Es kann in eine ganz falsche Richtung laufen, vor allem weil ich nicht weiß, was sie von mir will. Aber wie es auch ausgeht, wenigstens das Kuscheln auf der Vespa werde ich genießen.«

Natürlich habe auch ich am Ende den einen oder anderen Zug von dem Joint genommen, und unser Gespräch hat einen leichten Touch von Kneipengespräch bekommen, weshalb ich es lieber nicht wiedergeben will. Nur so viel: Obwohl ich es kaum erwarten konnte, ist es mir gelungen, zu spät loszugehen, mit roten Augen und einem schrecklichen Heißhunger, und mit dreißig Kilometer pro Stunde, die mir pfeilschnell vorkamen, erreichte ich schließlich um Viertel nach neun ihre Wohnung. Ich klingelte und wartete vor der Haustür, auf meiner Vespa sitzend, dass sie herunterkam. Ich hatte erwartet, dass sie ernsthaft und streng aussehen würde wie in ihrer Dienstuniform und auch ein bisschen genervt wegen meiner Verspätung, aber als ich sie aus der Tür treten sah, schrillten bei mir alle Alarmglocken: Desaster in Sicht – Desaster in Sicht – Desaster in Sicht. Sie war wunderschön – nicht nach dem klassischen Frauenideal, aber sehr wohl nach meinem. Und sie duftete sogar noch angenehmer, als sie anzusehen war. Sie hat mich begrüßt, über mein Fortbewegungsmittel gescherzt, ist hinter mir aufgestiegen und hat mich in eine Wolke von Ingwer und Zimt gehüllt – es gibt kein besseres Aphrodisiakum. Ich bin im zweiten Gang angefahren, habe den Motor abgewürgt, bin wieder angefahren und schließlich beim Restaurant angekommen, vollkommen überwältigt und konzentriert auf den Versuch, meine intellektuellen Kapazitäten zu reaktivieren. Als wir uns an den Tisch setzten, war mir das noch nicht gelungen. Ich weiß nicht wie, irgendwie begann die Unterhaltung, und nach ein bisschen Smalltalk kamen wir schließlich auf den Grund unseres Treffens.

»... und da wir uns voraussichtlich dann sehr häufig sehen würden, dachte ich, es könne nicht schaden, mit einem Abendessen einzusteigen.«

Das also war die Erklärung: Da sich unter den verschiedenen Hypothesen für das Mordmotiv auch ein Verbrechen aus Liebe befand und da die Kommissarin über die persönlichen Angelegenheiten der Sorini absolut nichts herausfinden konnte, sah sie die einzige Möglichkeit darin, in deren Welt einzutauchen, und ich sollte dabei eine Art Führerin sein.

»Einen Moment – wollen Sie damit sagen, dass ich Sie in die realen und virtuellen lesbischen Lokalitäten führen soll, damit Sie sich eine Vorstellung von dem Ambiente machen können, in dem Silvia sich bewegte, um daraus abzuleiten, wer sie getötet hat und aus welchem Grund?«

»Ganz genau. Ich denke, wir sollten anfangen, uns zu duzen, oder? Wir werden einige Zeit zusammen verbringen. Ich heiße Alessandra.«

»Aber warum ich?«

»Weil ich niemand anderen kenne.«

»Und wenn ich es nicht tun will?«

»Du willst doch sicher nicht die Ermittlungen behindern, oder? Und warum solltest du es nicht wollen?«

(Aha, sie hat also beschlossen, die Ahnungslose zu spielen.)

»Ach, tu doch nicht so!«

(Verdammt! Aber ich kann nichts mehr ändern – die Worte haben meinen Mund bereits verlassen. Und was für ein ironisches Lächeln. Diese Lippen fordern es geradezu heraus, geküsst zu werden.)

»Muss ich dir wirklich erklären, dass es in bestimmten Kreisen nicht gerade gerne gesehen wird, wenn jemand eine Polizistin mitschleppt? Dass meine Freundinnen anfangen werden, mich zu meiden? Dass auch ich einige Jahre Knast riskiere für all die leichtfertigen Dinge, die ich tue, wenn auch sonst nichts, dann zumindest Besitz und Gebrauch von und Handel mit Rauschmitteln?«

(Dass es außerdem ein unkalkulierbares Risiko bedeutet, mich in sie zu verlieben, wenn ich sie ständig um mich habe, sage ich ihr fürs Erste lieber nicht. Wenn mich mein Unbewusstes bloß nicht verrät …)

»Ich habe keine andere Reaktion erwartet, aber leider fällt mir keine bessere Lösung ein. Deine Freundin Silvia ist erwürgt worden, und der nette Mensch, der es getan hat, beschloss dann, einen Selbstmord zu inszenieren, damit niemand etwas merkt. Wir wissen nicht, wo ansetzen mit den Ermittlungen, und das ist vielleicht unsere einzige Möglichkeit herauszufinden, wer es gewesen ist. Du sollst ja nicht herumlaufen und allen erzählen, wer ich bin – im Gegenteil, es wäre besser, wenn du das nicht tätest, wenigstens solange, bis ich es dir sage. Wegen allem anderen musst du dir keine Sorgen machen – wenn ich zu dir auf die Vespa gestiegen bin, bekifft wie du warst, heißt das wohl, dass ich bestimmte Dinge auch einfach übersehen kann …«

(Touché.)

Und das war's. Alessandra Pastore, Polizeikommissarin, wird in der nächsten Zeit zu meinem Schatten werden, und es ist besser, wenn ich mich an den Gedanken gewöhne. Sie wird Dante sein und ich ihr Vergil, in meiner Reise durch die Hölle. Der Beginn der Reise ist für morgen Abend im *Plastic* vorgesehen, wo ich einmal im Monat am Einlass stehe und wo es darum einfach sein wird, so zu tun, als sähen wir uns zum ersten Mal. Das Drehbuch besagt Folgendes: Sie wird gegen Mitternacht ankommen, ich begrüße sie, gebe ihr die Eintrittskarte, frage sie, woher sie kommt, warum ich sie hier noch nie gesehen habe, wir quatschen ein bisschen, sie geht rein, schaut sich um, entspannt sich, taucht in die Atmosphäre ein, kommt wieder raus, um ein oder zwei Zigaretten zu rauchen, ich quatsche sie wieder an, frage sie nach ihrer Telefonnummer, wir fangen an uns zu treffen, und sie wird voll berechtigt und frei von jedem Verdacht in das lesbische Leben Mailands eintauchen. Mit der besten Führerin, die man sich wünschen kann – bei aller Bescheidenheit.

Der Abend war nicht gerade der Knaller, aber das Restaurant sollte man sich merken. Eine lange Reihe von Tischen und Bänken, ein bisschen wie auf einem Dorffest, die einen dazu zwingen, mit vollkommen Fremden Ellenbogen an Ellenbogen zu sitzen und wohl oder übel in irgendeine Art von Kommunikation mit ihnen zu treten. Die Gäste sind eine Mischung aus gutangezogenem, gehobenem Mailänder Publikum und brasilianischen Transvestiten, was auf den ersten Blick ein wenig irritiert, doch die Stimmung ist fröhlich und ausgelassen, das Essen gut und der Caipirinha, den sie in Literkrügen servieren, vorzüglich, auch wenn ich heute Abend beschlossen habe, mich zurückzuhalten. Bei Gelegenheit muss ich da mal mit jemand weniger Aufregendem hingehen, auch wenn ich fürchte, dass diese Gelegenheit noch eine Weile auf sich warten lassen wird, denn in nächster Zukunft werden all meine Abende belegt sein. Ich hätte nie gedacht, dass es mich derart nerven könnte, eine feste Verpflichtung mit einer so faszinierenden und charismatischen Frau einzugehen. Ich bringe sie nach Hause und fahre noch kurz in die Bar, in der Hoffnung, dass jemand dort sein möge, mit dem ich ein bisschen reden und mich ablenken kann. Ich habe Glück, Filippo sitzt noch an der Bar und erzählt eine seiner absurden Storys.

»... und dann haben wir beschlossen, dass wir das Schwein genauso gut selbst schlachten konnten, nachdem wir meinem Onkel so oft dabei zugeguckt hatten. Eines Nachmittags bereiteten wir alles vor, meine beiden Cousins und ich, wir nahmen das Futter, das Messer und den Weinkrug zum Anstoßen. Als wir im Schweinestall ankommen, sind wir schon ziemlich angeheitert. Marco streut das Futter auf den Boden, das Schwein kommt, senkt den Kopf zu Boden zum Fressen und *Bäng*, ein schöner trockener Schlag, während es frisst. Es hat gar nichts gemerkt. Wir freuen uns wie die Schneekönige und klopfen uns gegenseitig auf die Schulter, was für tolle Kerle sind wir doch, los, Massimo, gib mir das Messer, dann bringen wir es zu Ende ... Das Messer? Aber ich habe das Messer nicht! Das hat Marco genommen ... Nein, nein, du solltest es einstecken ... Und während wir dastehen und diskutieren, wer zurückgehen und das Messer holen soll, kommt das Schwein wieder zu sich. Ich sage euch, es schäumte vor Wut. Wir sind gerannt wie die Irren.«

Das ist das Schöne an der Bar. Man trifft Leute, mit denen man normalerweise überhaupt nichts gemeinsam hätte, und man hört Geschichten wie von einem anderen Planeten. Es wird ein Uhr, und ich beschließe endlich, nach Hause zu gehen, ein wenig erleichtert. Die Luft, die mir ins Gesicht weht, ist die gewisser Juniabende in Mailand, die auf wundersame Weise nach Linden duften, frisch und angenehm; der Himmel ist voller Sterne, und ich bin beinahe glücklich. Ich schließe lächelnd meine Wohnungstür auf, sie gefällt mir, meine Wohnung, und ich beschließe, noch zu duschen, um die schlimmen Gedanken des Tages endgültig von mir abzuschütteln, lese ein paar Seiten in einer Reisezeitschrift, denn der Anblick des Meeres beruhigt mich immer, und lege mich dann ins Bett, überzeugt, zu schlafen wie ein Baby. Doch kurz nachdem ich das Licht ausgeschaltet habe, sehe ich, dass in einer Ecke meines Zimmers eine Frau sitzt, die ich noch nie gesehen habe und die mich grinsend und mit einem merkwürdigen Funkeln in den Augen ansieht. Sie kommt langsam auf mich zu und … *ahhh!* Mit einem Satz fahre ich auf, vollkommen nassgeschwitzt. Und ich war überzeugt, mich entspannt zu haben!

Simo und ich lümmeln auf dem Sofa herum, beide schweigsam und nachdenklich. Ich habe mich die ganze Nacht im Bett herumgewälzt und wieder und wieder den vergangenen Abend Revue passieren lassen, hin- und hergerissen zwischen Euphorie und Todesangst. Ab und zu bin ich eingenickt, um gleich wieder verschwitzt aus dem nächsten Alptraum hochzufahren, in dem ich genau wusste, wer

Silvia ermordet hatte und aus welchem Grund, und darum wollte derjenige jetzt auch mich aus dem Weg räumen. Simona ist gegen Mittag bei mir hereingeschneit, als ich endlich wie ein Murmeltier schlief, um zu hören, wie der Abend gelaufen war. Doch das, was ich ihr erzählte, gefiel ihr gar nicht.

»Also die hat sie doch nicht alle! Für wen hält die sich denn, dass sie dich in so eine Situation bringt? Ausgehen mit einer Polizistin ... Meinetwegen kann sie hübsch sein, aber sie bleibt eine Polizistin!«

»Jetzt beruhige dich mal.«

»Ich soll mich beruhigen? Nicht nur dass du dich zum Gespött der ganzen Stadt machen wirst – es kann auch gefährlich werden!«

»Ach, komm schon ... Wenn du es nicht herumerzählst, wird niemand wissen, dass Ale eine Polizistin ist ...«

»Eine Scheißbullette ...«

»Du bist wirklich anstrengend, weißt du das? Es sind ja nicht alle so, dass sie Demonstranten niederknüppeln und den Schwarzen und den Prostituierten das Leben schwermachen.«

»Diener des Systems!«

»Oder auch sie Opfer. Pasolini ...«

»Pasolini war selbst Teil des Systems – er hätte sie alle gevögelt! Außerdem ist es wirklich gefährlich ...«

»Ja, daran habe ich auch schon gedacht. Und mein Unbewusstes hat mich die ganze Nacht damit gequält! Aber ich muss ja nichts Schlimmes tun – ich soll sie nur herumführen, ihr ein paar Leute vorstellen, ihr helfen, die Beziehungen zu durchschauen.«

»Wenn es da etwas zu erfahren gäbe, dann hätten wir schon davon gehört!«

»Vielleicht haben wir nicht die richtigen Fragen gestellt, und außerdem fehlt uns der Instinkt, die Erfahrung ...«

»Ja – zum Glück! Wie dem auch sei, ich glaube, ich bringe dich nicht mehr zur Vernunft. Also lassen wir das!«

»Was soll ich machen? Sie hat mich gefragt, ja, aber es war keine Frage, auf die man mit nein antworten kann. Was würdest du denn an meiner Stelle tun?«

»Ich würde für eine Weile irgendwohin verschwinden. Was weiß ich, Paris, Barcelona, Athen ...«

»Ach ja, weil ich in Geld schwimme. Und was wird aus dem Film?«

»Der Film ... Das war sowieso eine Scheißidee. Wenn wir das nicht gemacht hätten, hätten wir Silvia nie kennengelernt und du würdest jetzt nicht so in der Klemme stecken.«

»Na gut, schon verstanden. Das ist wohl einer der Tage, an denen dir gar nichts recht ist.«

Neuerliches Schweigen.

»Entschuldige, du hast recht. Es ist nur, dass diese Neuigkeit ziemlich schwer verdaulich ist. Aber um auf den Film zurückzukommen – ich habe mit Maria gesprochen über die Idee, immer nur mit einer Schauspielerin auf einmal zu drehen, und sie sagte, da mache sie nicht mit. Was sie interessiert, ist die Interaktion mit den anderen, die Proben, das Wiederholen, Fehler machen, zusammen lachen. Sie muss zu viele Backstage-Aufnahmen von Hollywood-Sets gesehen haben, aber man kann ihr keinen Vorwurf machen. Außerdem hat sie mich auf etwas gebracht, was wir übersehen haben: In dem Film von Rodriguez gibt es keine Sexszenen, während die Protagonisten unseres Films mehr Zeit zwischen den Laken verbringen als aufrecht. Was sollen wir da machen? Eine Aufblaspuppe verwenden?«

»Verdammt, daran habe ich nicht gedacht. Aber die Idee

mit der Puppe ist nicht schlecht, und außerdem auch sehr symbolträchtig ... Der andere Vorteil wäre, dass wir sie bei einem Sexshop ausleihen und den Sponsor dafür bezahlen lassen könnten!«

»Jaja. Hör mal, warum spielst du dich nicht einfach selbst? Ich habe wirklich keine Lust, ein weiteres Casting zu veranstalten, und außerdem – warum sollten wir eine Kopie benutzen, wenn wir das Original haben?«

»Hm, ich weiß nicht, ich habe keine große Lust dazu. So narzisstisch bin ich dann auch wieder nicht.«

»Jedenfalls musst du dir schnell was einfallen lassen. Die Wartezeit schädigt die Moral der Truppe. Die Mädels beginnen zu glauben, dass nichts mehr daraus wird, und außerdem wollen sie Silvia so schnell wie möglich vergessen. Mit dem Dreh zu beginnen wäre eine gute Art, die Gedanken an ihren Tod zu vertreiben – das Leben geht weiter, du weißt ja, wie man sagt, *the show must go on.*«

»Ja, vielleicht hast du recht, auch wenn ich Silvia sicher nicht vergessen kann, solange ich Alessandra jeden Abend mit mir herumschleppe, aber wenigstens würde es mich ein bisschen ablenken.«

»Los, dann telefonieren wir herum und sagen allen Bescheid. Wann fangen wir an? Wir müssten mit dem Zeitungsverkäufer sprechen – er ist schließlich in der ersten Szene. Gut, er ist immer da, aber wir können nicht einfach überraschend bei ihm auftauchen, ihm die Klappe vor die Nase halten und drauflosfilmen.«

»Ja, lass uns weitermachen. Da ich sowieso keine vernünftige Arbeit finde, versuchen wir wenigstens den Film fertigzustellen, bevor die Bewerbungsfrist für die nächsten Festivals endet. Nächsten Dienstag zum Beispiel – es müssen ja nur wir beide, Marzia und Martina dabei sein.«

»Das gefällt mir. Jetzt muss ich los, denn ich muss immer noch lächelnde Menschen und Farbdosen auf diese Seite bringen. Auf dem Weg gehe ich beim Zeitschriftenhändler vorbei. Ruf du Marzia und Martina an und sag mir dann Bescheid. Bis heute Abend.«

Simona ist nicht mehr zu bremsen, und ich ziehe mit, denn es bringt nichts, die Gedanken weiter um Silvia kreisen zu lassen, um Alessandra und die geheimnisvollen lesbischen Mörderinnen, von denen ich heute Nacht geträumt habe. Wenn ich einfach mein Leben da wieder aufnehme, wo ich es vor zwei Tagen unterbrochen habe, wache ich vielleicht auf und merke, dass ich nur geschlafen und die Handlung meines nächsten Films geträumt habe. Und wenn nicht, dann habe ich trotzdem ein neues Drehbuch, wenn diese ganze Geschichte ausgestanden ist. Inzwischen wird es das Beste sein, wenn ich einkaufen gehe und an die Quiche für das *Insolito* denke, denn wenn ich sie zum Aperitif nicht fertig habe, werde ich gelyncht. Ja, das ist ein weiterer meiner Jobs. Ich backe süße und salzige Kuchen für verschiedene schicke Lokale, aber ich weiß nicht, wie lange ich das noch durchhalte. Den Teig ausziehen, die Zwiebeln schneiden, den Belag vorbereiten, die Eier schlagen ... Man kann so oft das Rezept wechseln, wie man will, nach einer Weile ist es immer dasselbe. Ganz zu schweigen von den Kilometern, die ich täglich zurücklege, um sie abzuliefern.

Klingeling.

»Ja, bitte?«

»Hallo, Chiara, hier ist Marzia.«

»Ach, hallo Marzia, wie geht's?«

»Gut, danke. Simona hat mir gesagt, dass wir weitermachen! Ein Glück, wir haben uns alle schon Sorgen gemacht, dass jetzt gar nichts mehr zustande kommt ...«

»Simona konnte sich nicht zurückhalten, was? Wir hatten verabredet, dass ich dich anrufe. Hat sie sonst noch etwas erzählt?«

»Gibt es denn noch etwas zu erzählen?«

»Nein, nein, ich frage nur so, Simo ist schließlich immer für eine Überraschung gut ...«

»Verschweigst du mir was? Gibt es etwas, das ich wissen sollte, und du traust dich nicht, es mir zu sagen? Hat es mit Martina zu tun?«

»Ach was, wo denkst du hin! Ich wollte wissen, ob sie noch etwas über den Film gesagt hat, worüber sie vielleicht mit mir nicht gesprochen hat – Zweifel, die ihr gekommen sind – so was ... Das ist mir so rausgerutscht, weißt du, ich bin nicht ganz auf der Höhe, diese Geschichte mit Silvia ... heute Nacht habe ich kaum ein Auge zugetan.«

»Versuch dich zu beruhigen. Es war ein ziemlicher Schlag, aber so ist das Leben, heute bist du noch da, und morgen ...«

»Was für tiefschürfende Worte. Wir sehen uns heute Abend. Du wirst sehen, dann bin ich besser drauf.«

»In Ordnung, bis heute Abend.«

Heute Abend. Wenn ich mich nicht beruhige und gut aufpasse, was ich sage, könnte das der letzte Abend sein, an dem ich im *Plastic* arbeite. Wer beschäftigt schon gerne eine, die eine Bullette einschleust? Ganz zu schweigen von meinem Privatleben! Ich werde erledigt sein, ich werde auswandern müssen.

Ich stehe an der Tür und mache meine Arbeit, die Nerven zum Zerreißen gespannt. Mitternacht ist vorbei, doch von ihr keine Spur. Ich habe schon ein paar Drinks genommen, merke aber keine Wirkung. Ich versuche mich ganz normal zu verhalten, mache Scherze, meine Freundinnen kommen, gehen hinein, Simo kommt, schaut mich fragend an, ich schüttle den Kopf, schicke sie weg, sie kommt noch einmal nachschauen, ihre Neugier ist unbezwingbar, obwohl sie weiß, dass sie sich unauffällig verhalten soll. Als Alessandra schließlich um die Ecke biegt, bemerkt Simo es sofort, weil ich aus meiner Starre erwache, anfange, ungebremst drauflos-zuplappern, allen um mich herum ein Lächeln zu schenken, und vor allem bitte ich um ein weiteres Getränk. Niemand wird auch nur eine Sekunde an ihrer sexuellen Orientierung zweifeln: Sie trägt Armeehosen, ein Unterhemd und darüber ein kurzes Markensweatshirt. Sie ist ein wenig verunsichert, das ist verständlich: Allein ein ganzes Lokal voller jagdlustiger Frauen zu betreten verunsichert selbst mich. Ich bin auch ein wenig unsicher, und auch das ist verständlich: Die Frauen um uns herum bemerken, dass ich mich der Faszination des Neuankömmlings nicht entziehen kann, und die Annäherungsversuche, die ich später starten will, werden niemanden überraschen – obwohl ehrlich gesagt meine Annäherungsversuche generell überhaupt niemanden mehr überraschen. Alessandra geht hinein und dreht eine Runde. Das Lokal ist klein, die Frauenabende finden seit Jahren in einem abgetrennten Raum mit runder Tanzfläche statt, die an einer Seite durch das DJ-Pult begrenzt wird. Daneben stehen ein paar Sofas, und an der Seitenwand befinden sich die Bar und die Toiletten. Gegenüber vom DJ, auf der anderen Seite der Tanzfläche, stehen weitere Sofas. Um die Tanzfläche herum gibt es auch einige Säulen, die ein ständiges Spielchen von ›Ich sehe dich, ich sehe dich nicht, ich schaue dich an, ich verstecke mich, ich lehne mich lässig an und lasse mich anschauen, ich kreise meine Beute ein und irgendwann küsse ich sie‹ ermöglichen, das sich mit unterschiedlichen Protagonistinnen pausenlos bis drei Uhr morgens fortsetzt.

Alessandra durchquert den Raum, bestellt an der Bar ein Bier, lehnt sich gegen eine Säule und beobachtet die Gestalten auf der Tanzfläche. Unter den bunten Lichtern tanzt eine etwa hundertköpfige Menschenmenge aus Frauen zwischen achtzehn und fünfzig mehr oder weniger harmonisch miteinander – die eine hüpft, die nächste wirbelt Arme und Beine um sich wie ein blockierter Roboter, eine andere schaut in den Spiegel, um zu kontrollieren, ob jemand sie beobachtet, diese oder jene unternimmt Versuche der Annäherung, einige reiben sich aneinander, andere küssen sich. Grüppchen bilden sich und lösen sich wieder auf, einige lachen, andere streiten. Bis zum Feierabend wird es auch die eine oder andere Träne geben. Die große Komödie der Leidenschaften.

In dieser Stadt, die auch ein Teil von Mailand ist, dem großen nächtlichen Mailand, kann man die Frauenlokale an einer Hand abzählen, und auf die festen Termine wie den im *Plastic* konzentrieren sich alle Erwartungen, Hoffnungen, Frustrationen und Sehnsüchte, entweder nach harmlosen Vergnügungen oder wahrer Liebe, oftmals von Frauen, die außerhalb der Bars ein vollkommen ›unverdächtiges‹ Leben führen. Versuch du mal, drei Viertel deines Lebens so zu tun, als wärst du jemand anderes, um dich dann plötzlich inmitten von hundert anderen wie dir wiederzufinden, die dir dort, und nur dort, das geben können, was du suchst. Für die Stammgäste ist das etwas anderes. Sie sind Vollzeitlesben, haben lesbische Freundinnen, besuchen lesbische oder lesbenfreundliche Lokale, besuchen lesbische Tagungen, lesbische Filmfestivals, lesbische Sportgruppen. Ohne die verpflichtenden Bande einer Ehe oder Familie, die Moral und Anstand diktieren, sind die Hormone inmitten all dieser Frauen ständig in Wallung, unbezähmbar. Ich gehöre zu dieser Gruppe, die natürlich auf den zweiten Blick gar nicht so homogen ist. Es gibt welche, die sich nur für Kultur interessieren, andere ausschließlich für Politik, einige wollen von beiden Themen nichts wissen, wieder andere mischen überall mit. Es gibt auch welche, die Hetero-Freunde haben und nicht so gettoisiert sind wie man selbst und die einer das mit einem Hauch von Herablassung unter die Nase reiben, für die man sie umbringen könnte. Doch nicht einmal sie sind immun gegen die Hormone, die in so gefährlich hoher Konzentration zirkulieren.

Ich frage mich, welche Wirkung das alles auf Alessandra haben mag – diese Randgruppe mit ihren ganz eigenen Dynamiken und Paarungsritualen. Es ist immerhin möglich, dass das, was in meinen Augen so sinnlich ist, für sie unnatürlich, abstoßend, vielleicht auch lächerlich wirkt. Doch sie sieht entspannt aus; eine hochgewachsene, sportliche Dunkelhaarige geht zu ihr hinüber, flüstert ihr etwas ins Ohr, sie lächelt, schüttelt aber den Kopf, die andere insistiert, Alessandra dreht den Kopf zu einer anderen Frau auf einem der Sofas, die sie ebenfalls anschaut und ihr zuprostet, sie erwidert die Geste, sagt dann etwas zu der Dunkelhaarigen neben ihr, die zu ihrer Freundin zurückkehrt, um die Nachricht der Niederlage zu überbringen.

Jetzt kommt sie zum Ausgang, schlendert auf mich zu – entspann dich, Chiara, entspann dich …

»Hast du mal Feuer?«

»Ja, klar, ich habe die Taschen voll davon – ich stecke immer die Feuerzeuge von anderen ein, alle ziehen mich damit auf.«

»Danke!«

»Und wie gefällt es dir?«

»Es ist ein wenig ungewohnt, aber nicht schlecht. Ich muss zugeben, es ist entspannend, dass keine Männer da sind.«

»Obwohl du bemerkt haben dürftest, dass die Frauen auch nicht ganz ohne sind …«

»In der Tat. Aber das ist kein Problem für mich, im Gegenteil …«

»Pass auf, dass du nicht noch auf den Geschmack kommst. Das ist gefährlich!«

»Was für ein strenger Ton … Hättest du was dagegen?«

»Natürlich hätte ich das! Ich beneide all die Frauen, die sich in meinem Rücken vergnügen!«

Ich drehe mich um und spähe hinter mich ins Innere der Diskothek. Alessandra legt mir eine Hand aufs Knie, beugt sich zu mir und fragt schnell und ein wenig verschämt:

»Na ja, vielleicht könnten auch wir ein bisschen Spaß zusammen haben. Wollen wir uns mal treffen?«

Einen Augenblick lang fällt es mir schwer, mich daran zu erinnern, dass alles nur eine Inszenierung ist, dass das Spektakel einzig und allein für die Augen der Zuschauerinnen bestimmt ist – dass der einzige Spaß, der mir bevorsteht, der ist, eine Mörderin zu jagen, die sich hinter dem Gesicht einer ehemaligen Liebhaberin von mir verstecken könnte. Mein Körper jedoch reagiert auf diesen Reiz auf ganz eigene Weise.

»Ja, gerne … Gib mir doch deine Nummer, dann rufe ich dich an.«

»Nein, gib du mir lieber deine Nummer. Ich hasse es, auf einen Anruf zu warten.«

»Hast du was zu schreiben? 022112415 …«

»Danke, dann also bis bald. Ich muss jetzt nach Hause, ich bin vollkommen erschöpft, mein Tag war ziemlich chaotisch …«

Sie geht, ohne sich noch einmal umzudrehen.

Ich fühle mich plötzlich völlig ausgelaugt, so als wäre ich

den ganzen Tag um den Block gelaufen. Wie oft im Leben ist es euch schon passiert, einer Polizistin in Zivil beim Aufbau einer Tarnung zu helfen? Ich war sicher, dass alle die Inszenierung sofort durchschauen würden, stattdessen habe ich unser Vorhaben beinahe selbst vergessen. Alessandra wird sich noch bis morgen früh kaum einkriegen vor Lachen, wenn sie an mein Gesicht zurückdenkt. Ich hatte doch eigentlich die Initiative ergreifen sollen, und ihr Verhalten hat mich total aus der Bahn geworfen ... und beeindruckt. Volltreffer! Diese Geschichte ist gefährlich, das weiß ich schon jetzt. Um meine körperliche Unversehrtheit mache ich mir keine Sorgen, eher um meine psychische. Wie soll ich es anstellen, dass ich nicht vollends den Kopf verliere?

»Chiara, drehst du jetzt völlig durch?«

Ich fahre zusammen.

»He, Chiara, alles in Ordnung? Du hast gerade Selbstgespräche geführt!«

Ich versuche das Gesicht zu der Stimme zu erkennen – ein drolliges Gesicht auf einem drolligen Körper. Simona!

»Du hast Selbstgespräche geführt!«

»O mein Gott, ich bin wirklich fertig. Konnte man verstehen, was ich gesagt habe?«

»Na ja, du hast etwas von ›Kopf verlieren‹ gesagt. Was meintest du denn damit?«

»Ach, nichts. Sicher, dass nicht noch mehr zu verstehen war?«

»Nein, du hast ziemlich genuschelt. Dein Gesicht sieht seltsam aus, und deine Augen glänzen.«

Sie legt mir die Hand auf die Stirn.

»Mensch, bist du heiß. Ich bringe dich nach Hause.«

»Aber nein, mir geht's gut. Und in einer Stunde machen wir sowieso zu.«

»Genau, und du willst mit vierzig Grad Fieber noch eine Stunde auf diesem Hocker sitzen. Du bittest jetzt Sabrina, dich abzulösen, und ich bringe dich nach Hause.«

»Und die Vespa?«

»Die kannst du morgen holen. Los, die wird schon niemand klauen. Wir fragen Abdu, ob er sie reinstellen kann, wenn sie zumachen – dann kannst du beruhigt sein.«

»In Ordnung. Ich bin wirklich erschöpft.«

Wir verabschieden uns und steigen ins Auto.

»Wirklich eine tolle Frau, das muss ich zugeben. Aber ich beneide dich trotzdem nicht. Bis du sicher, dass sie hetero ist? Wenn sie nur eine Rolle gespielt hat, ist sie eine verdammt gute Schauspielerin. Sie hat dich auf eine Weise angesehen ...«

Den Rest höre ich nicht mehr, denn ich bin bereits eingeschlafen.

3

Am Morgen ist das Fieber gesunken, aber ich liege mit dem Kopf am Fußende des Bettes und kann mich absolut nicht erinnern, wie es dazu gekommen ist. Ich rufe in meine Wohnung hinein, um herauszufinden, ob noch jemand außer mir da ist, doch ich bekomme keine Antwort. Ich stehe auf und mache mir einen Filterkaffee, genau das richtige Gebräu, um mich auf Touren zu bringen. Barfuß, in Unterhemd und einer Unterhose, die mir in den Kniekehlen hängt – durch den Eingriff leicht als Männerunterhose erkennbar –, zünde ich mir die erste Zigarette des Tages an, nehme meine Tasse und trage sie hinaus auf den Balkon, zusammen mit der Zeitung von gestern, die ich noch nicht gelesen habe. Es klingelt, über die Sprechanlage sage ich Simo, dass sie ruhig heraufkommen kann, dass ich die Tür offenlasse. Ich gehe zurück auf den Balkon und lese weiter, als mir siedendheiß einfällt, dass es nicht Simona sein kann, die da geklingelt hat, weil sie sich heute Morgen mit Giò trifft, mit der zu reden sie sich endlich entschlossen hat, um die Umsetzung der Webseite für ihr neuestes Projekt zu übernehmen. Aber wer dann ...?

»Hallo! Störe ich?«

»Kommissarin! Das heißt – Alessandra!«

»Hast du jemand anderes erwartet?«

»Nein, ich habe eigentlich niemanden erwartet ... am wenigsten dich ...«

»Wenn ich ungelegen komme, kann ich wieder gehen.«

»Nein, nein, es ist nur ...«

Ich schaue verlegen an mir herunter. Sie betrachtet mich belustigt.

Ich verzichte darauf, mir etwas Angemesseneres anzuziehen, weil das nur noch peinlicher wäre, stattdessen tue ich unbefangen.

»Willst du einen Kaffee?«

»Ja, danke. Mit viel Milch und Zucker, bitte.«

»Du warst gut gestern, weißt du? Wenn ich nicht gewusst hätte, dass alles nur Show war, hätte ich sogar selbst daran geglaubt!«

»Eine Show? Wieso? Glaubst du nicht, dass wir Spaß haben werden? Ich denke schon ...«, antwortet sie und zwinkert mir vergnügt zu. »Ich denke, es wird eine der amüsantesten Ermittlungen meiner Laufbahn werden!«

»Ich weiß nicht, ob ich mich geschmeichelt oder beleidigt fühlen soll. Aber ich nehme es mal als Kompliment – das ist immer besser. Und jetzt sag, wieso bist du hier?«

(Habe ich dir etwa schon gefehlt?)

»Ich war gerade in der Gegend, darum dachte ich, ich schaue mal kurz vorbei. Es ist besser, wenn wir uns weiterhin außerhalb des Kommissariats treffen, und nichts ist dazu besser geeignet als eine Wohnung fernab aller indiskreten Blicke.«

»Du kennst meine Nachbarn nicht!«

»Dann müssen wir leise sprechen und die Musik laut stellen. Mal sehen, Barbra Streisand, Gianna Nannini, Billy Joel ... Was hörst du denn für Musik?«

»Ja, ich weiß, es regen sich immer alle über meine Musik auf, aber das ist doch meine Sache, oder? Ich habe auch griechische Musik – du stehst doch so auf Ethno.«

Wieder ein amüsierter Blick. Hört das noch mal auf? Sie geht mir langsam auf die Nerven ...

»Komm, reden wir über etwas Ernsthaftes. Mal überlegen, ob uns was einfällt, wo wir anfangen können. Als wir uns das erste Mal unterhielten, sagtest du, dass du Silvia kaum kanntest ...«

»Das stimmt auch. Die Szene ist ziemlich klein, und wenn man jemanden nicht direkt kennt, gibt es immer irgendeine, die etwas weiß, und in kürzester Zeit ist man über alle Einzelheiten informiert. Dann gibt es die ganzen Paralleluniversen der Nicht-Szenegängerinnen: Sie lernen sich in Chatrooms kennen, setzen Anzeigen in die Zeitung; sie sind entweder schüchtern, verheiratet oder haben seit fünfzehn Jahren eine feste Beziehung; sie mögen die körperliche und emotionale Schnelllebigkeit der Frauenlokale nicht, leben außerhalb der großen Städte ... Es gibt endlose Möglichkeiten. Silvia schien aus dem Nichts zu kommen, niemand wusste etwas von ihr, außer dem Wenigen, was sie erzählte: dass sie Leiterin einer Pfadfindergruppe gewesen war, dass sie

Anthropologie studiert und fünf Jahre lang in einer Softwarefirma gearbeitet hatte, in einer Beziehung mit einem Kollegen war und überhaupt nichts von der Möglichkeit der Liebe zwischen Frauen ahnte. Irgendwann traf sie durch die Arbeit eine, die sie in ein absolut verrücktes und absolut geheimes Liebesabenteuer stürzte. Als diese Geschichte endete, konnte sie nicht mehr in ihr altes Leben zurückkehren, hat die Koffer gepackt und ist gegangen.«

»Wohin? Um was zu tun?«

»Darüber hat sie nie viel erzählt. Sie hat hier und da gearbeitet, überall in Europa ...«

»Warst du je bei ihr zu Hause?«

»Nein. Wie ist ihre Wohnung?«

»Ich habe noch nie so ein Chaos gesehen! Überall lag Kleidung herum, ein halbgepackter Koffer, Bücherstapel auf den Tischen, auf dem Fußboden, auf der Couch, schmutzige Teller im Waschbecken, schmutzige Tassen in der ganzen Wohnung verteilt, Überreste von Süßigkeiten, leere Chipstüten, überquellende Aschenbecher. Dafür hatte sie wunderschöne Möbel, sehr viele exotische Stücke, auch wertvolle Teile. Entweder war sie eine leidenschaftliche Flohmarktgängerin, oder sie war sehr viel gereist. Aber das Unglaubliche ist, dass wir in diesem ganzen Gerümpel überhaupt nichts Persönliches gefunden haben. Kein Foto, keinen Brief, keine E-Mail, zumindest auf den ersten Blick kein einziges interessantes Dokument auf ihrem Computer. Vielleicht hat sie ihn nur benutzt, um ins Internet zu gehen, aber auch alle Ordner mit temporären Dateien sind leer.«

»Und habt ihr keinen Abschiedsbrief gefunden? Im Film gibt es so etwas doch immer ...«

»Nein, keinen Abschiedsbrief, aber wir haben einen Drohbrief gefunden.«

»Einen Drohbrief? Und das sagst du mir erst jetzt, und einfach so? Was stand denn drin?«

»›Du wirst für alles bezahlen, S.‹ Bezahlt hat sie, kein Zweifel! Aber warum hat sie sich nicht an die Polizei gewandt?«

»Das weißt du sicher besser als ich, warum Menschen sich erpressen, verprügeln, bedrohen lassen, ohne je etwas zu sagen ...«

»Ja, wenigstens sollte ich das wissen. Üblicherweise aus Angst, weil sie etwas zu verbergen haben oder sich schämen, oder weil die Personen, die sie beschuldigen würden, ihnen nahe stehen, Brüder, Partner, Freunde ...«

»Der betrogene und verletzte Ex-Freund vielleicht?«

»Daran haben wir auch gedacht, aber Massimo hat für den fraglichen Abend ein hieb- und stichfestes Alibi: Er war geschäftlich in Palermo. Außerdem war es eine Frau.«

»Woher weißt du das?«

»Ein Nachbar hat gegen 23 Uhr den Aufzug betreten, zusammen mit einer Frau, die auf Silvias Etage ausgestiegen ist. Er hat kurz gewartet, bevor er weiterfuhr, weil er neugierig war, wohin sie ging, und so sah er noch, wie die Frau Silvias Wohnung betrat, zu der sie offenbar einen Schlüssel hatte. Er wunderte sich, weil Silvia seit ihrer Rückkehr nach Italien von niemand anderem Besuch bekommen hatte als von ihrer Mutter ...«

»Mein Gott, das macht einem ja Angst! Hat der Nachbar nichts Besseres zu tun als zu spionieren?«

»Anscheinend nicht – zu unserem Glück! Auch weil er sich, als er zurück in der Wohnung war, auf Horchposten begeben hat, um herauszufinden, ob die Frau bei Silvia übernachtet. Doch nach vierzig Minuten sah er sie wieder fortgehen.«

»Hat er ihr vom Balkon nachspioniert, oder wie?«

»Anscheinend ja … Der Obduktionsbefund besagt, dass der Tod vor Mitternacht eingetreten ist, und sicher nach halb elf, denn da hast du mit ihr gesprochen.«

»Der Herr konnte doch sicher auch eine genaue Beschreibung abliefern?«

»Nein, er hat gesagt, dass ›diese Frauen‹ für ihn alle gleich aussehen.«

»Der wird ja immer sympathischer. In welchem Stock wohnt er noch mal?«

»Das habe ich nicht gesagt, und das werde ich dir auch nicht sagen. Er ist der einzige Zeuge, den wir haben, und der soll unbeschadet bleiben!«

»Na gut, in Ordnung. Es war also anscheinend eine Lesbe, doch sonst gibt es keine Spur von dieser mysteriösen Frau.«

»Genau. Im Moment seid ihr, du und deine Freundinnen, die einzigen Menschen, die uns bekannt sind, mit denen sie Umgang pflegte. Die Mutter war keine große Hilfe, genauso wenig wie ihr Ex-Freund und die ehemaligen Kolleginnen. Seit sie weggegangen war, hatte sie anscheinend den Kontakt zu allen abgebrochen. Wir haben natürlich alle Routineuntersuchungen durchgeführt, die Bankkonten kontrolliert und so weiter, doch ohne Ergebnis. Die Wohnung gehört ihr, sie hat sie gekauft, als sie bei Data Soft arbeitete, mit einem Kredit, den sie mit der Abfindung für die Kündigung abbezahlt hat. Sie hatte kein Konto bei einer italienischen Bank. Die Mutter hat uns gesagt, dass sie vorher in London gelebt und dort vielleicht ein Konto gehabt habe, also haben wir den ganzen bürokratischen Apparat in Gang gesetzt, um einen Durchsuchungsbefehl zu bekommen und Informationen über ihre Konten zu erhalten, doch das wird noch eine Weile dauern.«

Danach herrscht Stille, und wir beide hängen unseren Gedanken nach. Die Situation ist allerdings dermaßen absurd, dass ich nichts anderes denken kann, als dass mir das gerade nicht wirklich passiert und dass ich, auch wenn es die realistischste Fantasie ist, die ich je hatte, nicht wirklich in Unterwäsche mit einer gutaussehenden Polizistin auf meinem Balkon sitze und über den Mord an einer Lesbe diskutiere. Wie üblich gibt es jedoch einige Areale meines Gehirns, die ein Eigenleben führen, und so höre ich mich zu meiner Überraschung sagen: »Hör mal, vielleicht sollten wir es im Chat versuchen. Silvia hat schließlich auf eine Anzeige in der *lista lesbica* geantwortet – wir wissen also, dass sie zumindest auf der Seite gesurft hat. In der Zwischenzeit besuchen wir alle Bars, Lokale und Privatwohnungen der aktiven Lesben der Szene – wenn es auch keine von uns gewesen sein mag, finden wir vielleicht trotzdem etwas Interessantes heraus. Ich nehme dich mit zu Tina. Wenn es eine gibt, die uns helfen kann, ist sie es, aber wir müssen ihr sagen, dass du …«

»Ich weiß nicht … Meinst du, wir können ihr trauen?«

»Ich glaube schon. Sie beteiligt sich nie an Klatschgeschichten, und sie ist eine intelligente und ernsthafte Frau. Ich denke, sie wird einsehen, dass es nicht klug wäre, allen zu erzähen, was los ist.«

»In Ordnung. Ruf sie gleich an und versuch ein Treffen mit ihr für heute Abend auszumachen. Ich gehe jetzt. Ich muss noch einkaufen. Wenn ich das samstags nicht erledige, muss ich die ganze Woche am Hungertuch nagen. Sagst du mir Bescheid?«

»Ich rufe dich an, sobald ich sie erreicht habe.«

»Gut, danke. Ciao, Chiara.«

»Ciao, Frau Kommissarin. Keine Ursache. – Frau Kommissarin?«

»Ja?«

»Heute Nachmittag fangen wir an zu drehen. Für mich steht dieser Film am Beginn dieses Alptraums. Vielleicht interessiert es dich zuzusehen – kann sein, dass es dich auf eine Idee bringt ...«

»Warum nicht? Wo denn?«

»Um zwei in Sant' Ambrogio.«

»Wenn ich es schaffe, bin ich dabei. Wenn ich nicht komme, sag mir Bescheid wegen heute Abend ...«

»Ciao.«

»Ciao.«

Sie geht, und ich habe das unbestimmte Gefühl, ihr noch irgendetwas sagen zu müssen. Und das ist diesmal wirklich ein dummes Gefühl, denn ich habe ihr schon mehr gesagt, als ich eigentlich sollte. Sie um mich zu haben, während ich versuche, mich selbst zu spielen, ist wirklich mehr, als ich ertragen kann. Und wie sich Simona erst freuen wird! Aber gut, jetzt kann ich nicht mehr zurück.

Ich betrachte mich im Spiegel und versuche, mich mit anderen, fremden Augen zu sehen. Nein, mit den Augen einer ganz bestimmten anderen, Alessandra Pastore, Polizeikommissarin. Was sehe ich? Eine knapp über zwanzigjährige Lesbe, die noch zu haben ist. In Wirklichkeit bin ich achtundzwanzig, aber alle schätzen mich jünger, wahrscheinlich weil sie mich für einen Kerl halten und das Fehlen eines Bartes nur auf vorpubertäres Alter hindeuten kann, ein bisschen rundlich, aber mit ordentlichen Bauchmuskeln, nicht klein, nicht hässlich, aber auch keine umwerfende Schönheit, sagen wir, zehn Kilo weniger stünden mir viel, wirklich sehr viel besser zu Gesicht. Zumindest habe ich volle Lippen, es ist angenehm, mich zu küssen – aber vielleicht denkt sie so nicht –, ich bin ausdrucksstark und habe ein offenes Lächeln.

Ich mache ein paar Faxen vor dem Spiegel, verlasse das Badezimmer und rufe Tina an.

»Hallo, Tina, ich bin's, Chiara.«

»Chiara, wie geht's?«

»Eigentlich gut, wenn da nicht diese absurden Dinge wären, die mich in letzter Zeit ein wenig aus der Bahn geworfen haben ...«

»Du sprichst von der Sache mit Silvia, oder? Ich habe davon gehört – eine verrückte Geschichte. Wenn so etwas passiert, weiß ich nie, was ich sagen soll ...«

»Ja, aber es kommt noch schlimmer. Ich werde dich jetzt etwas fragen, aber du musst versprechen, absolutes Stillschweigen zu bewahren, in Ordnung?«

»Ja, versprochen. Du weißt, ich kann schweigen wie ein Grab. Was ist los?«

»Es scheint so, als ob Silvia ermordet wurde.«

»Scheiße!«

»Ja, das kannst du laut sagen. Und das ist noch nicht alles ...«

»Was denn noch?«

»Die Kommissarin, die in dem Fall ermittelt, ist durch die Anruferliste der Telefongesellschaft auf mich gekommen ...«

»Aber du bist es doch nicht gewesen?«

»Nein, aber sie kommt nicht weiter, darum hat sie mich um Hilfe gebeten. Ich soll sie herumführen – sie denkt, wenn sie etwas über die Lesbenszene erfährt, erfährt sie auch mehr über Silvia und darüber, was passiert sein könnte.«

»Verdammt!«

»Allerdings. Das weiß niemand außer dir. Gestern Abend ist sie ins *Plastic* gekommen, und dort habe ich sie offiziell kennengelernt – so kann ich sie jetzt überallhin mitnehmen, ohne aufzufallen.«

»Hör mal, Chiara, du nimmst mich aber nicht auf den Arm?«

»Nein, ich schwöre, ist leider alles wahr. Ich muss dich um einen Gefallen bitten. Es scheint, dass niemand Silvia kannte. Ich habe gedacht, dass vielleicht jemand im Chat ...«

»Schon verstanden. Komm heute Abend zu mir, und wir schauen, ob wir eine Spur von ihr finden.«

»Tina, du bist wunderbar!«

Meine Verabredung mit Tina ist um neun. Jetzt gehe ich zu Simona. Wir holen unsere Ausrüstung und meine Vespa ab und fahren nach Sant' Ambrogio, zu dem Zeitungskiosk, wo die Geschichte des Films in dem Moment beginnt, als Chiara – mit anderen Worten ich – an einem bestimmten Punkt ihres Lebens einen hysterischen Anfall bekommt.

Alessandra ist schon da. Simona, der ich nichts von unserem Gast gesagt habe – in der stillen Hoffnung, sie möge nicht kommen –, durchbohrt mich mit wütenden Blicken. Auch Marzia und Martina sind da, der Zeitungsverkäufer ist genauso aufgeregt wie damals, und auch er ist bereit, und so drehen wir diesmal wirklich. Klappe!

CHIARA, SIMONA UND DIE ANDEREN

Erste Szene

Einstellung 1: Eine Straße mit einem Kiosk.
Außen – Tag
Personen: Chiara, Zeitungsverkäufer

Chiara (niedergeschlagen): Ein U-Bahnticket bitte.
Zeitungsverkäufer: Hier – bitte. Das macht einen Euro.

Chiara will ihm einen Fünfzig-Euro-Schein reichen, doch der Zeitungsverkäufer wehrt ab.

ZEITUNGSVERKÄUFER: Haben Sie das nicht klein?
CHIARA (durchwühlt ihre Taschen): Nein, ich habe nur fünfzig Euro und ... und fünfzig Cent.
ZEITUNGSVERKÄUFER: Darauf kann ich nicht rausgeben!

Er nimmt das Ticket und legt es wieder zurück zu den anderen.

CHIARA: Ich verstehe, aber ich habe keinen Euro, sonst würde ich ihn Ihnen doch geben, oder?
ZEITUNGSVERKÄUFER: Dann lassen Sie sich den Schein irgendwo wechseln, in einer Bank oder einem Café, und dann kommen Sie mit Ihren hübsch kleingemachten fünfzig Euro zurück, und ich gebe Ihnen ein U-Bahnticket. Danke und auf Wiedersehen.
CHIARA: Von wegen danke und auf Wiedersehen! Es ist halb eins, die Banken sind geschlossen, und Cafés gibt es hier keine. Um diese Uhrzeit muss ich mit der U-Bahn fahren, um eines zu finden, das offen hat!
ZEITUNGSVERKÄUFER: Ich kann Ihnen nicht rausgeben!
CHIARA: Hören Sie mir mal gut zu! Sie sind derjenige, der sich darum kümmern muss, genug Wechselgeld für Ihre Kunden zu haben – nicht ich. Was ist das für ein Kiosk ohne Kleingeld? Ich muss jetzt auf der Stelle die U-Bahn nehmen!

Der Zeitungsverkäufer wendet den Blick ab und ignoriert Chiara eine Weile, dann blickt er ihr direkt ins Gesicht.

Zeitungsverkäufer (betont deutlich): Jetzt hören Sie mir mal zu. Wenn Sie Ihre fünfzig Euro nicht wechseln können, um jetzt Ihre U-Bahn zu nehmen ... (er spricht jetzt sehr schnell und hebt die Stimme) ... dann ist das Ihr Problem, und nicht meins. Wenn ich allen ihre Fünfziger wechseln müsste, könnte ich mein Geschäft längst schließen!

Chiara (betont deutlich, langsam hysterisch werdend): Ich brauche dieses U-Bahnticket jetzt! Tun Sie irgendetwas, um es mir zu geben – lassen Sie sich das Geld wechseln ... Ich muss die nächste Bahn erwischen, verstanden?

Zeitungsverkäufer (unfreundlich): Das ist Ihr Problem, und nicht meins!

Chiara (hysterisch und schließlich schluchzend): Das kann doch nicht wahr sein, verdammt! So ein bescheuerter Zeitungsverkäufer hat mir heute gerade noch gefehlt – diese ewige Pechsträhne ertrage ich nicht länger! Was zum Teufel wollen Sie von mir? Es geht mir beschissen, Sie können sich gar nicht vorstellen, was ich gerade durchmache – jemand wie Sie ist das Letzte, was ich jetzt gebrauchen kann: ein unfähiger Kioskbesitzer ohne Kleingeld! Warum passiert so was immer mir, verdammt?!

Tina ist reich – sehr reich. Sie muss nicht arbeiten, um ihren Lebensunterhalt zu verdienen, dafür pflegt sie ihre Informatik-Leidenschaft mit den modernsten Mitteln, derer sie habhaft werden kann – alles, das ihr erlaubt, raffinierte Benutzeroberflächen zu erstellen. Was sie noch reicher macht. Sie hat das ganze oberste Stockwerk eines äußerst repräsentativen Hauses gekauft, mit einem hängenden Garten, um den sie sich selbst kümmert, und riesigen Panoramafenstern über der Stadt. Eingerichtet ist sie mit High-Tech-Möbeln, dazwischen einige seltene Stücke chinesischer Antiquitäten, die ihre Leidenschaft sind. Sie ist der größte Fan virtueller Universen, den ich kenne: Sie beschränkt sich nicht darauf, mit Unbekannten übers Internet zu chatten, sie spaziert durch Meta-Universen, wo sich sprechende Gesichter treffen, wo man in antiken Villen mit brennendem Kamin herumspaziert und sich für zehn Uhr abends am 19. Breitengrad verabredet, um Cybernauten aus aller Welt zu treffen. Kurz, sie bewegt sich durch den Äther so wie ich durch die Straßen meines Viertels, und wenn es dort irgendeine Spur von Silvia gibt, ist sie diejenige, die sie finden kann.

Unsere Suche beginnt mit den meistfrequentierten Seiten. Wir verbinden uns, erfinden einen Benutzernamen (XXX, um nicht aufzufallen), denn Tina will natürlich nicht ihren eigenen verwenden – ›Wer weiß, ob die Mörderin online ist – ich will da nicht hineingezogen werden‹ –, und vor uns öffnet sich eine Seite voller vorbeihuschender Worte, deren Sinn zu enträtseln absolut unmöglich ist.

Mösenmeisterin: wie die Mönchsrobbe J
Guru: die Mönchsrobbe, diese …
Sandra: das letzte Mal, als ich da war, war es super
Pachu: Möse, du bist toll
Dalia: ich bin auch da
Cece: hallo Dalia
Miriam: meine Lieblingsblume!
Xxx ist online.
Mösenmeisterin: hallo XXX, bist du neu hier?
Miriam: XXX wie im Porno?
Diekatzeaufdemdach: ganz schön traurig
Guru: ich glaube nicht, dass da nichts dran ist
Xxx: Hallo allerseits! Ich suche jemanden – Silvia. Ich weiß

nicht, unter welchem Namen sie schreibt, sie ändert ihn dauernd. Ich muss mit ihr sprechen. Sie ist gerade aus England zurückgekommen, hübsch, ein bisschen schüchtern. Kann mir vielleicht jemand helfen?

DALIA: hey, das bin ich!

DIEKATZEAUFDEMDACH: Hör mal, Süße, die gibt es hier haufenweise. Weißt du, auf wie viele Leute deine Beschreibung zutrifft?

GURU: hör mal, Möse, wie ist es mit der Signorina mit der sexy Stimme ausgegangen?

MÖSENMEISTERIN: nach einer Woche Telefonieren

MÖSENMEISTERIN: bitte ich sie, mir ein Foto zu schicken

MÖSENMEISTERIN: eine Gefängniswärterin

MÖSENMEISTERIN: überhaupt keine Anziehung

DIEKATZEAUFDEMDACH: Gut, dann treibst du wenigstens keinen Unfug

DALIA: weiß jemand was über das Treffen?

XXX: sie war Schauspielerin, die Dreharbeiten sollten jetzt losgehen

MIRIAM: ich habe auch einen gedreht, mit Catherine Deneuve

CECE: haha

DALIA: :-)

And so on. Niemand hat von Silvia gehört, weder in diesem noch in einem der vielen anderen Chats, die wir besucht haben. Wir waren ziemlich entmutigt, obwohl Tina versprach weiterzumachen, da es ein Gerücht gab, dass bereits eine im Netz unterwegs war, die Silvia suchte, und dass sie weiterhin unter unserem Namen online gehen würde, damit man sie erreichen könne, falls jemandem doch noch etwas einfiele.

»Wir können nichts weiter tun als abwarten.«

»Ja. Und es ist auch schon spät. Soll ich dich nach Hause bringen?«

»Nein, danke, ich bin mit der Vespa da. Sehen wir uns morgen? Es gibt ein Essen bei Roberta – da werden viele Leute sein ...«

»Okay, wir telefonieren morgen und machen etwas aus. Gute Nacht.«

»Nacht.«

Wenigstens hoffe ich das – es wäre nicht schlecht, endlich mal wieder ein wenig zu schlafen. Ich möchte schlafen wie ein Murmeltier, mit ganz vielen schönen Träumen, auf einer superbequemen Matratze ...

Um vier Uhr morgens ruft Silvia an, und ich bekomme beinahe einen Herzinfarkt. »Ich habe sie gefunden! Ich habe sie gefunden!«, schreit sie in den Hörer, und ich verstehe erstmal überhaupt nichts.

»Wen hast du gefunden? Wer ist da?«

»Silvia!«

»Hören Sie, Sie haben sich sicher verwählt ...«

»Chiara, ich bin's, Tina, ich habe Silvia gefunden!«

Ich brauche einige Sekunden, um diese Information zu verarbeiten, dann fahre ich wie vom Blitz getroffen hoch und bin hellwach.

»Wer, wo, wann?«

»Vor etwa einer Stunde habe ich mit einer neuseeländischen Freundin gechattet, und um keinen Fehler zu machen, habe ich mich auch dort mit XXX angemeldet. Plötzlich wurde ich in einen Chatroom eingeladen, um mit einer gewissen Sam zu sprechen. Sie hat mir gesagt, dass sie Silvia kenne, dass sie ganz sicher sei. Die beiden haben sich wohl getroffen, nachdem sie ein paar Mal miteinander gechattet hatten, sind ein paar Mal zusammen im Bett gewesen, und Silvia hat ihr von dem Film erzählt. Ich habe mir noch ein paar Details sagen lassen, um sicherzugehen, dass es sich wirklich um Silvia handelt.«

»Und hat sie dir ihre Nummer gegeben? Ihre E-Mailadresse? Kann man mit ihr sprechen?«

»Ja, sie hat mir ihre Mailadresse gegeben und mich gebeten, sie zu informieren, falls ich etwas über Silvia herausfinde. Sie hat mich kontaktiert, weil sie nichts mehr von ihr gehört hatte und hoffte, etwas von mir zu erfahren. Sie schien sehr traurig; sie schrieb, dass es eigentlich gut lief zwischen ihnen, dass Silvia zwar noch eine andere im Kopf herumgespukt sei, sie sich aber sicher war, Silvia sie vergessen zu lassen. Und dann war Silvia plötzlich verschwunden, und niemand wusste, warum.«

»Und hast du es ihr gesagt?«

»Ich habe es nicht über mich gebracht.«

»Hat sie nicht gefragt, warum du sie suchst?«

»Ich habe mich als Produzentin ausgegeben und gesagt, Silvia sei verschwunden, ohne irgendwem Bescheid zu sagen, und dass wir nicht wüssten, wie wir mit dem Dreh weitermachen sollten, weil wir schon einiges gedreht hätten und es schrecklich wäre, mit einer anderen Darstellerin wieder von vorne anzufangen.«

»Wie geistesgegenwärtig! Aber wir wissen nun auch nicht mehr als vorher ...«

»Fast nichts. Ich habe immerhin erreicht, dass sie mir eine Mail von Silvia schickt – die letzte, die Silvia ihr geschrieben hat. Sie hofft, dass ich vielleicht daraus schlau werde und ihr einen Rat geben kann. Diese Mail war ziemlich krass ...«

»Kannst du sie mir schicken?«

»Schon geschehen. Du musst nur dein Postfach öffnen.«

»Danke, Tina, du bist eine Wucht!«

»Keine Ursache. Wenn du noch etwas brauchst …«

Heute Abend hatte ich Lust, tanzen zu gehen. Nicht um zu tanzen natürlich, sondern um Frauen tanzen zu sehen, ich hatte Lust, sie anzuschauen, ihnen zuzuhören, ein aufblitzendes Lächeln im Halbdunkel zu erhaschen, einen Lachfetzen, einen ins Ohr geflüsterten Satz, einen Kuss. Ich hatte Lust, sie alle glücklich und strahlend zu sehen, wie sie sich vergnügen. Ich hatte Lust, sie *zu vergessen, ihre kannibalische Art, mich zu lieben, unsere sinnlose Beziehung, in der ich mich vollständig hingab und sie sich alles nahm. Danach fragte ich mich immer, was ich im Austausch bekommen hatte. Eine Weile genügte es mir, dass ich mich durch sie irgendwie besonders fühlte, in perfektem und absolutem Einklang mit einer Beziehung, die einzigartig war. Dann, plötzlich, war ich nur noch erschöpft. Und mutlos und leer. Ich bekam Lust auf ein bisschen Schweigen zwischen uns beiden, das ich mit kleinen, aber wirkungsvollen zärtlichen Gesten füllen wollte, mit Umarmungen, die für sich sprechen, mit einem Lächeln, das alle Melancholie vertreibt. Ich wünschte mir auch viele Worte, freie, fröhliche Worte, intime, sehnsuchtsvolle Worte, die Worte einer Frau, die träumt und sich hingibt, die weint und wieder lacht, die glaubt und liebt. Ich langweilte mich mit meinen Monologen, die sich mit ihrem Schweigen kreuzten. Mit ihrem Abwiegen und Zurückhalten von Worten, Gefühlen, Gedanken. Mit diesem nichtssagenden Verschleiern und Beschönigen. In dem ich nicht vorkam, außer in ihrem Bedürfnis nach Selbstbestätigung. Wieder einmal fragte ich mich, was aus mir und uns und diesem dummen kleinen Traum werden würde. Was aus dieser Beziehung, die tausend wunderschöne Din-*

ge hätte sein können und stattdessen ein verworrenes Nichts war. Noch heute bewahrt meine rechte Gehirnhälfte eifersüchtig jene Bilder von ihr, von uns, von dem, was nicht gewesen ist, dem Klang ihres Lachens und der Sätze, die nie ausgesprochen wurden. Sie verzerrt die Farben der gelebten Augenblicke, kleidet sie in Blau, in Gelb, in Orange und Rot. Sie verzerrt die Bedeutung der Worte, der Gesten, der Blicke. Die linke Hirnhälfte dagegen schaut nach vorne – sie sieht alles in einem scharfen Schwarz-Weiß, bremst die Geräusche auf 78 Umdrehungen herunter und noch weiter, bis sie vollständig an Bedeutung verlieren, vollkommen unverständlich werden. Das ist der kalte, manchmal grausame Teil, der den Illusionen, der Nostalgie, den Erinnerungen keinen Raum lässt. Er bildet mein Leben ab, als wäre es das einer anderen, entzieht ihm Sinn und Emotionen, wie eine kalte, glatte Marmorwand, an der man keinen Halt findet. Das ist der Teil, der zum Schweigen gebracht werden muss, egal auf welche Weise.

Meine Güte, wie beklemmend. Doch abgesehen von der Tatsache, dass ich jetzt sicher weiß, dass Silvia in einer dieser fürchterlich zermürbenden Beziehungen steckte, aus der sie nicht herauskam, sagt dieser Brief nicht viel. Es wird das Beste sein, wenn ich sofort Alessandra anrufe. Jetzt gleich oder erst morgen früh? Vielleicht lieber morgen früh. Allerdings, eine Stimme kurz nach dem Aufwachen zu hören ist etwas sehr Intimes … Vielleicht rufe ich doch jetzt gleich an.

»Hallo, Alessandra?«

»Chiara? Wie spät ist es?«

(Sie hat mich erkannt, sie hat mich erkannt!)

»Halb fünf … Entschuldige die Störung, aber Tina hat mich angerufen. Sie hat eine Frau im Chat getroffen, die eine

Affäre mit Silvia hatte. Sie hat Tina eine Mail weitergeleitet, die Silvia ihr kurz vor ihrem Tod geschrieben hat – das heißt, die Frau weiß nicht, dass Silvia tot ist. Jedenfalls dachte ich, es wäre wichtig, vielleicht willst du sie sofort lesen ...«

»Vielen Dank, aber ich habe keinen Computer zu Hause. Schick sie mir trotzdem, dann lese ich sie gleich morgen früh im Büro und rufe dich anschließend an.«

»Einverstanden. Dann gute Nacht. Entschuldige, dass ich dich geweckt habe, aber es schien mir wichtig ...«

»Mach dir keine Gedanken – das war vollkommen richtig. Jetzt versuch zu schlafen ...«

»Ja, gut.«

»Entspann dich. Heute Nacht werden wir nicht mehr herausfinden, was geschehen ist.«

»In Ordnung. Gute Nacht.«

»Versprich es mir.«

»Ja, ich verspreche es. Gute Nacht.«

»Gute Nacht.«

O Gott, wie sehr sie mir gefällt! Ob sie weiß, wie sehr sie mir gefällt? Sicher weiß sie es. Ob ich ihr gefalle? Beinahe scheint es so. Ach was ... Los, dreh dir einen Joint, und dann ab ins Bett. Wenn ich doch nur das Gras in diesem Chaos finden könnte ... Mal überlegen, ich habe es aus der Tasche genommen, auf den Tisch gelegt, nein, auf das Waschbecken im Bad, nein, in den Aschenbecher, nein, auf den Balkontisch, genau. Ich drehe mir einen – schon an sich ein entspannendes Gefühl. Ich zünde ihn an und nehme einen Zug. Dann lasse ich meine Gedanken schweifen, bis mich der Schlaf übermannt; ich versuche an etwas Schönes zu denken, mal sehen, Meer Strand Sonne Silvia ... Nein, nein, nicht Silvia. Ale. Ihre dunklen Haare, ihre weichen Locken.

Die kleine, wohlgeformte Nase. Die vollen Lippen, o was für Lippen! Dunkel wie ihr Gesicht, wie ihre Hände. Sie ist so zweideutig, so androgyn. Wer weiß, wie sie außerhalb der Arbeit ist, was für Hobbys sie hat, was für Bücher sie liest … Sicher liest sie alles Mögliche – alles außer Krimis. Sie hat eine Wohnung voller Bücher und Möbel aus duftendem Holz … Nein, sie hat eine schlichte Wohnung, warme Farben, ein bisschen Holz, Parkett auch im Badezimmer, und auch einen Duft, nach Räucherstäbchen, Parfum und Blumen. Sie mag Exotik, aber sie ist nicht eine von diesen Tai-Chi-Tanten, sie mag Pferde und spielt Mundharmonika …

Tuuut tuuut.

Klick. »Hallo, ich bin nicht zu Hause. Hinterlass eine Nachricht, und ich rufe zurück. *Piep.*«

»Hallo, Chiara, hier spricht Al…«

»Hallo!«

»Oh, du bist da. Habe ich dich geweckt?«

»Nein! Oder eigentlich schon. Ich bin ziemlich spät eingeschlafen.«

»Tut mir leid … Es tut mir leid, dass ich dich da so mit hineingezogen habe. Ich dachte, du würdest es besser wegstecken … Weißt du, ich bin leider daran gewöhnt – ich habe schon so viel gesehen. Aber für dich ist es ja tatsächlich das erste Mal.«

»Und das letzte, hoffe ich. Mach dir keine Sorgen – ich erhole mich schon wieder. Hast du die Mail gelesen?«

»Ja. Das könnte eine Spur sein. Wenigstens wissen wir jetzt, dass es in Silvias Leben mindestens zwei Personen gab – das ist wesentlich mehr, als wir gestern wussten. Man müsste mit dieser Sam sprechen. Glaubst du, das geht?«

»Tina ist einfach toll. Sie hat sich ihre Mailadresse geben lassen und mir gleich weitergeleitet. Aber per Mail sollte man ihr das nicht alles erzählen ... Tina meinte, sie schien wirklich verliebt ...«

»Ja, da hast du recht. Wenn sie es nicht schon weiß, weil sie es selbst war ...«

»O Gott, daran habe ich gar nicht gedacht!«

»Wir müssen sie überzeugen, sich mit uns zu treffen. Wenn das nicht klappt, muss ich die Telefonüberwachung einschalten, aber das dauert seine Zeit. Du hast einen Computer zu Hause, nicht wahr?«

»Ja ...«

»Macht es dir etwas aus, wenn ich zu dir komme und wir zusammen in Ruhe überlegen, was wir schreiben könnten?«

»Nein, ganz und gar nicht, aber ich kann erst heute Nachmittag. Ich muss bis Mittwoch die Fahnen der Zeitschrift korrigieren, und wenn ich so weitermache ... Wir können uns gegen sechs treffen, dann können wir in aller Ruhe überlegen und danach direkt zu Roberta gehen.«

»In Ordnung, so machen wir es. Irgendwann musst du mir mal erzählen, wovon du eigentlich lebst, denn das habe ich immer noch nicht so ganz verstanden. Was soll ich anziehen, um nicht aufzufallen?«

»Mach dir darüber keine Gedanken – du hast sowieso keine Chance, nicht aufzufallen. Ich bringe eine Frau mit auf eine Party, die man noch nirgends gesehen hat – du wirst im Mittelpunkt der Aufmerksamkeit stehen. Und außerdem gibt es da keinen allgemeinen Standard, weißt du. Fühlst du dich eher *butch* oder eher *femme?* Nichts von beidem? Vielleicht ein bisschen *lesbian chic?* Ex-Feministin? Engagierte Intellektuelle? Ein bisschen Sadomaso? Modebewusst? Exotisch? Im Wandel begriffen?«

»Schon gut, ich habe verstanden. Ich überlege mir was …«

»Wenn du den anderen heute Abend möglichst ähnlich sehen willst, empfehle ich dir Jeans und eine weiße Bluse, Männer- oder zumindest sportliche Schuhe, ungeschminkt, aber mit Schmuck und so parfümiert, wie du willst …«

»Das war es, was ich wissen wollte!«

Ich nehme Ale und ziehe sie aus, lege sie mit ausgebreiteten Armen und leicht geöffneten Beinen auf den Boden und beginne ihr eine Reihe von Kleidungsstücken anzuziehen, wie früher bei diesen Papierfiguren mit all ihren Klamotten, die so kleine Laschen hatten, die man umbiegen musste, damit sie hielten. Jeans, Lederriemen, Cowboy-Chaps und Militärmütze. Nein. Kurzes Unterhemd und Bauarbeiterhosen. Nein. Weite Hosen mit tiefsitzendem Schritt und ein langärmeliger zweifarbiger Pulli. Nein. Pipi-Langstrumpf-Kleid. Nein. Enge Jeans, Bluse, Schnallengürtel, Stiefel, Stetson-Hut. Mmmmh. Dieser Wildwestlook, der mich so anmacht und wofür all meine Freundinnen mich aufziehen, steht ihr wirklich gut …

Versunken in diese Gedanken vergeht mindestens eine halbe Stunde, bevor ich mir einen Ruck gebe und die Artikel zur Hand nehme, die ich korrigieren muss. Los, Chiara, konzentriere dich …

»… *Doces bárbaros* ist der Titel einer brasilianischen CD von 1976. Darauf ist die Tour von vier Musikern und Sängern aus Bahia in die wichtigsten brasilianischen Städte dokumentiert: Caetano Veloso, Gilberto Gil, Gal Costa und Maria Bethânia. Einem nicht sehr aufmerksamen Zuhörer …«

Drrr.

Es klingelt. Wer kann das sein? Simo ist am Meer und … verdammt, ist es wirklich schon zwanzig nach sechs?!

»Ja?«

»Hallo, ich bin's – Alessandra.«

»Komm rauf ...«

Ich schaue mich um. Wenn ich so konzentriert arbeite, esse ich nur mal schnell zwischendurch einen Toast, aber trotzdem produziere ich dabei eine Unordnung, als hätte ich für fünfzehn gekocht. Die Tüte mit Toastbrot steht offen auf dem Tisch, die Schmelzkäsefolien liegen auf der Waschmaschine, der Orangensaft ist auf den Stuhl getropft, überall liegen Krümel herum, die Schubladen in der Küche stehen offen, die Grillpfanne steht bedeckt mit klebrigen Käseresten in der Spüle, neben dem Toastbrot liegt der offene Tabak und überall drumherum verstreute Tabakkrümel, die leeren Blättchen liegen auf der Toilette, das andere Päckchen mit deutlichen Spuren abgerissener Filter auf dem Sofa, zusammen mit den Kopfkissen aus meinem Bett, die ich hierhergeschleppt habe, um es bequem zu haben. Dazu liegt alles herum, was ich seit gestern Abend überall verstreut habe: die Socken über der Stuhllehne, die Schuhe in der Ecke, das Bett ist nicht gemacht, und da das Schlafzimmer keine Tür hat, sieht man es natürlich; in der Ecke neben der Tür türmt sich die Schmutzwäsche, ich sitze hier in BH und aufgeknöpfter Hose, ich habe dreißig Sekunden um mich anzuziehen und das Chaos zu beseitigen, vielleicht muss ich mich für eines von beidem entscheiden, nur was? Ziehe ich mich an oder räume ich auf? Ich ziehe mich an. Ich räume auf. Während ich mir die Hose zuknöpfe, schlüpfe ich in ein T-Shirt, werfe einen Blick in den Spiegel, greife nach den Kissen und werfe sie ins Bett, ziehe provisorisch das Laken darüber, versetze der Schmutzwäsche einen Tritt und kicke sie unters Bett, die Schuhe nehmen denselben Weg, die Socken stecke ich mir in die Tasche, den Tabak wische ich auf den Boden, der sowieso schwarz ist wie früher üblich und auf dem man nichts sieht, greife nach Dose und Blättchen und stecke sie nur deshalb nicht in die Tasche, weil die Dose nicht hineinpasst, ich schaffe es, in die Küche zu laufen und sie in den Müll zu werfen, schließe die Grillpfanne in einen Schrank ein, und mit dem Toastbrot in der Hand mache ich Alessandra, die oben klingelt, die Tür auf. Bevor ich öffne, werfe ich noch einen schnellen Blick in die Runde. Annehmbar. Ich mache auf.

»Hallo …«

»Hallo, komm rein. Willst du was trinken?«

»Hast du ein Bier? Ich bin heute ein bisschen nervös und muss mich entspannen … Aber was ist denn hier passiert, bist du überfallen worden?«

Doch nicht so annehmbar, wie ich dachte. Aber die nimmt sich auch ganz schön was raus.

»Das ist keine Unordnung, sondern Kunst!«

»Ja, das sagt mein Sohn auch immer.«

Kracks. Ein Teil meines Körpers ist soeben zerbrochen – wenn ich ein bisschen Zeit habe, muss ich nachsehen, welcher. Ich versuche so zu tun, als wäre nichts.

»Dein Sohn?«

»Mach nicht so ein Gesicht und setz dich erst mal. Alles in Ordnung? Ich habe einen neunzehnjährigen Sohn, Massimiliano. Das ist ziemlich normal für eine Frau in meinem Alter, oder?«

»Warum – wie alt bist du denn?«

Der übliche belustigte Blick, der mich auf die Palme treibt. Und rot werden lässt. Ich gehe das Bier holen, so bemerkt sie vielleicht nichts.

»Achtunddreißig. Ich war ziemlich jung, als ich ihn bekam.«

»Und du … dein Partner …«

»Wir sind seit ein paar Jahren nicht mehr zusammen. Ich habe irgendwann bemerkt, dass zwischen uns einfach nichts mehr war – viel Zuneigung, das schon, aber das reichte nicht aus. Ich versuchte immer häufiger, außer Haus zu sein – mit meiner Arbeit als Vorwand war das einfach –, und wenn ich in unsere Wohnung zurückmusste, fühlte ich mich eingeengt. Aber ich fand nicht den Mut, die Sache zu beenden. Außerdem war da unser Sohn, auch ihm gegenüber fühlte ich mich schuldig. Das ging so lange, bis Paolo eine andere fand und mich verließ. Er hat das Sorgerecht beantragt, und man gab es ihm ohne Zögern. Seine neue Partnerin arbeitete nicht, und ich war ständig im Büro, noch dazu hatte ich einen gefährlichen Job. Ich habe mich nicht gewehrt. Ich wusste selbst, dass es die beste Lösung für Massimiliano war.«

»Und wie ist euer Verhältnis jetzt?«

Diese unerwarteten Geständnisse treffen mich vollkommen überraschend – so etwas habe ich nicht erwartet, und ich weiß nicht, wie ich reagieren soll. Ich rutsche auf meinem Stuhl hin und her. Ich drehe mir eine Zigarette. Alessandra scheint meine Gedanken zu lesen, denn sie macht es kurz.

»Sehr gut. Paolo und ich sind noch gute Freunde, und Massimiliano hat auch viel Zeit bei mir verbracht. Aber jetzt sollten wir lieber an Sam denken und uns dann auf den Weg machen, sonst kommen wir zu spät.«

Ich bin wirklich eine Vollidiotin.

Hallo, Sam! Ich bin Chiara, die Regisseurin des Films, in dem Silvia mitspielen sollte. Auch ich mache mir Sorgen um sie, und ich muss sie unbedingt sprechen. Vielleicht hast du ja irgendeine Information, die mir weiterhelfen könnte. Ich kann mir vorstellen, dass Silvia dir von ihrer Freundin erzählt hat, mit der sie die Beziehung beenden wollte, und dass du nicht nach ihr gesucht hast, weil du diskret sein wolltest. Ich allerdings hätte eine gute Entschuldigung, um sie zu kontaktieren. Hast du Lust, dass wir uns mal treffen? Hier meine Handynummer: 3392212415. Ruf mich an. Bis dann, Chiara.

4

Roberta wohnt in einer dieser Gegenden der Stadt, wo vor ein paar Jahren nur alte verlassene Fabriken standen und die dank sogenannter Pläne zur urbanen Wiederaufwertung und der Umwandlung industrieller Anlagen in Wohnraum langsam wiederbevölkert wurden. Ihre Wohnung ist ein riesiges Loft mit Galerie in einer ehemaligen Druckerei, wirklich beeindruckend. Das Schlafzimmer befindet sich im Obergeschoss, doch dort hinauf gelangen nur »wenige Auserwählte«, Zitat Roberta, und daher weiß ich nicht, wie es dort aussieht, und es hat mich auch nie besonders interessiert, das herauszufinden. Wenn der Schlafbereich jedoch genauso groß ist wie der Wohnbereich, dann könnte Roberta problemlos ein Bordell mit zehn Mädchen eröffnen, mit Privatzimmern, Videokabine und Nachtclub inklusive *lap dance* und Umkleidekabinen. Ich beschreibe euch mal das Erdgeschoss – dann werdet ihr sehen, dass ich recht habe: Durch die Wohnungstür kommt man direkt in einen Bereich, der einerseits als Atelier und andererseits als Partyraum dient; an den Wänden hängen die Bilder beziehungsweise Skulpturen von Roberta, wahre Monstren von übertriebenen Ausmaßen aus Recyclingmaterial, Stoffen und Gegenständen, die von mehreren bunten Farbschichten bedeckt sind. Eine große offene Küche mit Anrichte trennt den Raum in zwei

Hälften, und auf der anderen Seite beginnt eine Landschaft aus Teppichen, Kissen, kleinen Sofas, die kreuz und quer verteilt ein kleines Labyrinth bilden. Gegenüber der Küche liegt das Badezimmer, passender wäre die Bezeichnung Hamam. Die Toilette ist ein normal großer Raum mit Klosett, Waschbecken, Bidet, den man durch ein *High-tech*-Vorzimmer betritt. Eine weitere Tür jedoch führt ins Wunderland – einen Glaspavillon im Privathof, der vor Pflanzen überquillt, mit einem Whirlpool für sechs Personen samt Unterwasserleuchten für Chromotherapie und einer Musikanlage für Musiktherapie, dazu eine Sauna und ein türkisches Bad. Während der Partys ist der Pavillon geöffnet, und wer Lust hat, kann sich ein sauberes Handtuch vom Stapel nehmen und sich darin vergnügen. Wenn man das Ende der Teppichlandschaft erreicht hat, steht man direkt vor zwei Türen. Man denkt, sie seien verschlossen, und ist drauf und dran umzukehren, doch dann hört man Stimmen, versucht eine der Türen zu öffnen und traut seinen Augen kaum: Dahinter liegt ein Sportstudio – kein kleiner Raum mit zwei Geräten für den Muskelaufbau, sondern ein ganzes Spielfeld mit Körben, Netz, Toren, Bodybuilding-Geräten, einem Trampolin, Boxsäcken. Und die andere Tür? Du hältst den Atem an und stößt sie auf, und – Wunder über Wunder – ein weiterer Pavillon mit Schwimmbecken erstreckt sich vor dir. Das Wasser hat natürlich die perfekte Temperatur, und es gibt auch eine kleine Bar, die immer bestens ausgestattet ist … Nein, das ist nicht wahr. Aber Robertas Wohnung strahlt so viel Reichtum aus, dass es mich nicht wundern würde, wenn es so wäre. Wahr ist immerhin alles bis zur Beschreibung des Whirlpools, so dass Alessandra und ich eine Stunde brauchen, um alles zu erkunden, inbegriffen gelegentliche Stopps für Begrüßungen, Vorstellungen, Willkommensklatsch, eine Zigarette, ein Glas Wein. Man muss sagen, dass es für eine Privatparty unerhört voll ist – es sind mehr Leute da als an den Abenden im *Adrenalina*. Die Menschen drängen sich; wohin man schaut steht Essen herum, Flaschen, Gläser, überquellende Aschenbecher; die Musik wird überdeckt vom Geräusch hunderter Münder, die alle auf einmal reden; im Skulpturenzimmer wird wild getanzt, an mehr als einem Tisch wird Karten gespielt, in einer Ecke spielt jemand Gitarre. Wir steuern gerade auf eine Weinflasche zu, als ich Claudia sehe, die zu uns herübereilt. Scheiße, niemand hat mir gesagt, dass sie da sein würde! Ich verwünsche meine Freundinnen. Ich merke, dass meine Hände plötzlich schweißnass sind und mein Herz zwei Schläge schneller schlägt als normal. Das ist nicht möglich, denke ich, es sind beinahe fünf Jahre vergangen und ich bin immer noch nicht darüber hinweg? Ich war Claudia nach der schwierigen Geschichte mit Sandra über den Weg gelaufen, die ich kennengelernt hatte, nachdem ich mich von Katias Weggang erholt hatte. Claudia behandelte mich wie ihren kleinen Labrador-Welpen – sie schrie mich wütend an, wenn ich an die Zeitungsständer pinkelte und überhäufte mich gleich darauf mit Kuschel- und Streicheleinheiten, so dass ich immer unsicher war, wie ich mich verhalten sollte und stets auf der Hut vor ihren Stimmungen. Manchmal trafen wir uns zufällig und sie redete kaum ein Wort mit mir, manchmal küsste sie mich leidenschaftlich und schien wirklich glücklich, mich zu sehen. Wenn sie mich verwöhnen wollte und zum Essen ausführte, war sie aufmerksam, begleitete mich nach Hause und gab mir einen leichten Kuss auf den Mund; hatte sie dagegen Lust auf Sex, sprang sie mich ohne große Umschweife an. Wie sie mich auch behandelte, ich war ihr vollkommen hörig. Ich denke nicht, dass sie je die Absicht hatte, mich zu erniedrigen, aber jedes Mal, wenn ich nach Hause kam oder sie mich verließ, fühlte ich mich wie eine würdelose Idiotin und nahm mir vor, nicht mehr auf sie hereinzufallen. Beim nächsten Treffen ging alles von vorne los. Inzwischen hatte sie eine feste Freundin und hier und da eine Affäre, und ich versuchte, den Teufel mit dem Beelzebub auszutreiben, was bei mir allerdings noch nie funktioniert hat, weder bei Claudia noch bei irgendeiner anderen. Dieser Zustand hat mehr als drei Jahre angehalten, dann geschah etwas Unerwartetes: Eines Nachts, nach dem Sex, war sie eingeschlafen und ich fühlte mich so leer wie nie zuvor. Ich stand auf und ging, ohne mich zu verabschieden. Das war das letzte Mal, dass wir zusammen waren. Claudia hat sofort verstanden, dass es nie mehr so sein würde wie früher, aber sie hat nie aufgehört, mich zu sticheln, mehr aus Ehrgeiz als aus Interesse, und ich habe alles getan, um mich von ihr fernzuhalten – eine ziemlich weise Entscheidung, wenn man bedenkt, welche Wirkung sie noch heute auf mich hat. Alessandra bemerkt meinen Stimmungsumschwung und dreht den Kopf, um zu sehen, wohin ich schaue.

»Chiara! Wie schön, dich zu sehen! Du siehst gut aus!« Claudia umarmt mich überschwänglich. »Und das muss deine neue Freundin sein! Hallo, ich bin Claudia.«

»Hallo – Alessandra.«

»Ich hab schon läuten hören, dass du hübsch bist, aber du übertriffst meine kühnsten Erwartungen … Ich freue mich wirklich. Behandle sie gut, ja? Chiara ist so verletzlich!«

Cecilia, die plötzlich neben Claudia auftaucht, kommt mir zu Hilfe und zieht sie von uns weg.

»Ciao, Mädels, viel Spaß! Wir sehen uns sicher später noch …«

Alessandra ist sichtlich perplex, und ich könnte aus der Haut fahren. Ich spüre, wie meine Ohren glühen, und ja, einmal muss ich Claudia recht geben – Alessandra ist wirklich hübsch. Doch das geht sie rein gar nichts an.

»Wer war das denn?«

»Nur eine Vollidiotin, die gekommen ist, um ein bisschen Pipi zu verspritzen.«

»Wie bitte?«

»Um ihr Territorium zu markieren. Ich hatte mal was mit ihr, aber ich habe seit Jahren nichts von ihr gehört, und kaum kommt ihr zu Ohren, dass ich eine Freundin habe, macht sie so eine Szene! Findest du das normal?«

»Eigentlich nicht, nein.«

Wir schweigen ein paar Sekunden. Ich versuche, den Vorfall zu verdauen, und Alessandra schaut sich um. Mit fällt auf, dass alle hier sie wie meine feste Freundin behandeln und dass sie sich daran nicht zu stören scheint. Ich schenke mir noch ein Glas Wein ein und schaue sie an. Sie hat ein wunderschönes Profil, ausgeprägte Wangenknochen, eine Locke umrahmt ihr kleines Ohr, wunderbar volle Lippen. Sie trägt eine weite weiße Bluse mit Stehkragen und weite dunkle Stoffhosen, dazu geschlossene Birkenstock-Schuhe. Diese Frau hat eine heimliche Ader für den Lesben-Look. Sie anzuschauen lässt mich Claudia vergessen, und das will was heißen. Dann tut sich mein Mund auf und beginnt zu reden.

»Und – wie ist es für dich, als meine Freundin behandelt zu werden?«

Es scheint mir, als würde sie rot, doch bevor sie antworten kann, unterbricht uns Roberta, die Hausherrin, die wir noch nicht begrüßt haben. Unnötig es zu sagen, aber sie ist eine, die Geld zu verschenken hat. Darum, und um eine hippe Arbeit zu haben, hat sie eine Kunstgalerie gegründet. Sie hat einen treuen Hofstaat ergebener Bewunderinnen um sich und immer ein Haus voller Leute, die sich in der Illusion wiegen, unentbehrlich zu sein. Ich dagegen bin nicht gerade ihr Lieblingsgast, sie lädt mich ein, weil sie meine Freundinnen kennt, doch sie spürt, dass die Eigenschaften, die sie für andere so unwiderstehlich machen, auf mich keinen Effekt haben, und das irritiert sie. Allein aus diplomatischen Gründen hört sie nicht auf, mich einzuladen, und versucht immer, nett zu mir zu sein, doch trotzdem ist in jeder Geste und jedem Wort ihre versteckte Antipathie spürbar.

»Meine Liebe, wie geht es dir?«

»Hallo, Roberta, ganz gut, und dir?«

»Gut wie immer, das weißt du doch. Ich bin eine unverbesserliche Optimistin.«

»Ja, dieses Glück haben nicht alle ...«

Sie tut so, als verstehe sie die Spitze nicht.

»Heute ist Nicos Geburtstag. Es sind ziemlich viele Leute auch von außerhalb gekommen ...«

»Das ist Alessandra.«

»Ach ja, entschuldige, ich bin wirklich unmöglich. Roberta ... Also, Chiara, amüsiert euch gut!« Damit entschwindet sie zu einer Gruppe Freundinnen, die ihr bedeuten, sich zu ihnen zu gesellen.

»Das war die Hausherrin ...«

»Ja, das habe ich vermutet. Beinahe so sympathisch wie die von eben!«

»O ja, sie sind gut befreundet. Aber wo waren wir stehengeblieben ...«

»Chiara!«

Alice kommt zu uns herüber und unterbricht mich mitten im Satz. Ich werde diese Unterhaltung nie zu Ende bringen.

»Hast du gesehen, dass Carla und Daniela auch da sind?«

»Nein, ich habe noch nicht wirklich darauf geachtet, wer da ist und wer nicht ... Ich dachte, sie würden sich eine Weile nicht mehr blicken lassen. Weiß Ross, dass sie hier sind?«

»Nein, zum Glück konnte sie nicht kommen, sonst wäre es rundgegangen. Andererseits können sich die beiden auch nicht zu Hause verkriechen, bis Ross sich wieder beruhigt hat, oder?«

»Nein, aber wenn Ross rot sieht, fliegen die Fetzen. Einmal hat sie mich praktisch in ein Glasregal geschubst, das unter mir in Scherben zersprungen ist, und hat mir das T-Shirt zerrissen. Kannst du dir das vorstellen? Versuch mal, den Halsausschnitt eines T-Shirts zu zerreißen!«

»Wann war das?«

»Ist schon ein paar Jahre her – als ich was mit Katia anfing. Sie war vorher mit Ross zusammen, und das hat ihr gar nicht gefallen.«

»Niemand hält es lange mit ihr aus. Sie verliert einfach nach kürzester Zeit die Kontrolle.«

»Vielleicht wird sie eher deshalb verlassen, weil sie sich überhaupt nie unter Kontrolle hat ...«

Alessandra hört schweigend zu, aber es ist offensichtlich, dass sie neugierig geworden ist.

»Entschuldige, wir reden hier über Leute, die du gar nicht kennst. Ich habe gehört, du bist neu hier ...«

»Das spricht sich ja schnell herum.«

»Schneller als du dir vorstellen kannst. Trinkt ihr gar nichts?«

»Wir haben gerade die Gläser abgestellt ...«

»Ihr nehmt doch noch eines, oder? Tu nicht so schüchtern, Chiara, es braucht nicht viel, um zu merken, dass du ein kleines Suffloch bist!«

»Das ist mir schon aufgefallen – keine Sorge.«

Ich werfe Alessandra einen überraschten Blick zu.

»Wann denn?«

»Als du neulich beim Brasilianer fast einen ganzen Krug Caipirinha allein getrunken hast … Es war deutlich zu erkennen, dass du einen guten Zug hast – das war keine spontane Reaktion auf die Anspannung. Du weißt, ich bin eine notorische Beobachterin.«

Sie lächelt und zwinkert mir zu. Und ich dachte, ich hätte mich zurückgehalten!

»Hey, guck mal, wer da ist – Nico Piccoletti …«

»Ach komm schon, wo denn?«

»Wer?«

»Siehst du die da ganz in Schwarz, die neben dem Herd nach einer vollen Flasche sucht?«

»Ja.«

»Sie ist die Liebhaberin von Carmela Signorelli, der Journalistin.«

»Die ist lesbisch? Wirklich? Aber die zeigt sich doch immer zusammen mit irgendwelchen Typen …«

»Homosexuellen Typen!«

»Das ist doch nicht möglich! Wenn sich selbst Leute wie sie verstecken, geht es nie voran!«

»Das sagen wir ja auch. Aus dem Grund haben die Amerikaner das Outing erfunden, um Leute wie sie dazu zu zwingen, Position zu beziehen. Sie haben es zunächst gegen offen homophobe Größen aus Politik und Kultur eingesetzt; dann haben sie die Aktion auf alle Personen des öffentlichen Lebens ausgeweitet, die sich nicht offen zu ihrer Homosexualität bekannten, überzeugt, dass es für alle einfacher würde, je mehr Leute das taten, vor allem diejenigen, die bewundert und geliebt wurden.«

»Ich weiß nicht, ob das richtig ist …«

»Ja, es gab eine große Diskussion in der amerikanischen Homosexuellenbewegung über die Rechtmäßigkeit des Outens. Aber in Italien wurde es nie als politisches Instrument benutzt, so dass die Presse bis heute nicht den Unterschied zwischen Outing und Coming-out begriffen hat.«

»Und was ist der Unterschied?«

»Das Outing machen die anderen, gegen deinen Willen. Das Coming-out ist deine eigene Initiative …«

»Chiara, immer dieses Gequatsche über Politik! Wir sind hier auf einer Party – hast du das bemerkt?«

Und zu Alessandra: »Wenn du sie nicht länger erträgst, dann ruf mich an.«

Patrizia ist dazugekommen, die große zynische Mösenjägerin.

»Hände weg, Blondie! Versuch es gar nicht erst … Alessandra, das ist Patrizia alias Cruella Deville!«

»Mit diesem Engelsgesicht?«

»Eben, das will ich meinen … Los, setzt euch ein bisschen zu uns. Wie kommt es, dass ich dich noch nirgends gesehen habe?«

»Ich war noch nirgends.«

»Ein Neuzugang, unglaublich! Eine ziemliche Seltenheit … Bist du aus Mailand?«

»Ja.«

»Und wo arbeitest du?«

»Bei der Polizei.«

Ich stehe kurz vor einer Ohnmacht, aber niemand scheint sich an der Information zu stören.

»Apropos Polizei – Chiara, hast du noch irgendetwas von Silvia gehört?«

»Nein.«

»Wer ist Silvia?«, fragt Alessandra mit Unschuldsmiene.

»Die Protagonistin meines Films ...«

»Die, die gestorben ist?«

»Genau. Ich habe es dir ja erzählt – für mich hat sie ihr Dealer um die Ecke gebracht.«

»Was für ein Dealer?«

»Koks, Hero, Speed, was weiß ich, aber sicher irgendein teures Zeug, für zehn Gramm Hasch bringt man niemanden um die Ecke ...«, fällt Patrizia ein.

»Warum sagst du das – kanntest du sie?«, fragt Alessandra.

»Ich habe sie ein oder zwei Mal in irgendeinem Lokal gesehen ...«

»Das hast du mir gar nicht erzählt!«, mische ich mich ein.

»Das ist mir erst auf dem Nachhauseweg wieder eingefallen, neulich, nachdem wir uns getroffen hatten.«

»Und woher kanntest du sie?«

»Ich weiß es nicht, das ist Jahre her ... Kat, erinnerst du dich an Silvia, die den Film mit Chiara drehen sollte und dann gestorben ist?«

»Meine Güte, Patrizia, du sagst das so, als wäre sie lieber Shoppen gegangen ...«

»Also erinnerst du dich oder nicht?«

»Wie soll ich mich erinnern, wenn ich nicht mal weiß, um wen es geht?«

»Eine Dunkelhaarige, immer in Lacoste-Shirt und blauen Clarks, die in letzter Zeit mit Chiara und ihrem ›Cast‹ herumhing ...«

»Mir scheint, ich höre da einen ironischen Unterton? Das mit dem Film geht weiter, und ich habe immer noch Zeit, weitere Details hinzuzufügen!«

»Das ist Erpressung! Wer spielt denn jetzt die Hauptrolle?«

»Ich selbst. Also nimm dich in Acht – ich spiele aus dem Stegreif!«

»Du Miststück!«

»Ach ja, jetzt weiß ich wer«, mischt sich Kat wieder ins Gespräch. »Ich erinnere mich an sie, weil sie immer allein herumhing …«

»Einmal bin ich ihr auf die Toilette gefolgt. Das ist der beste Ort, um neue Freundschaften zu schließen …«

»Das ist wahr! Ich habe dir damals gesagt, du solltest dich nicht zum Narren machen, und wenn Giò dich erwischte, wäre die Hölle los … Danach hat sie sich nie mehr blicken lassen.«

»Du hast sie wohl traumatisiert«, spotte ich. »Was hast du auf der Toilette zu ihr gesagt?«

»Das weiß ich doch jetzt nicht mehr! Irgendeinen Blödsinn, dass ich in Gefahr sei, weil meine Freundin hier irgendwo wutschnaubend herumliefe – dass ich jetzt nicht könne und wir uns ein andermal wiedertreffen sollten …«

»Warst du da noch mit Giò zusammen?«

»Ja, aber es ging schon dem Ende zu.«

»Darum also hatte ich sie nie zuvor gesehen. Zu der Zeit saß ich immer mit Katia zu Hause und mimte die brave Freundin … Was hat sie dir geantwortet?«

»Verzieh dich.«

»Du bist eine ganz schöne Schwindlerin! Bis vor zehn Minuten wusstest du nicht mal mehr, wo du sie gesehen hattest!«

»Schwindlerin ist beleidigend. Ich ziehe die Bezeichnung ›Fabulantin‹ vor. Aber es ist wahr – Kat hat mich wieder daran erinnert. Wie sie sagt, haben wir sie danach nicht mehr gesehen.«

»Kein Wunder, sie wird gedacht haben, dass Lesben alle

wilde Bestien sind, und sich erst fünf Jahre später getraut haben, es noch einmal zu versuchen!«

Über Silvia haben wir nichts Neues mehr erfahren, und die Unterhaltung hat sich auf irdischere Themen verlagert, obwohl ich mir im Moment nichts Irdischeres vorstellen kann als eine ermordete Frau. Alessandra hat bis zum Schluss durchgehalten, sie schien sich sogar zu amüsieren, und um zwei hat sie mich nach Hause gebracht. Sie hat mich ein paar Sachen über die Leute gefragt, die wir getroffen hatten – Beruf, Alter, Familienstand, dunkle Seiten, Verbindungen zur Unterwelt, Klatsch –, dann haben wir uns verabschiedet. Morgen fahre ich mit Simona und einer größeren Gruppe Frauen nach Sanremo für die zweite Szene. Alessandra schafft es nicht mitzukommen, und dass ist mir recht. Zwei Tage und eine Nacht zusammen wäre wirklich ein bisschen viel. Wir haben verabredet, dass ich sie sofort anrufe, wenn ich etwas von Sam höre.

Ich steige aus dem Auto. Diesmal weiß ich, was ich ihr gerne noch sagen würde, doch ich halte mich absichtlich zurück: Sie zum dritten Mal zu fragen, wie sie sich fühlt, als meine Freundin behandelt zu werden, scheint mir ein bisschen viel, und so habe ich diese Frage für heute Abend verspielt, und vielleicht nicht nur für heute. Wie ich mich fühle, als ihre Freundin behandelt zu werden, ist klar, und darum stelle ich mir diese Frage nicht.

Als ich zu Hause ankomme, lese ich als Erstes meine Mails, doch ich habe keine interessanten Nachrichten. Ein wenig enttäuscht beginne ich meine Sachen zu packen und werfe einen letzten Blick in das Drehbuch. Katia wird sich ärgern, wenn sie den Film sieht, aber das wird schon vorbeigehen. Andererseits bleibt ihr nicht viel anderes als zu büßen, so wie die Dinge gelaufen sind.

CHIARA, SIMONA UND DIE ANDEREN

Zweite Szene

Einstellung 1: Eine Straße in einer Stadt am Meer.
Außen – Tag
Personen: Chiara, Katia (feste Freundin von Chiara), Claudia, Daniela (feste Freundin von Claudia), Renata (Freundin), Laura (Freundin), Diana (Freundin, verliebt in Renata), Vicky (der Hund)
Titel über der Szene: Katia, Silvester 95/96

Man sieht Chiara und Katia mit dem Auto ankommen. Chiara studiert mit der Karte in der Hand aufmerksam die Straßennamen.

KATIA: Seit drei Stunden fahren wir im Kreis herum. Was denn jetzt – rechts oder links? Los, lass mich mal die Karte sehen.

Katia reißt ihr die Karte ärgerlich schnaubend aus der Hand und versucht, gleichzeitig zu lenken und die Karte zu lesen.

CHIARA: Ich weiß sehr gut, wo die Straße ist, und wenn sie die Richtungen der Einbahnstraßen ändern, ist das sicher nicht meine Schuld. Man musste erst rechts abbiegen, dann nach der dritten Ampel links, und schon war man da. Jetzt allerdings ...

KATIA: Jetzt haben wir eine Megaverspätung – wie üblich. Sieh dir Vicky an, die hält nicht mehr lange durch. Gleich macht sie uns ins Auto.

CHIARA: Los, Vicky, reiß dich zusammen. Wir sind gleich da.

Am Straßenrand sieht man Renata stehen, die auf das Auto zeigt, Laura und Diana anstößt. Alle drei beginnen zu winken. Chiara und Katia halten neben den Frauen und steigen aus dem Auto, auch der Hund springt heraus. Katia würdigt Chiara keines Blickes.

KATIA: Ah, haben wir euch gefunden! Ich war schon das reinste Nervenbündel – drei Stunden Fahrt und davon zwei Stunden hier im Kreis herum.

CHIARA: Wir sind da, Vicky, ich habe ja gesagt, es ist nicht mehr weit.

Alle umarmen und begrüßen sich schwatzend.

RENATA: Jetzt ist die glückliche Familie wieder vereint. Meine Güte, habt ihr lange gebraucht – wir sind beinahe zu Eisstatuen gefroren. Hallo, Chiara – hallo, Katia.

DIANA: Hallo, Chiara. Mein Gott, was machst du denn für ein Gesicht – habt ihr euch gestritten?

KATIA: Aber nein, Chiara wusste den Weg nicht mehr – nichts weiter. Hey – hallo, Laura, ich wusste nicht, dass du auch da sein würdest. Wolltest du nicht nach Berlin?

LAURA: Hallo, ach was. Ich habe mein Badezimmer unter Wasser gesetzt und von meinem Berlin-Geld den Klempner bezahlt – Pech …

CHIARA (versucht einen Scherz zu machen, aber Katia unterbricht sie): Wichtig ist, das Jahr nicht schlecht zu beginnen, auch wenn das alte abgebr…

KATIA: Wo sind die anderen? Bereiten die zu Hause das Essen vor?

DIANA: Ja, als wir gingen, haben sie mit den Vorbereitungen begonnen.

KATIA: Dann los – lasst uns fahren.
LAURA: Aber passen wir alle in diese Schuhschachtel?

Alle außer Chiara steigen ins Auto – sie sucht den Hund.

CHIARA: Vicky! Vickyfiuuuuuuu. (Vicky kommt schwanzwedelnd angelaufen.)

CHIARA: Geschäft erledigt? Komm, spring rein.

Sie steigen ins Auto. Das Auto fährt los.

Einstellung 2: Im Wohnzimmer.
Innen – Tag

CLAUDIA (während sie die anderen umarmt, die das Haus betreten, und ihnen das Gepäck abnimmt): Da seid ihr ja! Wo zum Teufel habt ihr zwei denn gesteckt?
DANIELA: Wir dachten schon, ihr wolltet ein romantisches Silvester verbringen – nur zu zweit! Wie geht's?
CHIARA: Sehr gut! Entschuldigt, aber die Einbahnstr...
KATIA (unterbricht sie und deutet auf den Weihnachtsbaum voller Sexspielzeuge im Miniaturformat): Klasse Weihnachtsbaum! Wie seid ihr denn darauf gekommen?
LAURA: Was denkst du wohl, wer so eine kranke und blasphemische Idee ausgeheckt hat? Daniela!

Katia sieht zu Daniela hinüber, und die zwei lächeln sich zu.

DANIELA: Ich wollte einen lesbischen Weihnachtsbaum! Kommt, ich zeige euch das Zimmer. Ich habe zwei Betten nebeneinandergestellt, damit das glückliche Paar mit Hund gut hinüberkommt ins neue Jahr!

Während sie ins andere Zimmer hinübergehen, verdreht Chiara die Augen.

Einstellung 3: Im Schlafzimmer.
Innen – Tag

DANIELA: Oh, Vicky macht doch nicht ins Haus?

CHIARA: Nein, nein, sie hat gelernt, ihr Geschäft draußen zu machen. Wo schlafen denn die anderen?

DANIELA (stellt die Taschen ab und geht sofort wieder hinaus): Im Wohnzimmer mit Schlafsäcken. Alle waren einverstanden, euch das Ehebett zu überlassen.

CHIARA (während sie sich lächelnd auf das Bett fallen lässt und eine einladende Geste macht): Wir könnten das Bett jetzt gleich einweihen – was meinst du, Schatz?

KATIA (eine Grimasse ziehend): Hör schon auf. Wir hängen mit den Vorbereitungen total hinterher. Los, gehen wir!

CHIARA (ernst und gekränkt): Ist irgendwas? Seit wir angekommen sind, ignorierst du mich total.

KATIA (breitet die Hände aus): Nein, es ist nichts.

CHIARA: Es ist nichts – das sagst du immer!

KATIA: Nicht wieder die alte Leier! Wir sind spät dran, sonst nichts. Lass uns rübergehen und die Feier vorbereiten – darum sind wir hier, oder nicht? Los, beweg dich, und bitte ruinier nicht unser Silvester mit deiner üblichen Paranoia. Es ist alles in Ordnung zwischen uns, Chiara. Okay?

Katia verlässt das Zimmer.

Einstellung 4: Im Wohnzimmer.
Innen – Tag

Der Hund flitzt nervös herum.

RENATA: Es ist schon fünf Uhr nachmittags, und nichts ist fertig. Wir haben erst den halben Einkauf erledigt, der Tisch muss gedeckt werden und …

Chiara kommt herein und gesellt sich zur Gruppe. Sie sieht ein bisschen niedergeschlagen aus.

CLAUDIA: … und vor allem müssen wir das Essen vorbereiten!
LAURA: Wir müssen uns nur aufteilen.
KATIA: Ich gehe in die Küche.
RENATA: Ich decke den Tisch.
DIANA (mit einem strahlenden Lächeln): Ich helfe dir!
DANIELA (in Katias Ohr): Diana ist total in Renata verschossen …
KATIA (lächelt und nickt): Es war an der Zeit, dass sie Francesca endlich vergisst!
CLAUDIA: Was meinst du, Chiara, wenn du, ich und Laura zum Einkaufen fahren? Laura bleibt mit Warnblinker im Auto sitzen, während wir einkaufen, und dann führen wir auch Vicky ein bisschen aus – sie scheint es nötig zu haben!
LAURA: Die Arme – nach drei Stunden Fahrt!
DANIELA: Und ich?
DIANA (vielsagend zwinkernd): Dir bleibt nichts anderes übrig als zu kochen!

Daniela schaut zu Katia, zuckt mit den Schultern, breitet die Hände aus und lächelt. Katia lächelt auch. Niemandem fällt etwas auf, denn alle stürzen sich bereits auf ihre Aufgaben.

CLAUDIA (hat nach der Liste gesucht): Hier ist die Liste. Los, gehen wir!
CHIARA (zum Hund): Komm, Vicky, wir drehen eine Runde.

Sie gehen.

DIANA (schaut sich um): Wo sind Tischdecke und Servietten?
RENATA (nimmt ihre Hand und zieht sie zum Tisch): Warte, erst räumen wir mal das ganze Zeug hier weg.

Man sieht, wie die beiden zu fröhlicher Musik beginnen, den Tisch abzuräumen und zu decken.

Einstellung 5: In der Küche.
Innen – Abend

DANIELA: Also, wo fangen wir an?
KATIA: Beim Nachtisch. Obstsalat zubereiten ist das Nervigste überhaupt.

Man sieht, wie die beiden zu fröhlicher Musik beginnen, lachend und scherzend das Obst zu schälen.

Einstellung 6: Auf der Straße.
Außen – Abend

Im Bild sind nur Claudia und Chiara, beladen mit Tüten und Taschen, und der Hund, der ihnen hinterherläuft.

CLAUDIA: Fehlt noch der Lachs, den braucht man immer, und ... und ... o verdammt, das Brot! Los komm, da vorne ist ein Bäcker.

CHIARA: Sag mal, was ist denn mit den Linsen?

CLAUDIA: Keine Panik, die haben wir gleich aufgesetzt, nachdem wir angekommen waren. Hoffentlich denken Katia und Daniela daran, ab und zu mal nach ihnen zu sehen!

Die beiden eilen zum Bäcker, begleitet von leichter Musik.

Einstellung 7: In der Küche.
Innen – Abend

Musik spielt. Der Obstsalat ist fertig. Katia und Daniela lachen.

KATIA (während sie den Obstsalat kostet): Hat Renata kapiert, dass Diana hinter ihr her ist, oder tappt sie vollkommen im Dunkeln? Probier mal und sag mir, ob genug Rum dran ist.

DANIELA (während Katia ihr den kleinen Löffel in den Mund schiebt): Jaja, sie hat es mitbekommen, aber sie liebt es, wenn ihr jemand den Hof macht ... Hmm, vielleicht einen kleinen Tropfen noch, aber wirklich nur einen Tropfen.

Katia gießt Rum in den Salat, nähert sich Diana und schiebt ihr erneut einen Löffel in den Mund.

KATIA: Und – lässt sie sie am ausgestreckten Arm verhungern? Wie ist der Salat?

DANIELA (Sie nähert sich Katia und wendet ihre Augen nicht von ihr): Sie lässt sie ziemlich schmoren. Mmmhh, so ist es perfekt!

Sie lächeln sich schelmisch an.

DANIELA (erschrocken): O Gott, die Linsen! Hoffentlich sind die nicht völlig verkohlt!

Einstellung 8: Im Wohnzimmer.
Innen – Abend

Die Frauen sitzen versammelt im Wohnzimmer, reden und essen.

DANIELA (aus der Küche kommend): Hier sind die Linsen!

LAURA: Gebt sie alle mir! Nach dem Besuch des Klempners habe ich es nötig!

CHIARA: Hände weg! Ich brauche auch einen Berg davon, nach dem ganzen Pech, das ich hatte. Drei Monate ohne Arbeit! Ich erzähle euch mal von meinem letzten Vorstellungsgespräch – eine irre Geschichte ... Ich hatte einen Termin morgens um acht Uhr dreißig. Ich wusste schon, dass meine Chancen mit dem Gesicht, das ich zu dieser Uhrzeit habe, bei zwei Prozent lagen, noch dazu weil ich völlig fertig nach einer Nacht im *Plastic* dort ankam.

Als die Sekretärin mich sah, drückte sie mir ein Paket in die Hand und sagte, in zehn Minuten zu Chanel auf der Piazza Cordusio! Ich denke, verdammt, sie hält mich für den Kurierdienst – was habe ich heute Morgen angezogen? Ich schaue an mir herunter und sehe …

Die Musik wird lauter. Alle hören Chiara zu und lachen. Die Frauen bedienen sich, es wird gegessen, Teller werden herumgereicht, es wird gelacht und gescherzt, eine Szene wie aus dem Film Der Große Frust. *Ab und zu wirft Diana Renata einen schmachtenden Blick zu, die ihn erwidert, und auch zwischen Katia und Daniela fliegen Blicke hin und her, ihre Hände berühren sich bei jedem Teller, den sie sich reichen. Chiara bemerkt nichts davon – niemand bemerkt etwas, alle sind fröhlich. Auch Vicky ist zufrieden, mit einem großen Knochen oder irgendetwas anderem, was einen Hund glücklich macht.*

LAURA (schaut auf die Uhr): He, nur noch acht Minuten bis Mitternacht …

Alle schauen auf die Uhr. Claudia steht auf und läuft in die Küche.

CLAUDIA: Ich hole schnell den Sekt!
DIANA: Ich helfe dir mit den Gläsern …
DANIELA (zieht eine Grimasse): Wir nehmen die hier, Diana – so hochherrschaftlich sind wir noch nicht ausgestattet!

Alle trinken den letzten Rest aus ihren Gläsern.

Renata (mit lauter Stimme): Noch vier Minuten!

Claudia (kommt atemlos herein und zeigt eine Flasche): Da bin ich, direkt aus dem Weinkeller meines Vaters, schaut mal her …

Laura (bedeutet mit einer Geste, dass eine Flasche nicht ausreicht): Wow, ganz schön edel! Aber wie viele Flaschen haben wir davon? Denn mit einer einzigen …

Claudia: Ganz ruhig, wir haben genug.

Katia (zieht ein Tütchen aus der Tasche und riecht daran): Und außerdem, Laura, haben wir ein Stöffchen dabei – das glaubst du kaum.

Chiara: Direkt aus dem Kräutergarten bei uns zu Hause, mit viel Liebe aufgezogen!

Diana (mit einem Blick auf Renata): Ich wusste, dass ihr es nicht vergessen würdet – extra dafür bin ich gekommen!

Renata (lächelt Diana an): Fünf, vier, drei, zwei, eins!

Claudia entkorkt die Flasche, alle jubeln. Die Musik wird lauter. Sie füllen die Gläser, stoßen an, Katia und Daniela tauschen einen schmachtenden Blick. Die Musik wird leiser.

Chiara (zu Katia, mit hingebungsvollem Blick): Frohes neues Jahr, mein Schatz …

Sie küssen sich.

Katia: Frohes neues Jahr, Chiara!

Der Abend geht weiter; sie trinken, scherzen, rauchen.

Claudia: So, Mädels, jetzt aber ab ins Bett!

Laura: Ach komm, noch ein bisschen! Es ist gerade mal

drei Uhr … Hat nicht jemand Lust, noch irgendwo tanzen zu gehen?

CLAUDIA (nimmt Daniela bei der Hand und zieht sie mit sich fort): Für dich ist der Abend damit zu Ende, aber für uns fängt er erst an!

LAURA: Das ist gemein! So was sagt man nicht zu einem Single – das bringt Unglück!

CHIARA (sucht sich eines der Sexspielzeuge am Baum aus, greift nach einer Flasche und macht Katia ein Zeichen, ihr zu folgen): Das hier müssen wir unbedingt mal ausprobieren, Schatz … Gute Nacht allerseits …

DIANA (in Lauras Ohr flüsternd): Nimm deinen Schlafsack und leg dich in die Badewanne!

Diana schiebt Laura vor sich her, die mit einer Flasche und den Zigaretten den Raum verlässt.

LAURA: Verdammt, wenn ich das gewusst hätte, wäre ich allein in meinem überschwemmten Badezimmer geblieben … Idiotinnen … (in Dianas Ohr flüsternd) Sie wird dich sowieso nicht ranlassen!

Einstellung 9: Auf der Straße.
Innen – Nacht

Chiara fängt an, Katia zu küssen und sie auszuziehen.

KATIA: Warte mal einen Moment.

Chiara rückt zur Seite und beginnt sich selbst auszuziehen, dann küsst sie Katia wieder. Katia zieht sich langsam aus, setzt sich aufs Bett. Chiara im T-Shirt macht ihr Avancen, drückt sie aufs Bett. Katia ist nicht bei der Sache.

CHIARA: Darf man erfahren, was zum Teufel los ist?
KATIA: Es ist nichts. Fang nicht wieder damit an!
CHIARA: Von wegen, fang nicht wieder damit an! Für dich ist ja nie etwas! Seit zwei Monaten haben wir keinen Sex mehr ... Verdammt, lass es uns doch wenigstens am ersten Tag des Jahres versuchen, vielleicht bringt es Glück ...

Sie küsst sie auf den Hals, doch Katia dreht sich weg.

CHIARA: Warum weichst du mir aus, wenn ich dich küsse, wenn nichts ist? (Katia schaut sie ruhig an, ohne ein Wort zu sagen.)
Du musst mir erklären, warum wir nicht mehr miteinander reden und warum es nicht mehr läuft zwischen uns ... Ich habe wenigstens das Recht zu wissen, was los ist, oder?
KATIA: Aber es ist nichts ...
CHIARA: Kannst du mir dann erklären, warum du dich so verhältst?
KATIA: Hör auf mit deiner Paranoia – ich bitte dich! Du bist diejenige, die alles nur noch schlimmer macht, nicht unsere Beziehung ... Komm schon, es ist nichts. Ich habe keine Lust und basta.
CHIARA (äfft sie nach): Es ist nichts, Schatz. Du mit deiner ewigen Leier ... Seit zwei Monaten höre ich mir das an ... Da mache ich nicht mehr mit! Katia, ich will wissen, was los ist, verdammt!
KATIA (dreht sich um, schaut Chiara ernst in die Augen): In Ordnung, Chiara. Du willst wissen, was los ist?
CHIARA: Ja, will ich. Danke, dass du mir endlich zuhörst!

KATIA: Es ist aus! Diese Geschichte ist vorbei!

CHIARA (zur Salzsäule erstarrt): Was heißt das – vorbei?

KATIA: Ich liebe dich nicht mehr!

CHIARA (beginnt sich schlecht zu fühlen): ›Ich liebe dich nicht mehr‹? Und das sagst du mir einfach so – jetzt, am Neujahrstag? Verdammt, seit zwei Monaten frage ich dich immer wieder, was los ist, und seit zwei Monaten wiederholst du, dass alles in Ordnung ist, dass ich aufhören soll mit meiner Paranoia! Und jetzt sagst du mir, dass du mich nicht mehr liebst! Wie ist das passiert? Und wann?

KATIA: Es ist passiert, und basta!

CHIARA: ›Es ist passiert, und basta‹? Aber du wirst es doch nach und nach bemerkt haben, oder? Verflucht, wir haben uns einen Hund besorgt, weil wir eine glückliche kleine Familie waren! Sag mir, habe ich das allein entschieden, oder haben wir zusammen beschlossen, Vicky zu uns zu holen, mit aller Verantwortung, die das mit sich bringt? Hm? Habe ich das nur geträumt?

Chiara beginnt zu weinen.

KATIA (nickt): Aber ja.

CHIARA: Und du sagst mir jetzt, es sei passiert, und basta? Das ist doch nicht möglich! Mit wem, verdammt noch mal, war ich die ganze Zeit zusammen? Verfluchter Mist! Seit Monaten versuche ich zu verstehen, was los ist, und ich dachte schon, ich spinne … Es war ja immer ›meine alte Leier‹! Meinetwegen – aber ich habe gespürt, dass alles vor die Hunde ging! Scheiße, konntest du nicht früher was sagen?

KATIA: Komm, jetzt sei nicht so … Du weißt doch, dass solche Dinge geschehen …

Chiara (immer noch weinend): Ja, das stimmt, aber wenn man zusammen ist, spricht man darüber, wenn etwas nicht in Ordnung ist ... wenn einer die Beziehung wichtig ist ... Und außerdem, was soll das heißen – ich liebe dich nicht mehr? Was zum Teufel soll ich jetzt tun? Ich liebe dich nämlich noch, verdammt! Scheiße! Was für ein beschissener Start ins neue Jahr!

Katia (umarmt sie, und die beiden legen sich unter die Decken): Komm schon, beruhige dich. Wir sprechen morgen weiter. Jetzt beruhige dich und schlafe. Morgen besprechen wir alles. Schlaf ein bisschen. Hör auf zu weinen, entspann dich ...

Sie nimmt ihre Hand, Chiara entspannt sich und schläft ein. Schlusseinstellung auf den Händen.

Einstellung 9a: Im selben Schlafzimmer.
Innen – Tag

Wieder Großaufnahme der Hände. Die Kamera zoomt langsam heraus. Chiara wacht auf, sieht, dass an Katias Stelle Claudia liegt und schläft, entzieht ihr die Hand, setzt sich auf und beginnt nachzudenken.

Einstellung 10: Am Strand.
Außen – Tag

Der Hund rennt glücklich herum. Katia und Daniela gehen Hand in Hand spazieren – verliebt und knutschend.

5

Wir sind alle da: ich, Simona, Elisa alias Katia, Marzia und Martina alias Claudia und Daniela, ihr Hund Victor alias Vicky, Paola alias Renata, Antonella und Valentina alias Laura und Diana. Wir sind in der Wohnung von Valentinas Eltern, die sie nur für Sommerurlaube und einige verlängerte Wochenenden im Winter nutzen. Sie ist groß, aber nicht so groß, dass wir alle Platz darin fänden, und zehn Minuten nach unserer Ankunft hatte sie sich unter all den Rucksäcken, Matratzen, Hundenäpfen und diversen Ausrüstungsgegenständen in ein einziges Chaos verwandelt.

Bei den Aufnahmen ist alles sehr gut gegangen, jedenfalls hatten wir den Eindruck: Die Szenen in der Wohnung waren lustig, vor allem die, in der ich versuche, Elisa auszuziehen, auf die ich überhaupt nicht stehe, und trotzdem eine überzeugende Vorstellung zu geben. Die Außenaufnahmen, die wir heute Abend gedreht haben, waren ein kleines Highlight für den Ort, und die Läden waren alle sofort bereit, sich zur Verfügung zu stellen.

Wir sind alle noch total aufgedreht und kommen gar nicht mehr runter: wir schwatzen, essen, trinken, rauchen. Man hat den Eindruck, auf einer Klassenfahrt zu sein, nur dass das Schmachten nach dem Jungen aus der 3c durch eine lebhafte Debatte darüber ersetzt worden ist, ob man eine neue Lesbische Woche organisieren sollte, von Kommentaren über die neuesten homophoben Äußerungen des Papstes und einer endlosen Reihe Klatsch.

Der einzig kritische Moment des Tages war der, als wir über die Party vom Abend zuvor redeten, und Paola, die nicht dabei gewesen war, fragte: »Apropos, wie geht es deiner Freundin?«

»Welcher Freundin?«

»Deiner neuen Geliebten ... der Polizistin.«

Verdammt, die Neuigkeiten breiten sich wirklich aus wie ein Lauffeuer. Paola warf mir mit einen schiefen Blick zu – sie ist eine echte Politlesbe, und die Mitglieder der Ordnungskräfte genießen nicht gerade ihre Zuneigung. Auch wenn ich weiß, dass ihre Antipathie für Ale allein daher rührt, so glaubte ich in ihrem Blick einen verschleierten Vorwurf zu erkennen, der in mir ein akutes Schuldgefühl auslöste. Tatsächlich lege ich ja einer verehrten Unbekannten, die noch dazu Polizistin ist und die davon überzeugt ist, dass die Mailänder Szene von mörderischen Lesben frequentiert wird, alle Laster und Tugenden meiner Freundinnen und Feindinnen offen. Ich weiß auch, dass ich mich dieses verabscheuungswürdigen Umstands bediene, um besagte Polizistin zu umgarnen, und dafür fühle ich mich erst recht schuldig.

»Ähm, es geht ihr gut.«

»Erzähl doch mal ein bisschen – ist sie im Bett nackt, nur mit Mütze und Gürtel?«

»Paola, du kannst wirklich ein Arschloch sein.«

Mein Schuldgefühl war kurz davor, in Wut umzuschlagen, doch Simona durchschaute die Situation sofort und sprang für mich in die Bresche.

»Komm schon, Chiara, ärgere dich nicht. In Wirklichkeit plagen Paola doch nur Schuldgefühle. Alessandra ist so ein heißer Feger, dass nicht einmal sie der Versuchung widerstehen könnte, mit dem Feind ins Bett zu steigen!«

»Vor allem wenn du jetzt bestätigst, dass sie tatsächlich mit Mütze und Gürtel ins Bett geht ...«, fügte Marzia hinzu.

»Jaja, macht ihr euch nur lustig. Aber Chiara ist unsere Freundin, und ihr haltet jetzt einfach mal den Mund.«

»Ach Gott, mach doch nicht so eine große Sache daraus. Du hast ja auch zu Pamela nichts gesagt, die du sogar gut kanntest, nichts zu Francesca, nichts zu Patrizia und nichts zu all den anderen Monstern, mit denen sie im Bett war, und jetzt machst du so einen Stress wegen Alessandra.«

»Immerhin ist die Polizistin!«

»Okay, jetzt reicht's. Es gibt auch Polizisten, die links sind und ...«

»... und Esel, die fliegen. Aber gut, das ist deine Sache, du musst entscheiden, mit wem du deine Zeit verbringst.«

»Mädels, was haltet ihr davon, einen Joint zu drehen? Diese Spannungen ertrage ich nicht!«

»Ja, los, Paola, hol den Stoff raus und tu etwas Nützliches, anstatt herumzunerven!«

»Schon gut, schon gut, ich baue einen, aber das könnt ihr auch netter sagen. Chiara, entschuldige bitte, ich bin momentan ein bisschen nervös, und außerdem haben sie vor zwei Tagen ein ganz neues Sozialzentrum in Alessandria geräumt und ich bin noch schlechter auf die Bullen zu sprechen als sonst ...«

Simo meint, Paola sei in mich verliebt. Ich habe ihr gesagt, dass sie verrückt ist, dass wir uns seit sechs Jahren kennen und dass, wenn etwas zwischen uns geschehen sollte, es längst geschehen wäre.

»Aber ihr wart nie gleichzeitig Single!«

»Als ob eine Beziehung jemals ein Hindernis gewesen wäre, mit einer anderen ins Bett zu gehen!«

»Du wirst schon noch sehen, dass ich recht habe ...«

Das klang beinahe wie eine Drohung. Nicht dass Paola zu verachten wäre, doch sie jagt mir ein wenig Angst ein. Sie ist immer auf hundertachtzig, immer schwarz gekleidet und hat eine so pessimistische Sicht auf das Leben, dass man nach zehn Minuten Unterhaltung mit ihr ganz kirre ist. Carmen würde sagen, sie ist *nivura*, was im sizilianischen Dialekt ›schwarz‹, ›düster‹ bedeutet. Und sie ist äußerst nachtragend; sie gehört zu den Menschen, die dich irgendwann, wenn du es am wenigsten erwartest, für alles bezahlen lassen – auch Jahre später.

Doch der Augenblick ist vorbeigegangen. Jetzt erzählt Marzia von ihrer letzten Reise, vier Tage im Delirium, von Mailand nach Catania, nach Neapel und wieder zurück, auf der Mission, das Auto abzuholen, das sie im August in Sizilien hatte zurücklassen müssen und das seitdem in der Werkstatt eines wenig vertrauenswürdigen örtlichen Automechanikers stand.

»Wir sind in Catania angekommen, und wie verabredet habe ich Carmela angerufen, die Freundin, die uns versprochen hatte, uns unterzubringen, doch sie hat sich entschuldigt und gesagt, dass sie ein Mädchen aus der Szene bei sich aufnehmen musste, die gerade bei den Eltern rausgeflogen war.«

»Ach, so nennt man das jetzt?«

»Sie hatte wohl eine Romanze im Sinn und wollte euch nicht im Weg haben …«

»Das dachten wir auch. Jedenfalls sagte sie, es sei kein Problem, wir könnten bei einer Freundin schlafen, die ein freies Zimmer hat, keine Sorge, eine gute Freundin von mir, bei der wird es euch gutgehen, besser als bei mir …«

»Und sie hatte recht! Als sie uns ihre Freundin vorstellte, konnten weder ich noch Martina ihr in die Augen schauen … Wir haben ein ziemlich armseliges Bild abgegeben. Sie reichte uns die Hand, freut mich, Luisa, und wir, freut uns, Marzia, hallo, Martina, die Augen fest auf ihren Ausschnitt geheftet … Sie hatte wirklich faszinierende Brüste.«

»Das glaub ich ja nicht – wie zwei Rüpel aus der Vorstadt!«

»Ja, wirklich, eine Schande ... Andererseits kann frau so etwas Schönes auch nicht ignorieren, wenn es ihr ins Auge fällt, oder? Der Dom von Florenz zum Beispiel, wie er da mittendrin steht, um Bewunderung zu wecken – was tust du, schaust du in die andere Richtung?«

»Nun – ja, und ohne eine Miene zu verziehen.«

»Und sie?«

»Sie ist wohl daran gewöhnt. Jedenfalls hat Martina sich verliebt ...«

»Ach, komm schon, verliebt ... Das behauptest du die ganze Zeit, aber so wie du von ihr sprichst, scheint mir, dass viel eher du in sie verliebt bist. Du hast ihr doch im Restaurant immer gegenübergesessen!«

»Um dir den Platz an ihrer Seite zu überlassen ...«

»Oh, wie großzügig, also nicht, um das Schauspiel umso bequemer zu genießen?«

Es ist Mitternacht vorbei. Die Mädels sind endlich eingeschlafen, völlig erschöpft von dem Tag, aber ich bin nervös wie immer in letzter Zeit und ein wenig besorgt wegen der Vorstellung, dass Paola eine Schwäche für mich haben könnte. Ich beschließe, mir einen Kamillentee zu kochen.

»Oh, da hatten wir wohl dieselbe Idee. Machst du ein bisschen Wasser für mich mit?«

»Marzia, kannst du auch nicht schlafen?«

»Seit ich abends arbeite, kann ich nicht mehr schlafen. Und du – warum bist du noch wach?«

»Ich habe an Paola gedacht und an die Diskussion von heute Abend – das hat mich aufgeregt ...«

»Ach, nimm dir das doch nicht so zu Herzen. Sie ist nur ein bisschen eifersüchtig ...«

»Eifersüchtig?«

»Sag bloß, das ist dir nicht aufgefallen …«

»Was denn?«

»Dass sie bis über beide Ohren in dich verliebt ist!«

»Nicht du auch noch! Das hast du doch von Simo, oder? Ich glaube, sie spinnt …«

»Du merkst aber auch wirklich gar nichts! Das wissen doch alle.«

»Wer – alle? Woher willst du das wissen?«

»Erinnerst du dich an den Abend im *Angel,* als du die Blonde aus Brescia angemacht hast, die Bäckerin …«

»Ich habe sie überhaupt nicht angemacht! Ich habe sie nur nach dem Rezept für Fladenbrot alla Ferrara gefragt – mein Vater ist verrückt danach, und man bekommt hier nirgends gutes …«

»Keine Ahnung, was du zu ihr gesagt hast. Ich weiß nur, dass Paola plötzlich in sich zusammengesunken ist, eine Stunde mit schlechter Laune herumsaß und dann gegangen ist.«

»Wahrscheinlich wurde damals irgendein anarchistischer Verein in Bari geräumt!«

»Sei nicht so zynisch! Ich habe gesehen, wie sie dich angeschaut hat, und es war ein Blick zwischen Überraschung und Enttäuschung, so als wäre es das erste Mal, dass sie diese Möglichkeit überhaupt in Betracht zieht und plötzlich feststellen muss, dass sie sich keine Hoffnungen zu machen braucht. Also habe ich angefangen, sie im Auge zu behalten – du weißt, dass ich neugierig bin, ich kann nichts dagegen tun. Und du weißt auch, dass ich mich so gut wie nie irre. Ich will jetzt nicht von all den Gelegenheiten erzählen, bei denen ich mir sicher war, dass sie verliebt ist – ich sage nur, als du die Anzeige aufgegeben hast, war sie äußerst zufrieden. Ich denke, sie hoffte, dass es die richtige Gelegenheit wäre, dich zu verführen, aber du hast sofort angefangen, mit Silvia zu flirten.«

»Ich – mit Silvia? Wann soll das denn gewesen sein?«

»Du hast pausenlos von ihr gesprochen, und wenn wir alle zusammen waren, hingst du ständig an ihren Lippen!«

»Na ja, mit ein bisschen narzisstischer Übertragung …«

»Seit sie tot ist, bist du nicht mehr bei der Sache! Und dann taucht plötzlich diese Polizistin auf.«

»Was läuft denn bei dir da gerade für ein Film ab?«

»Du musst mir nicht glauben, wenn du nicht willst. Wir sprechen die Tage noch einmal darüber … Irgendwann wird Paola dich packen und gegen eine Mauer drücken, du wirst schon sehen. Willst du rauchen?«

»Ja, das habe ich jetzt wirklich nötig. Rauchen und dann eine ordentliche Mütze Schlaf!«

Ein Tag am Strand. Ich liebe es, an den Strand zu gehen, wenn der Himmel wolkenlos und die Luft lau ist, eine Liege zu mieten und in der Sonne zu liegen, um zu lesen oder nachzudenken. Aber heute sind wir ein bisschen zu viele und ein bisschen zu laut, um zu entspannen, aber es macht auch Spaß, sich wieder einmal gehenzulassen und kindisch zu sein. Wir haben Schaufeln, Eimerchen, einen Ball, Bocciakugeln, Strandtennisschläger und Murmeln dabei, doch sobald sich herausgestellt hat, dass das Wasser zu kalt ist, um sich an den Bau von Sandburgen zu wagen, wurden Schaufeln und Eimer sofort zugunsten der Murmeln zur Seite gelegt. Antonella, die die leichteste mit dem kleinsten Hintern ist, wurde gezwungen, sich lachend und schreiend an den Knöcheln über den Boden schleifen zu lassen; jetzt mault sie herum und beklagt sich über den Sand in ihrer Unterhose, aber die Bahn ist perfekt, auch weil zusätzlich noch Becken, Rinnen, Brücken und Rampen darauf gebaut worden sind. Der Bau der Piste hat beinahe eine Stunde gedauert, aber die Befriedigung nach getaner Arbeit war enorm. Ich habe gesehen, wie ein kleines Kind an der Hand seiner Eltern uns neidisch beobachtete, und ein sechzehnjähriger Junge kam schüchtern zu uns und fragte, ob er mitspielen dürfe.

»Wir haben nicht genug Murmeln«, hat Paola ihm geantwortet. Wir haben mit ihr geschimpft und ihr Sexismus unterstellt, aber eigentlich sind wir alle zufrieden, dass sie ihn abgewimmelt hat. Jetzt wird endlich gespielt!

Klingeling, klingeling …

»Ja, bitte?«

»Chiara?«

»Ja …«

»Hier spricht Sam.«

(O Gott, wo habe ich nur die Zigaretten hingelegt?)

»Hallo. Ich habe gehofft, dass du anrufen würdest!«

(Ah, da sind sie. Und das Feuerzeug? Wo zum Teufel ist das Feuerzeug? Ah, da.)

»Ja, aber ich weiß eigentlich gar nicht, wie ich dir helfen könnte …«

»Hmmm.«

»Bist du noch dran?«

»Ja, entschuldige.«

»Hast du gehört, was ich gesagt habe? Ich glaube, ich kann dir nicht helfen …«

»Vielleicht hat Silvia ja irgendeinen Namen erwähnt, der dir nichts sagt, mir aber schon, oder sie hat dir irgendwas erzählt … Können wir uns vielleicht treffen? Ich bin gerade am Meer, aber heute Abend bin ich zurück. Hast du schon was vor?«

»Heute Abend nicht ... Na gut, in Ordnung, treffen wir uns. Aber ich ... ich würde sie am liebsten schnell vergessen.«

»Je eher wir es hinter uns bringen, desto besser, nicht wahr?«

(Was für ein sinniger Satz.)

»Wo treffen wir uns?«

»Um zehn im *Cip?*«

»Ja, das müsste ich schaffen. Und wie erkennen wir uns?«

»Wenn du da bist, frag an der Bar nach mir. Manuela kennt mich.«

»Gut, dann bis heute Abend – und danke.«

Ich setze mich und zünde mir eine weitere Zigarette an. Mein Kopf dreht sich, ich habe noch nie so viel an Herzrasen, Blutdruckabfall, Schweißausbrüchen gelitten wie in der letzten Zeit. Ich wähle Alessandras Nummer. Ihr Telefon ist ausgeschaltet. Ich atme tief durch und bereite mich darauf vor, wieder in den Wettkampf einzusteigen, um mich ein bisschen abzulenken, doch als ich mich umdrehe, stehen meine Freundinnen alle hinter mir und schauen mich an.

»Wer war das?«

»Warum?«

»Du machst ein Gesicht! Deiner Polizistin ist doch nichts passiert, oder?«

»Passiert?«

O Gott, darüber habe ich noch gar nicht nachgedacht, dass auf Polizisten zum Beispiel ab und zu geschossen wird. Mein Herz setzt einen Schlag aus, und ich spüre, wie ich bleich werde. Zum Glück sitze ich schon, denn die Vorstellung, dass Ale etwas passieren könnte, als konkrete alltägliche Gefahr und nicht als abstrakter Schicksalsschlag, hat mich getroffen wie ein Hammerschlag auf den Kopf. Simo setzt sich neben mich.

»Verdammt, Paola, beschwöre es nicht. Was ist los, Chiara?«

»Nichts, nichts … Der Anruf … das war Sam.«

Simo erstarrt, und ihre Augen weiten sich – sie wartet auf die Fortsetzung.

»Das habe ich nicht erwartet, daran habe ich im Moment überhaupt nicht mehr gedacht … Ich habe mich heute Abend im *Cip* mit ihr verabredet, und ich weiß nicht mal, ob Ale dabei sein kann!«

»Du musst sie sofort anrufen! Du weißt doch gar nicht, was du tun sollst – aus welchem Winkel du ihr die Lampe am besten ins Gesicht hältst!«

»Die Lampe?«

Nach einem schier endlosen Augenblick völliger Verständnislosigkeit beginnt Simo zu kichern, und ich kapiere endlich.

»Sehr witzig. Wir wollen sie ja nicht ins Kreuzverhör nehmen!«

»Nein? Ich sehe dich schon vor mir, mit Zigarette und Schlagring: Gestehe, du bist es gewesen! So macht man das doch, oder?«

Simona bringt mich immer zum Lachen. Selbst wenn ich sie eigentlich am liebsten erwürgen würde, so wie jetzt. Selbst wenn die Angst mir die Kehle zuschnürt. Und obwohl mir soeben klar geworden ist, dass Ale einen wirklich gefährlichen Job macht.

Die Kommissarin geht weiterhin nicht ans Telefon, und meine Besorgnis steigert sich ins Unermessliche. Ich versuche mich mit dem Gedanken zu beruhigen, dass schlechte Nachrichten sofort eintreffen, wenn etwas passiert ist, doch dann denke ich, wer sollte mich denn informieren? Wird mich jemand vom Präsidium anrufen und sagen: ›Signorina Chiaretti, Sie sind doch die Informantin von Kommissarin Pastore, nicht wahr? Ich habe die traurige Pflicht, Ihnen mitzuteilen, dass die Kommissarin im Feld gefallen ist. Mein aufrichtigstes Beileid!‹ Scheiße! Jetzt beruhige dich und versuch zu überlegen, was du Sam sagen willst. Du bist kurz davor, die Person zu treffen, die vielleicht am meisten über Silvia weiß, und du hast keine Ahnung, wo du anfangen sollst, und noch dazu bist du spät dran! Wie sagte Cato? *Tene res, verba sequentur … sequentor … seq…* Keine Ahnung, und wer war dieser Cato überhaupt? Na ja, ist nicht so wichtig, jedenfalls: Wenn man weiß, was man sagen will, stellen sich die Worte schon von selbst ein. Aber weiß ich, was ich sagen will? Was erwarte ich denn von diesem Treffen? Was will ich wissen? Und Alessandra habe ich tausend Nachrichten auf der Mailbox hinterlassen. Sie wird doch da sein, oder? Was macht sie wohl gerade …? Wann schalte ich mein Telefon aus …? Na ja, wenn ich bei einem romantischen Abendessen im Restaurant sitze. Jetzt wird es wirklich masochistisch. Was ist für mich die einzige andere Erklärung neben der, dass sie tot ist? Dass sie es mit irgendeinem Typen treibt! Dabei schalte ich mein Telefon auch aus, wenn ich schlafe, wenn ich im Kino bin, in der Disco, in der U-Bahn, die zwei Mal im Jahr, wenn ich eine Prüfung habe, in der Kirche, im Museum, in der Bibliothek … beim romantischen Zusammensitzen nach dem Abendessen … Verdammt!

In diesem Zustand manischer Erregung überquere ich die Via Circo, und plötzlich wird mir bewusst, dass ich Sam in weniger als fünf Minuten gegenübersitzen werde.

Die Bar ist beinahe vollkommen leer, und im Eingangsbereich sehe ich nur bekannte Gesichter. Keine Sam. An der Bar hängen ein paar Frauen herum, deren Namen ich nicht kenne, auch wenn ich sie schon hundert Mal gesehen habe. Ich steuere direkt auf sie zu, doch die Person, die ich suche, ist nicht da. Bleibt noch eine einzelne Frau am Billardtisch, die ich nie zuvor gesehen habe. Ich beobachte sie ein bisschen, um einen ersten Eindruck zu bekommen: klein, dunkelhaarig, ganz in Schwarz gekleidet – schwarze Jeans, schwarzes Shirt, offenes schwarzes Jeanshemd, schwarze Turnschuhe. Sie hat kurze, lockige graumelierte Haare und wird um die vierzig sein. Sie scheint ein wenig niedergeschlagen, trinkt Bier aus der Flasche, raucht MS morbide. Ein bisschen herb. Was hat Silvia wohl an ihr gefunden? Ich will gerade hinübergehen, als sich mir von hinten eine Hand auf die Schulter legt und eine Stimme fragt: »Ist sie das?«

Vor allem anderen nehme ich ihren Duft wahr, dann stelle ich die Stimme und die Person scharf. Ich war so vertieft, dass ich sie nicht einmal kommen gehört habe. Ale, meine Retterin!

»Ja … Ich war noch nie so glücklich, dich zu sehen!«

Strahlendes Lächeln.

»Komm – gehen wir.«

Wir nähern uns der Unbekannten, und mit entschlossener Stimme sage ich: »Sam?«

Die Unbekannte mustert uns gelangweilt. »Die wäre ich gerne.«

»Du bist nicht Sam?«

»Nein.«

Ich könnte auf der Stelle tot umfallen. Ale schaut mich belustigt an, mal was ganz Neues, und ich breche in hysterisches Gelächter aus.

»Ich war wirklich sicher …«

»Gehen wir etwas trinken. Sie wird schon kommen.«

»Das hoffe ich. Sonst glaubst du noch, dass das nur ein Vorwand war, um dich zu sehen!«

»Dafür brauchst du keinen Vorwand …«

Unsere Blicke treffen sich, mein Magen zieht sich lange und schmerzhaft zusammen, und mir fällt nichts Besseres ein, als das Thema zu wechseln und meinen Blick auf einen Punkt über ihrer rechten Schulter zu heften. In dem Moment sehe ich, wie eine große, gutgebaute Rothaarige den Raum betritt, die alle Blicke auf sich zieht. Mit einem etwas angespannten Lächeln kommt sie zu uns und sagt: »Chiara? Manuela an der Bar hat mir gesagt, dass du das bist.«

»Sam?«

»Ja.«

»Hallo, das ist Alessandra. Wir wollten gerade was trinken. Willst du auch etwas?«

»Einen Gin Tonic bitte.«

»Und du, Ale?«

»Ein Glas Rotwein.«

»Okay, setzt euch schon mal. Ich bin gleich zurück.«

Ich bin vollkommen überrascht. Sam ist nicht gerade die Art von Frau, die ich zu treffen erwartet habe. Ja gut, das ist klar, sonst hätte ich die andere da drüben niemals mit ihr verwechselt. Aber eine wie sie kann ich mir wirklich nicht mit Silvia vorstellen, und das gibt neue Rätsel über ihr Leben auf. Je mehr Zeit vergeht, desto klarer wird mir, dass ich wirklich überhaupt nichts von ihr wusste. Auch die paar Dinge, die sie selbst mir von sich erzählt hat, die Dinge, die ich glaubte, von ihr zu wissen, die auf der Hand zu liegen schienen … In Wirklichkeit haben wir einen Monat zusammen verbracht, ohne dass sie sich auch nur einen Zentimeter öffnete. Großartige Chiara, Kommunikationstalent, gute Zuhörerin, offen und interessiert an anderen. Wenn diese ganze Geschichte vorbei ist, bringt mich niemand davon ab, ein paar Monate in Therapie zu gehen …

Sam fühlt sich unwohl – man sieht, dass sie am liebsten nicht hier wäre; sie streicht sich andauernd die Haare hinter die Ohren, verschränkt die Arme vor der Brust, um die gegenüberliegende Schulter zu berühren, ändert häufig ihre Position, schlägt die Beine übereinander, streckt sie aus und kreuzt die Füße unter dem Tisch, verdreht sie und verschränkt die Füße hinter ihrem Stuhl. Alessandra dagegen ist vollkommen entspannt, nimmt den angemessenen Raum auf dem Stuhl ein, ist leicht zu Sam gewendet, der Arm neben Sams Arm liegt auf ihrem Bein, auf den anderen hat sie ihr Kinn gestützt, was eine Atmosphäre der Vertrautheit entstehen lässt. Ihre Haltung signalisiert vollkommene Offenheit. Im Vergleich zu ihrer Haltung mir gegenüber, als wir uns das erste Mal in ihrem Büro trafen, ist sie ein vollkommen anderer Mensch. Irgendwann muss ich mal mit ihr darüber sprechen.

Alessandra redet, aber ich kann nicht verstehen, was sie sagt. Sam antwortet verhalten, doch Alessandra redet weiter. Es vergeht ein bisschen Zeit, denn inzwischen hat sich das Lokal gefüllt, und hinter der Bar sind sie nicht unbedingt die Schnellsten. Ich merke, dass sich die Stimmung am Tisch nach und nach verändert – Sam beginnt sich zu entspannen, Ale mit mehr Interesse zu mustern, sich lebhafter am Gespräch zu beteiligen; sie wendet sich ihr zu, legt die Hände auf die Schenkel. Als ich an den Tisch zurückkomme, lacht sie, und ich sehe, dass Ale leicht den Kopf schüttelt, Sam dagegen weiter lächelt und ihr mit den Augen widerspricht.

»Was ist denn hier los?«

»Nichts – Frauensachen.«

»Ach so, und was bin ich?«

»Ein zerzaustes Hündchen.«

Es war Sam, die das gesagt hat.

»Das ist eine Verschwörung! Kennt ihr euch schon irgendwoher, ihr zwei?«

»Nein, wir sehen uns heute zum ersten Mal. Aber deine Freundin ist sehr gut darin, das Eis zu brechen – du hast Glück. Ich dachte das bisher auch von mir, stattdessen … Aber wir sind hier, um über Silvia zu sprechen, nicht wahr? Ich weiß eigentlich gar nicht, warum ich gekommen bin …«

»Um uns zu helfen.«

»Um euch wobei zu helfen? Ich habe nicht den blassesten Schimmer, wohin sie verschwunden ist! Sie war eines Tages einfach weg, ohne ein Wort. Es gab da eine andere, aber die Geschichte war vorbei, das wusste auch Silvia, und ich habe gespürt, dass sie jetzt mit mir zusammen war – jeden Tag ein bisschen mehr. Ich verstehe es einfach nicht. Vielleicht bin ich deshalb hier – damit ihr mir helft zu verstehen.«

Alessandra und ich schauen uns an. Vielleicht ist der Moment gekommen, ihr die Wahrheit zu sagen. Aber hier? Jetzt? Doch wenn nicht jetzt, wann dann? Wir könnten auch einfach nichts sagen, sie ihr Leben erzählen lassen und alles, was sie über Silvia weiß, und dann abwarten, bis sie es allein herausfindet … Vielleicht wäre es besser, den Abend jetzt zu beschließen und sie ins Kommissariat zu bestellen, oder zu ihr nach Hause zu gehen, wo sie ihrem Schmerz wenigstens ungehemmt Ausdruck verleihen kann?

»Ja, vielleicht können wir dir dabei helfen, es zu verstehen, auch wenn ich fürchte, dass jede andere Erklärung leichter zu akzeptieren wäre als diese … Silvia ist tot.«

»Was zum Teufel soll das für ein kranker Scherz sein? Wo ist Silvia? Hat sie euch geschickt?«

Sam springt wütend auf.

»Beruhige dich. Setz dich wieder. Das ist kein Scherz, leider. Silvia ist tot … Sie wurde umgebracht. Komm, setz dich.«

Alessandra zieht ihr Portemonnaie heraus und zeigt Sam ihre Dienstmarke. Sam lässt sich auf den Stuhl fallen, ungläubig und vollkommen sprachlos. Sie schaut uns an und flüstert: »Was wollt ihr denn von mir?«, während ihr langsam die Tränen übers Gesicht laufen.

Alessandra umarmt sie.

»Schhh, beruhige dich. Willst du rausgehen? Willst du auf die Toilette gehen? Komm, Chiara, wir fahren mit meinem Auto zu dir. Das ist hier nicht der richtige Ort.«

Sam ist ganz benommen. Sie sagt nichts und weint auch nicht mehr. Sie lässt sich ins Auto bugsieren, dann in den Fahrstuhl und schließlich auf mein Sofa. Dann bittet sie darum, ein wenig allein sein zu dürfen, und wir gehen hinaus auf den Balkon, nachdem wir ihr eine Flasche Wasser hingestellt haben und ein Päckchen Taschentücher.

Ich bin beinahe genauso aufgewühlt wie sie, und auch ich habe keine Lust zu reden. Alessandra fragt mich, wo ich mein Hasch versteckt habe, steht auf, holt es und dreht mir einen Joint.

»Ich weiß, wie es dir geht. Ich habe das schon Dutzende Mal mitgemacht, aber man gewöhnt sich nie daran. Es gibt die verschiedensten Reaktionen auf so eine Nachricht, eine so herzzerreißend wie die andere. Auch die Gleichgültigkeit ist schrecklich, wenn nicht für die Lebenden, so doch wenigstens für die Toten …«

»Danke» ist alles, was ich herausbringe. Alessandra nimmt meine Hand, schließt die Augen und versucht sich zu entspannen.

Mich überkommt ein plötzliches Gefühl von Frieden, losgelöst, außerhalb von Raum und Zeit. Ich weiß nicht, wie lange wir so dasitzen, bis Sam in der Tür auftaucht. Sie sieht wirklich furchtbar aus.

»Jetzt geht es mir besser. Wir können reden. Kann ich irgendein heißes Getränk bekommen?«

»Ja, sicher, ich mache dir was. Kamillentee, Eisenkraut und Orange?«

»Eisenkraut und Orange, danke.«

»Kommt sofort.«

Eine Kurzzusammenfassung des Gesprächs, das darauf folgte: Sam weiß von Silvia nicht viel mehr als wir. Die Identität ihrer mysteriösen Ex-Freundin ist ihr unbekannt – Silvia hat immer behauptet, es sei nicht wichtig, ihr einen Namen und ein Gesicht zu geben, denn sie sei nichts weiter als ein Gespenst, das sie hinter sich lassen wolle. Alles, was sie erzählt hatte, war, dass es einige Streitigkeiten wegen einer Gesellschaft gab, die sie mit einer anderen gegründet hatten und für die die andere irgendwann ihren Anteil nicht mehr zahlte. Eine Handelsgesellschaft, die zunächst gut lief, denn zu dem Zeitpunkt hatte Silvia keine Geldprobleme, doch dann begannen einige Gläubiger ihr Geld einzufordern. Silvia hatte in London gelebt und war vor kurzem vorübergehend nach Italien zurückgekehrt, um dieses Problem zu lösen und weil die Beziehung zu ihrer Partnerin entweder schon vorher oder durch diese ganze Geschichte vor die Hunde ging. Wo in London sie gewesen war? Keine Ahnung. Was für eine Handelsgesellschaft das war? Eine weitere offene Frage. Sie hatte die eine oder andere Freundin, mit der sie manchmal telefonierte, aber Sam hatte nie eine von ihnen getroffen, weil Silvia sie um Zeit gebeten und ihr gesagt hatte, Sam sei für sie eine Oase des Friedens und sie fühle sich nicht bereit, Sam mit in die reale Welt zu nehmen.

Die schöne und üppige Samanta hat ein ausgeprägtes Helfersyndrom und sie arbeitet als Verkäuferin in einem Schuhladen. Sie hat nichts von Silvias Tod erfahren, weil sie nicht in der Szene unterwegs ist, und das *Cip* kennt sie einerseits, weil es nach zwanzig Jahren Erfolgsgeschichte keine Lesbe in Mailand gibt, die es nicht kennt, aber vor allem, weil Manuela, die Chefin, ihre Nachbarin ist, auch wenn sie kaum etwas mit ihr zu tun hat. Sie ist eine der Frauen, die vor dem Internet-Zeitalter ihre Partnerinnen aus Anzeigenblättern hatten, aus denen zum Kaufen und Verkaufen, nicht etwa aus dem *Noi Donne* oder der *Cosmopolitan*. Ob ihr es glaubt oder nicht, es hat Zeiten gegeben, da habe auch ich auf diese Anzeigen geantwortet und dabei ein unterirdisches Universum entdeckt, von dessen Existenz ich bis dahin nichts ahnte. Doch inzwischen haben Chats und Online-Anzeigen den Markt erweitert, und die meisten haben der etwas überholten Faszination der Chiffren abgeschworen.

Wir haben bis spät in die Nacht geredet, bis Sam mich schließlich vollkommen erledigt fragte, ob sie bei mir übernachten dürfe, da sie sich nicht in der Lage fühle, allein nach Hause zu fahren, und es zu spät sei, noch eine Freundin anzurufen. Natürlich habe ich ja gesagt, und ich hätte mir gewünscht, dass auch Ale dageblieben wäre, doch ich habe sie nicht gefragt. Vielleicht wäre auch sie gerne geblieben, aber auf ihr leichtes Zögern an der Tür hin haben weder sie noch ich den Mund aufgemacht, und so ist sie gegangen, mit dem Versprechen, am nächsten Morgen mit Frühstück vorbeizukommen.

Ich verbringe eine Höllennacht. Das Bett ist unbequem, es ist heiß. Einzig die Erinnerung an meine Hand in Alessandras Händen beruhigt mich ein wenig, und einen Moment lang denke ich, dass ich vielleicht masturbieren sollte, schließlich gibt es nichts Besseres als einen Orgasmus, um sich zu entspannen und einzuschlafen, doch dann erscheint mir der Gedanke zu obszön – der Schmerz der Frau, die im Nebenzimmer schläft, ist sogar durch die Wand zu spüren, durch ihren Schlaf. Nach und nach gleite auch ich hinüber in Morpheas Arme.

Als ich aufwache, ist Samanta nicht mehr da. Sie hat einen Zettel auf dem Tisch hinterlassen, in dem sie sich für die Gastfreundschaft bedankt und mitteilt, dass sie zur Arbeit müsse, sie sei noch in der Probezeit und den Chef interessiere weder Silvia noch irgendjemand sonst, und sie bittet darum, sie zu informieren, wenn wir herausfinden, wer es gewesen ist. Um sie sollen wir uns keine Gedanken machen – sie habe schon begonnen, Silvias Verschwinden zu verarbeiten; jetzt müsse sie ihre Trauer nur in eine Trauer um ihren Tod verwandeln. Als wäre das eine Kleinigkeit. Jedenfalls bin ich erleichtert, dass sie nicht mehr da ist – ich muss ein bisschen für mich sein und verarbeiten, was alles geschehen ist. Ich esse eine Kleinigkeit, um das Loch im Magen zu füllen, dann will ich duschen und ein ausgedehntes Sonntagsfrühstück einnehmen, Simona abholen und sie auf eine Fahrradtour entlang des Schifffahrtskanals nach Pavia mitschleppen. Es gibt nichts Besseres, als in die Pedale zu treten, um die Nerven zu beruhigen.

Ich gehe unter die Dusche, und nach wenigen Minuten höre ich, wie jemand aufgeregt meinen Namen ruft. Ich löse mich aus meiner Starre, steige aus der kochend heißen Dusche, und mit Schaum in den Ohren werfe ich meinen

Bademantel über und gehe nachsehen. Ich finde Ale auf dem Boden kniend, die sich zu irgendetwas hinabgebeugt hat, und als sie mich hört, dreht sie sich um und schaut mich mit bleichem Gesicht an.

»W… was ist los? Ist mein Boden so dreckig?«

Sie entspannt sich sichtlich, steht auf, stürzt mir entgegen, umarmt mich und gibt mir einen Kuss. O Gott, was ist bloß geschehen?

»Ich habe ein Dutzend Mal geklingelt, und du hast nicht aufgemacht. Wir hatten doch verabredet, dass ich heute Morgen wiederkomme – es war seltsam. Also habe ich versucht, ob die Tür sich öffnen ließ, bin reingegangen und habe nach dir gerufen – keine Antwort. Da habe ich mich umgesehen und das hier entdeckt.«

Sie zeigt auf zwei große Tropfen auf dem Tisch, schwarz und dick, die sich auf dem Boden fortsetzen.

»Das sieht aus wie Blut.«

»Hast du deshalb auf dem Boden gekniet – um die Tropfen zu untersuchen?«

»Ja … Du bist genau in dem Moment gekommen, als ich gemerkt habe, dass es nur Marmelade ist …«

»Ja, Holundermarmelade – die bekomme ich immer von meiner Mutter, die sie von einer Freundin hat. Ich habe eine Scheibe Brot damit auf dem Balkon gegessen, und es muss getropft haben, sie ist ziemlich dünnflüssig …«

»Du kannst dir nicht vorstellen, wie erschrocken ich war – schließlich habe ich dich gestern Abend hier mit einer Frau zurückgelassen, die vielleicht Silvia umgebracht hat. Ich habe mir die ganze Nacht Sorgen gemacht und gedacht, dass das wirklich dumm von mir war!«

»Ich glaube nicht, dass Sam es war. Und in jedem Fall hätte sie mich wohl kaum hier umgebracht.«

»Ich weiß, ich weiß, aber die Tür war offen, du hast nicht geantwortet und ... das Zeug hier sah wirklich aus wie Blut!«

»Ja, du hast recht, so habe ich das noch nie gesehen. Sag mal, das scheint mir aber keine sehr professionelle Reaktion zu sein.«

Alessandra wird rot, und mich durchzuckt ein freudiger Schauer. Es ist das erste Mal, dass ich die Oberhand habe.

»Ja, ich gebe zu, es ist nicht gerade das, was ich in meinen Kursen lehre, aber ... Ich würde es mir nicht verzeihen, wenn dir etwas zustieße.«

Ich habe keine Zeit, etwas darauf zu erwidern, denn in dem Moment klingelt das Telefon. Ist es denn die Möglichkeit, dass uns jedes Mal jemand unterbricht, wenn es beginnt, interessant zu werden?

»Ja, bitte?«

»Und?«

»Hallo, Simo!«

»Habt ihr sie festgenommen?«

»Du spinnst.«

»Ich? Redest du von mir? Du spielst Sheriff, und ich soll diejenige sein, die spinnt?«

»Hast du schlechte Laune?«

»Nein. Ich habe mir nur die ganze Nacht Sorgen um dich gemacht. Nicht die übliche Art von Sorgen wie: O Gott, hoffentlich kommt sie heil wieder aus Sandras Armen – nein, ernsthafte Sorgen. Silvia wurde umgebracht, und wer immer es war, könnte wieder zuschlagen ...«

»Heute machen sich alle Sorgen um mich ... Hör mal, ich bin genauso nervös wie du. Ich brauche ein wenig Unterstützung – nicht noch eine, die mich verrückt macht. Ich frühstücke jetzt, und dann hole ich dich ab, ja? Dann fahren wir mit den Rädern nach Binasco und entspannen uns ein bisschen.«

»Nein, bitte nicht. Heute Morgen schaffe ich das nicht. Sag mir, dass es dir gutgeht, dann kann ich schlafen gehen. Geht es dir gut?«

»Sehr gut – so gut wie in den letzten zehn Tagen nicht mehr.«

»Hast du etwas Wichtiges herausgefunden?«

»Nichts.«

»Ist sonst etwas passiert?«

»Na ja …«

»Okay, ruf mich um fünf an – dann erzählst du mir alles. Gute Nacht.«

Das war's dann wohl mit der gemeinsamen Fahrradtour, und das war's denn auch mit dem magischen Moment zwischen Ale und mir.

»Das war Simona. Sie wollte wissen, wie es gelaufen ist.«

»Hältst du sie über alles auf dem Laufenden?«

»Sicher, mit irgendeiner muss ich ja reden. Habt ihr bei der Polizei dafür nicht einen Psychologen? Außerdem gibt es zwischen Simo und mir keine Geheimnisse.«

»Kennt ihr euch schon lange?«

»Ich habe aufgehört, die Jahre zu zählen.«

»Und wart ihr mal zusammen?«

Ich glaube, einen Hauch von Eifersucht zu hören, aber wahrscheinlich träume ich nur.

»Nein, wir waren einmal kurz davor, aber dann haben wir uns in die Augen geschaut und uns gefragt, was wir da eigentlich tun. Es wäre eine Riesendummheit gewesen.«

Sie wirkt erleichtert. Wie üblich fühle ich mich tollpatschig wie ein Teenager beim ersten Date und wechsele das Thema.

»Also, was denkst du über Sam?«

»Nichts Gutes, zumindest unbewusst, wenn ich so reagiere. Obwohl sie, wenn ich vernünftig darüber nachdenke, entweder eine sehr gute Schauspielerin ist oder wirklich sehr betroffen war. Und außerdem hätte sich Silvias Nachbar an so eine Frau sicher erinnert!«

»Ja, das glaube ich auch.«

»Aber es gibt etwas, das mich nicht überzeugt. Wir müssen noch mal mit ihr reden.«

»Noch mal? Ich will da aber nicht dabei sein. Ihr habt euch doch so gut verstanden, ihr beiden, dass es sicher nicht nötig ist, dass ich komme, oder? Was hast du ihr gestern Abend in der Bar eigentlich so Lustiges erzählt?«

»Ach, nichts weiter, ich wollte nur das Eis brechen ...«

»Und?«

»Hör zu, ich muss jetzt los. In einer halben Stunde habe ich eine Besprechung, zu der ich auf keinen Fall zu spät kommen darf.«

»Aha, *top secret.* Ich darf dich aber daran erinnern, dass du mich noch brauchen wirst ...«

»Ja, du weißt gar nicht, wie sehr! Aber jetzt muss ich wirklich los. Ich melde mich.«

»Was sind unsere nächsten Schritte?«

»Das musst du mir sagen!«

Auch wenn ich sonst was erfinden würde, nur um bei ihr zu sein, fällt mir absolut nichts ein. Montagsabends gibt es in Mailand nicht gerade ein reichhaltiges Angebot an lesbischen Aktivitäten. Im Gegenteil – bis Donnerstag gibt es rein gar nichts.

»Ich fürchte, wir müssen eine kleine Pause machen. In den nächsten Tagen ist nichts los. Weder Lokale noch Privatfeiern, während der Woche ruhen sich alle aus.«

»Ich dachte, du wärst immer unterwegs.«

»Ja, aber nicht zu Massenveranstaltungen. Bei Abendessen mit engen Freundinnen, im Kino, so was ... Du kannst die Zeit nutzen, um mal wieder ein bisschen dein Privatleben zu pflegen!«

»Ja, ich denke, das werde ich tun ... Dann gehe ich jetzt. Wir sprechen uns die Tage.«

Sie geht. Ich fühle mich schon jetzt ganz einsam, aber vielleicht wird eine Pause auch mir guttun. Um mich abzulenken, singe ich ein wenig vor mich hin, und wer weiß, warum das erste Lied, das mir in den Kopf kommt, dieses heißumstrittene ist:

›*Questo amore è una camera a gas, è un palazzo che brucia in città, questo amore è una lama sottile, è una scena al rallentatore.*‹

›Diese Liebe ist eine Gaskammer, ein Stadthaus in Flammen, diese Liebe ist eine hauchdünne Klinge, eine ewige Zeitlupe.‹

Hat sich auch Gianna Nannini in eine Polizeikommissarin verliebt?

Ich beschließe, mein Programm auch ohne Simo durchzuziehen. Ich packe Orangensaft, Toast mit Curry-Ei und Filterkaffee ein, und los geht's. Auf zu neuen Abenteuern.

6

Nach den sechzig Kilometern Fahrradfahrt vom Montag tun mir die Beine und der Hintern weh – eine fortwährende Erinnerung daran, dass ich dringend anfangen sollte, mich wieder öfter sportlich zu betätigen, bevor ich so schwabbelig werde wie meine Nachbarin. Aber ich weiß, dass ich mich momentan auf keine regelmäßige Aktivität einlassen könnte, und so verschiebe ich es auf später. Als wäre ich nicht auch so schon sehr gut darin, Ausreden zu finden, habe ich jetzt Silvia als die beste Entschuldigung von allen: Wenn diese Geschichte ausgestanden ist, die es mir unmöglich macht, an anderes zu denken, wenn Alessandra wieder aus meinem Leben verschwunden ist, und das wird sicher sofort danach der Fall sein, wenn ich verstanden habe, was eigentlich geschehen ist und warum, wenn meine Welt wieder in Ordnung ist, der Film beendet, dann werde ich endlich wissen, was ich wirklich will, und Zeit für mich haben, um dieses und jenes zu tun. Danach.

Mein Großvater sagte immer, die beste Art, schwere Zeiten zu überstehen, sei es, sich Ziele zu setzen, und das ist zweifellos wahr, allerdings ist das einzige Ziel, das ich mir momentan setzen kann, zu warten, dass die Zeit vergeht, und unterdessen so gut wie möglich Alessandras Anwesenheit zu genießen. Heute ist Donnerstag, und ich bin zu diesem Schluss gekommen, als ich gemerkt habe, dass all meine Versuche, ein wenig Abstand von ihr zu gewinnen, kläglich fehlgeschlagen sind. Sofort nach dem Aufwachen beginne ich an sie zu denken. Während ich mir die Zähne putze, versuche ich den wiederkehrenden Gedanken an sie zu vertreiben, ebenso während ich mein Frühstück zubereite, und so geht es weiter, den ganzen Tag, während ich Druckfahnen korrigiere, Kuchenteig knete, während ich mich fertigmache, um auszugehen. Simo hat mich gebeten, ihr beim Abschluss eines kurzfristigen Projekts zu helfen, ein bisschen, weil sie Hilfe tatsächlich gebrauchen konnte, ein bisschen auch deshalb, weil sie gespürt hat, dass ich Ablenkung dringend nötig habe, doch auch das nützt nicht viel, vielleicht weil es mir schwerfällt, mich ernsthaft für die

Probleme zu interessieren, die es mit sich bringt, die Seite einer Reinigungsfirma zu erstellen – obwohl ich einsehe, dass hier wahrlich Kreativität gefragt ist.

»Ich bin eine Reinigungskraft, Sohn von Reinigungskräften, Enkel von Reinigungskräften. Drei Generationen – auf dem Markt gibt es keinen anderen, der mit so viel Erfahrung bestechen kann!«

Das ist der Schwerpunkt der Firmenphilosophie – das ist das Konzept, das der zukünftigen Kundschaft übermittelt werden soll. Doch sogar durch die Fotos vom Team vor den Transportern und in den Erklärungen der Funktionsweisen von Saugpumpen und Sonden und Abflüssen, tauchen immer wieder Bilder von Silvia, blitzen Fragmente von Alessandra auf.

Heute Abend werde ich sie wiedersehen. Ich habe den ganzen Tag im Badezimmer verbracht: Gesichtspeeling, Enthaarungswachs, Haarschneidemaschine, Achselrasur, Fingernägel schneiden, Intimrasur, Dusche, Ganzkörpercremung. Jetzt bin ich glatt wie ein Babypopo, aber ich weiß nicht, was ich anziehen soll, und es würde wohl nicht auf große Begeisterung stoßen, wenn ich im Evaskostüm ginge. Ich kann mich nicht entscheiden zwischen diesem Shirt und dem grauen, der Jeans und der Karohose. Es ist immer dasselbe, wenn ich mit ihr ausgehen will. Schließlich entscheide ich mich, ziehe Jeans mit Schnürstiefeln an, ein schwarzes Hemd und das Lederhalsband und rase auf meiner unerschrockenen Vespa mit halsbrecherischer Geschwindigkeit zum *Open door*, das mit seinem Aperitif die stets gutbesuchte Eröffnung für das Mailänder Wochenende darstellt. Das *Open* ist *gay friendly*, es mischen sich Schwule, Lesben und Heteros ohne Probleme, und es macht Spaß, weil man nie weiß, wen man treffen wird. Da das Publikum so gemischt ist, gehen auch Leute hin, die man in den anderen Lokalen nicht treffen würde, weil sie ihnen zu sehr von einer bestimmten Gruppe dominiert sind, und wenn die Luft zu schlecht wird, treibt es alle hinaus vor das Café, sie setzen sich auf Mäuerchen und Bürgersteige, und alles ist ständig in Bewegung.

Alessandra ist schon da, und Patrizia unterhält sich mit ihr. Wohl wissend, was diese Frau auf mich für einen Eindruck gemacht hat, bin ich automatisch besorgt, dass auch Ale sie interessant finden könnte, und so beeile ich mich, die beiden zu erreichen. Doch wenige Meter bevor ich bei ihnen ankomme, wird mir plötzlich klar, wie peinlich die Situation werden könnte: Offiziell sind Ale und ich ein Paar, und wir sind erst seit Kurzem zusammen, also würde man erwarten, dass wir uns bei meiner Ankunft mit einiger Leidenschaft küssen, etwas, das natürlich nicht geschehen wird. Doch wenn es nicht passiert, könnte Patrizia denken, dass etwas nicht in Ordnung ist und Verdacht schöpfen, oder aber auf die Idee kommen, sie hätte freie Bahn. Ich weiß, dass sie der Versuchung nicht widerstehen könnte, Ale zu verführen, und zwar aus drei Gründen: Ale ist neu in der Szene, sie sieht gut aus und sie ist mit mir zusammen. Und ich weiß auch, dass Patrizia, wenn sie sich einmal entschieden hat, in zwei von drei Fällen Erfolg hat.

Während mein Gehirn diese Informationen wälzt und ich schon kurz davor bin, mich aus dem Staub zu machen, dreht die Blonde sich um und sieht mich.

»Ah, da ist sie ja!«

»Hallo. Kann ich sie denn keinen Moment allein lassen, ohne dass du dich gleich ranschmeißt?«

Während ich das sage, beschließe ich, dass irgendeine Art von Körperkontakt nötig ist, der eine gewisse Intimität demonstriert, und so nähere ich mich Ale, umarme sie und gebe ihr einen Kuss auf den Hals.

»Mmmh, du weißt doch, wenn du das machst, schleife ich dich in zehn Minuten nach Hause!«

Wie üblich, überrascht sie mich. Ich habe erwartet, dass sie steif werden würde, stattdessen erwidert sie meine Umarmung mit einer unglaublichen Selbstverständlichkeit. Ich muss unbedingt daran denken, sie mal zu fragen, ob die Polizei Theaterkurse anbietet, um die Ausbildung des Personals zu vervollkommnen.

»Hach, ihr Täubchen, wenn ich euch so sehe, wird mir beinahe übel. Ich hole mir mal was zu trinken!«

Als sie uns allein lässt, gewinnt die Verlegenheit – meine – die Oberhand. Alessandra dagegen ist wie üblich *a culo col mondo,* wie Simo sagen würde, mit sich und der Welt im Reinen.

»Deine Freundin ist ganz schön rangegangen.«

»Das war mir klar!«

»Macht man das bei euch so? Die Freundinnen der anderen schamlos anbaggern?«

»Oft schon, ja ... Ich habe mich schon immer gefragt, ob Männer und Frauen bei der Anmache unterschiedlich vorgehen, aber da du es sofort als Anmache erkannt hast, scheint es wohl nicht so ... Oder hast du damit Erfahrung?«

Ich versuche es einfach mal. Wer weiß, vielleicht kommt dabei heraus, dass sie seit ihrem zwölften Lebensjahr mit Frauen zusammen ist und es mir nur nicht erzählt hat, weil sie schüchtern ist!

»Nein, das unterscheidet sich nicht groß. Vor allem nicht in Patrizias Fall, direkt wie sie ist.«

»Direkt? Aber was hat sie denn gesagt?«

»Sie hat mich eingeladen, ein ungezwungenes Wochenende in ihrem Haus am See zu verbringen.«

»Du machst Witze, oder?«

Sie lacht. Mamma mia, wie hübsch sie ist, wenn ihre Augen so leuchten und sie das Kinn hebt und ihren Hals und die leicht geöffneten Lippen zeigt!

»Keineswegs.«

»Sie hat eindeutig an Schwung verloren.«

»Warst du mal mit ihr zusammen?«

»Fragst du mich das jetzt bei allen Frauen, die ich kenne?«

»Es dient nur dazu, mir einen Überblick zu verschaffen.«

»Das sagst du bei allen, die ich dir vorstelle. Werde ich auch verdächtigt?«

»Nun, wenn du mich so direkt fragst: ja.«

Mein Herz setzt einen Schlag aus.

»Meine Güte, was für ein Gesicht! Das war nur ein Scherz!«

»Schwöre!«

»Ich schwöre es.«

»Mich hat fast der Schlag getroffen. Ist das deine Art von Humor?«

»Du hast recht, entschuldige, ich habe wohl nicht nachgedacht.«

»Na gut, in Ordnung, aber mach das nicht noch ein...«

Ein dunkelhaariger Kerl nähert sich uns und legt Ale eine Hand auf die Schulter.

»Sag mir sofort, was du hier machst.«

»Hallo!«

Umarmung.

»Warum denn?«

»Weil du in solche Lokale sonst mit mir gehst! Gibt es etwas, das du mir nicht erzählt hast, das ich wissen sollte?«

Während er das sagt, wirft er mir einen schelmischen Blick zu.

»Chiara, das ist Andrea ... mein Bruder.«

»Du hast einen schwulen Bruder und erzählst nichts davon?«

Ich frage mich, wann diese Frau aufhören wird, mich zu überraschen.

»Es hat sich nie die richtige Gelegenheit geboten.«

»Wie bitte? Jede Gelegenheit ist die richtige, um über dein Brüderchen zu sprechen! Aber ich wusste ohnehin, dass ich dich irgendwann einmal in der Szene treffen würde.«

»Ach ja?«

»Aber ja – du und Michela, ihr habt mich nie überzeugt. Ihr wart immer zusammen, habt ständig aneinandergeklebt und euch ständig irgendwelche Geheimnisse ins Ohr geflüstert ...«

»Wir waren zwölf!«

»Das ist das Alter, in dem es losgeht, das weißt du doch. Ich war dreizehn, als ich mit Mama und Papa in Civitanova Marche diesem Typen im Leopardenkostüm hinterhergelaufen bin, um ihn zu fragen, wo die Schwulen dort so hingehen!«

»Stimmt, ich erinnere mich.«

»Es war schrecklich!«

»Sei nicht so undankbar! Mama hat dich immerhin zu allen *gay*-Lokalen der Gegend kutschiert – dafür hätte man sie ins Gefängnis werfen können!«

»Bist du darum Polizistin geworden?«

»Nein, ich mag Frauen in Uniformen!«

Ich speichere die Information, beschließe aber, ihr nicht allzu viel Bedeutung beizumessen, auch weil die Unterhaltung zwischen Alessandra und Andrea, die dann folgt, anmutet wie der Schlagabtausch zweier Tunten, und es ist nicht zu unterscheiden, welche von Ales Äußerungen auf ihrem eigenen Mist gewachsen sind und welche sich dagegen aus der Nachahmung des Bruders speisen. Ich frage mich, warum ich ihn noch nie gesehen habe, sage mir aber, dass Mailand zum Glück groß genug ist, dass man nicht alle Schwulen kennt, die hier leben. Dann wird mir klar, dass dasselbe auch für die Lesben gilt und dass Silvias unauffindbare Mörderin mein Leben vermutlich überhaupt nicht gestreift hat. Und die berühmten sechs Ecken der Bekanntschaft? Wenn ich feststelle, dass Andrea und ich gemeinsame Freunde haben, stürzt meine Theorie in sich zusammen wie ein Kartenhaus. Eine Sekunde reicht aus, bis mir klar wird, dass sie tatsächlich schon wieder entkräftet ist, noch bevor ich sie ganz durchdacht habe: Schließlich sitzen wir in derselben Bar am selben Tisch, zusammen mit Alessandra, seiner Schwester, meiner Kommissarin! Ein wenig niedergeschlagen denke ich, dass es eine böse Überraschung für mich geben wird, wenn wir herausfinden, wer Silvia ermordet hat, und wir werden es herausfinden, das weiß ich. Dann beschließe ich, den Abend zu genießen. Das ist an sich nicht schwierig, denn Andrea und seine Freunde sind wirklich nett, und Alessandra scheint vergessen zu haben, dass sie eigentlich wegen der Arbeit hier ist. Ich jedenfalls vergesse es sofort – es ist das erste Mal, dass wir einen Abend miteinander verbringen, der zumindest den Anschein von Normalität erweckt, und dass ich sie zusammen mit anderen sehe, mit denen sie sich wohlfühlt. Und es ist das erste Mal, dass ich feststelle, dass sie sich mit mir wohlfühlt. Sie schwatzt, macht Witze, lacht, und ich gehöre immer zu den Personen, an die sie sich wendet, sie entfernt sich nie zu weit von mir, kauft mir etwas zu trinken. Mein masochistisches

Ich fragt sich, ob sie nicht vielleicht nur ihre Rolle spielt, denn immerhin sind alle Augen auf uns gerichtet; das gesunde Ich dagegen beschließt, Arbeit hin oder her, ich gefalle ihr. Gesund? Was kann es weniger Gesundes geben als sich in eine Polizistin zu verknallen, die mindestens fünfzehn Jahre älter ist als ich, und noch dazu hetero?

Leider vergeht der Abend wie im Flug, doch bei der Verabschiedung machen wir aus, dass wir uns am nächsten Morgen bei mir zu Hause treffen, um Resümee zu ziehen und einen Schlachtplan für die kommenden Tage zu entwerfen. Auf dem Nachhauseweg trällere ich vor mich hin, die Aussicht, sie schon morgen früh wiederzusehen, macht mir gute Laune, doch dann fällt mir auf, dass ich gar nicht weiß, wie ich Alessandra noch weiter helfen könnte herauszufinden, was passiert ist. Es scheint mir so absurd, dass ich in diese Geschichte verwickelt worden bin, und meine Rolle so überflüssig, dass ich mir zusammenfantasiere, alles sei vielleicht nur ein einziges Theater gewesen, mit dem Ziel, mich zu umgarnen. Dann sage ich mir, dass ich wie üblich zu viel getrunken habe. Abgesehen von meinen Wahnvorstellungen bringt der übermäßige Alkoholkonsum meine Sinne in Wallung, und es gibt keinen Darkroom für Frauen, in den ich gehen könnte. Verdammt, was für eine Ungerechtigkeit! Das ist eines dieser Male, da sich mein Neid auf homosexuelle Männer Bahn bricht: Warum kann ich keine Unbekannte in einer Bar vögeln, wenn ich scharf bin, und bin stattdessen dazu verdammt, entweder im Bett vor Sehnsucht nach Sex zu vergehen oder zu versuchen, genügend glaubwürdige Pornofilmchen in meinem Kopf ablaufen zu lassen, um meine einsame Masturbation erfolgreich hinter mich zu bringen? Die Frustration ist so groß, dass mein Film aus nicht-jugendfreien Bildern ab und an von seltsamen

Gedanken unterbrochen wird, und während ich mir eine Schnitte alla James Dean vorstelle, die mich verführerisch anschaut, zerplatzt meine Fantasieblase plötzlich, und ich frage mich, wo wir eigentlich sind, studiere eine Weile das Szenenbild, wiege Pro und Kontra ab und wie sehr sich die einzelnen Elemente eignen, einen Hardcore-Porno zu bestükken. Dann gewinnt die Erregung wieder die Oberhand, und die Schnitte spricht mich an, ja, aber was sagt sie? Und so geht es weiter, bis der Gute-Nacht-Joint sein Übriges tut, und ich einschlafe, ohne zum Höhepunkt gekommen zu sein.

Am nächsten Morgen weckt mich die Türklingel. Ich bin so benommen, dass mein Herz nicht einmal dann eine Reaktion zeigt, als ich denke: auf der anderen Seite der Tür steht *sie*. Ich öffne und gehe in Unterhose und Unterhemd in die Küche, um den Kaffee aufzusetzen. Ale dagegen sieht umwerfend aus und erzählt mir, dass Sam sie angerufen hat, kurz bevor sie bei mir ankam, um zu sagen, dass sie mit ihr reden wolle. Jetzt holt mein Herz alles Versäumte auf und beginnt wie wild zu schlagen.

»Wann ist die Verabredung?«

»Heute Abend.«

»Um wie viel Uhr?«

»Um zehn.«

»Gut, dann können wir sie treffen und danach auf Renatas Feier gehen ...«

»Sie hat mich gebeten, sie allein zu treffen ...«

»Und was hast du gesagt?«

»Dass das in Ordnung geht.«

»Was – und ich?«

»Du gehst auf die Feier und machst dir einen schönen Abend.«

»Ach so? Bis gestern war ich noch absolut unentbehrlich für dich, und jetzt brauchst du mich nicht mehr?«

»Komm, reg dich nicht auf ... Wenn sie nicht angerufen hätte, hätte ich sie aufs Kommissariat bestellt, und dann wärst du auch nicht dabeigewesen.«

Sie hat recht. Ich sehe ein, dass es bedeutsam ist, dass sie von sich aus angerufen hat, denn das heißt, sie hat etwas zu erzählen und ist in jedem Fall bereit, Fragen zu beantworten. Trotzdem kann ich meine Irritation nicht überwinden. Alessandra versucht das zu übergehen und gibt sich geistreich, aber ich fühle mich komplett aus der Bahn geworfen und hätte am liebsten, dass sie ginge und mich allein ließe, um mich abzureagieren, aber ich weiß nicht, wie ich sie darum bitten soll. Sie scheint zu spüren, wie es in mir aussieht, und kommt mir zu Hilfe.

»Komm schon, ich erzähle dir dann alles. Aber jetzt muss ich wirklich los. Ich habe noch einiges zu tun. Sprechen wir uns morgen?«

»Morgen? Kommst du nicht mehr auf der Party vorbei?«

»Ich bin total erschöpft und muss dringend mal früh ins Bett. Wenn du etwas Neues herausfindest, erzähl es mir morgen. Auf jeden Fall telefonieren wir, und ich bringe dich auf den neuesten Stand. In Ordnung?«

Nichts ist in Ordnung, aber es bringt nichts, ihr eine Szene zu machen. Sobald sie aus der Tür ist, kollabiere ich in meine Hollywoodschaukel und meckere vor mich hin, rede mich in Rage und beschimpfe sie, in der einfältigen Hoffnung, dass es mir guttun wird, meiner Enttäuschung auf jede erdenkliche Art freien Lauf zu lassen. Als eine Stunde später Simo vorbeikommt, findet sie mich noch immer völlig aufgelöst auf dem Balkon.

»Sam versucht, sie zu umgarnen, da bin ich sicher – was

wird sie ihr schon so Geheimes zu sagen haben, das ich nicht auch wissen darf?«

»Hör mal, Doktor Watson. Übertreibst du nicht ein bisschen? Ich habe es wirklich satt, dich in diesem Zustand zu sehen.«

»Du hast recht, ich steigere mich da in etwas rein ... Aber warum muss es immer so enden? Warum kann ich nicht mal ein bisschen mehr Abstand halten?«

»Was weiß ich. Wahrscheinlich ist deine Mutter schuld daran.«

»Jaja, die Mütter sind an allem schuld, egal, ob sie zu liebevoll sind oder zu gleichgültig, ob sie dich beschützen oder deinen eigenen Weg gehen lassen. Und die Väter? Und die Welt? Und die Gene?«

»Genug jetzt! Weißt du nicht mal mehr, dass wir heute mit Sergio im *Estasi* verabredet sind, um die Requisiten für die nächste Szene herauszusuchen? Und danach haben wir eine Probe der Szene mit Maria und den anderen!«

»O Scheiße, du hast recht! Das hatte ich völlig vergessen!«

»Siehst du? Bis gestern war der Film das Einzige, was dich interessierte, und dann muss nur irgendeine Tussi vorbeikommen, und schon spielst du vollkommen verrückt.«

»Du hast ja recht. Was müssen wir aus dem Sexshop besorgen?«

»Wenn du das nicht mehr weißt, bist du wirklich völlig hinüber. Ich bin schließlich nicht mit Sandra ins Bett gegangen und habe mich fesseln und knebeln und auspeitschen lassen ...«

»Na gut, Hauptsache, das erregt mich nicht wieder, sonst musst du Hand anlegen! Wenn ich nicht bald ein bisschen Sex bekomme, platze ich! Das ist wirklich nicht der richtige Tag, um einen Sexshop zu besuchen.«

CHIARA, SIMONA UND DIE ANDEREN
Dritte Szene

Einstellung 1: In einem Vereinshaus.
Innen – Nacht
Personen: Chiara, Sandra, Beatrice (Geliebte von Sandra), Roberta (Geliebte von Sandra), Rita (Geliebte von Chiara und Sandra)
Titel über der Szene: Sandra, Juni 96

Sadomaso-Performance/-Installationen. Chiara kommt herein, schaut sich die verschiedenen Inszenierungen an, bleibt vor Sandras Szenario stehen, die an einen Kronleuchter gefesselt ist und von Rita ausgepeitscht wird. Chiara lächelt, Rita zwinkert ihr zu. Chiara macht ihr mit der Hand ein Zeichen, dass sie sich später sehen, Rita nickt. Schwenk auf die übrigen Inszenierungen.

Einstellung 2: In einer Bar am Meer.
Innen – Nacht

Die Mädels sitzen um einen Tisch und trinken.

CHIARA: Was für ein überwältigender Abend – wirklich atemberaubend ...

RITA: Und wir haben alles in nur drei Wochen vorbereitet, die Idee ausgeheckt, die Werbetrommel gerührt und die Inszenierung auf die Beine gestellt.

SANDRA: Am längsten hat eigentlich gedauert, den Kronleuchter so anzubringen, dass er mein Gewicht aushält ...

RITA: Du hättest die Szene im Eisenwarenladen erleben sollen, als wir versuchten, dem Verkäufer in möglichst vagen Andeutungen zu erklären, was wir damit vorhatten!

CHIARA: Es wäre ein ziemliches Ereignis, so ein Stück nach Mailand zu bringen, wo es nichts dergleichen gibt!

SANDRA: Ich glaube, es würde niemand kommen. Wenn man in Mailand von SM spricht, wenden sich alle entsetzt ab. Ihr Mailänderinnen seid allesamt Lesbo-Saurier!

RITA: Sobald ihr Sadomaso hört, reißt ihr die Augen auf und denkt an de Sade!

CHIARA : Ich weiß, was die verschiedenen Spielarten betrifft, sind wir ein bisschen zurückgeblieben – bei uns ist die Vorstellung von erotischer Machtdemonstration noch immer ans Patriarchat geknüpft, an Sexismus und all diese Dinge. (Begeistert) Aber gerade deshalb wäre es ein Knaller, dieses Spektakel nach Mailand zu holen ... Wisst ihr, die Mailänder Lesben sind neugierig – wenn man eine gute Werbekampagne macht, kommen sie sicher – eigentlich laufen sie sofort herbei, sobald es etwas Neues gibt!

RITA: Ich glaube, sie lassen vielmehr dich laufen! Euer lesbischer Verein wird von allen Mailänder Runden Tischen gestrichen werden, einzig und allein dafür, den Begriff ›erotische Fantasien‹ verwendet zu haben! Denk nur, Sandra, die Mailänder Intellektuellen haben Pat Califa niemals übersetzen lassen wollen!

SANDRA (lacht und schüttelt den Kopf): Nun, wenn die Situation wirklich so drastisch ist, habe ich große Lust, die Installation zu machen ... Los, lassen wir die Bombe platzen!

RITA: Im April?

SANDRA: Nein, da kann ich wegen der Arbeit nicht und die anderen wegen der Prüfungen ... Machen wir es im Mai oder Juni!

Sie lächeln, die Sache ist abgemacht, besonders Sandra und Chiara lächeln sich an.

Einstellung 3: Chiaras Wohnung.
Innen – Nacht

Beide betreten die Wohnung.

SANDRA: Die Leute vom Verein sind wirklich nett, hilfsbereit, und dass sie alle Einnahmen von der Bar behalten und wir die Eintrittsgelder, finde ich in Ordnung.

Sandra beginnt sich auszuziehen, ohne jede Scham, als wäre sie bei sich zu Hause. Chiara tut so, als wäre nichts, ist aber ein wenig verlegen.

CHIARA: Ich habe es dir ja gesagt, wir hatten immer ein gutes Verhältnis mit ihnen, und außerdem gibt es in Mailand kein lesbisches Lokal, das so viel Platz hätte, eine Installation wie unsere aufzunehmen …

SANDRA (geht komplett nackt ins Bad; Chiara folgt ihr, um ihr weiter zuzuhören): Das ist wahr, der Raum ist fantastisch, und hast du gehört, sie lassen uns sogar in die Wände bohren!

Einstellung 4: Chiaras Badezimmer.
Innen – Nacht

SANDRA (duscht, Chiara sitzt auf der Toilette): Und wie stellst du dir die Werbung vor?

Chiara: Die üblichen Kanäle – Handzettel und Plakate in allen lesbischen Einrichtungen und Lokalen, Faxbriefe und …

Sandra (steigt aus der Dusche): Wenn du schon dabei bist … Entschuldige, reichst du mir mal den Bademantel? (Chiara reicht ihn ihr schüchtern.) Danke. Wenn du schon dabei bist, meine ich, dann beschränke dich nicht nur auf Mailand. Mach auch etwas für den Rest der Lombardei, vielleicht Turin …

Sandra geht nackt aus dem Bad in Richtung Schlafzimmer, Chiara folgt ihr.

Chiara: Na ja, mit lesbischen Lokalen sieht es in der Lombardei recht spärlich aus – gut, es gibt Brescia … und Como … Das mache ich auf jeden Fall, Adressen und Kontakte habe ich, Turin ist eine sehr gute Idee …

Einstellung 5: Chiaras Schlafzimmer.
Innen – Nacht

Sandra legt sich nackt aufs Bett und redet unbekümmert weiter. Chiara bleibt ein wenig befangen in der Tür stehen.

Sandra: Du hast eine sehr schöne Wohnung. Ist die gemietet?

Chiara: Ja, leider, ich wünschte, es wäre meine. Ich mag sie auch sehr …

Sandra: Und wie viel Miete zahlst du? In Bologna sind das richtige Halsabschneider.

Chiara: Hier auch … Ich zahle siebenhundert Euro im

Monat, das ist ein Aderlass für mich, vor allem weil ich seit drei Wochen arbeitslos bin ... Wenn sich die Situation nicht bald löst, werde ich wohl das Zimmer drüben untervermieten müssen, das ich jetzt als Arbeitszimmer benutze.

SANDRA (diabolisch grinsend): Also wenn ich beschließen sollte, nach Mailand umzuziehen, wüsste ich, wo ich suchen muss!

CHIARA (lächelt, beginnt sich zu entspannen und nähert sich dem Bett): Warum nicht? Allerdings habe ich Dienstagmorgen ein Vorstellungsgespräch, und ich denke, es wird gut laufen, auch wenn es sehr früh ist und ich um die Uhrzeit immer noch ein wenig im Koma bin ...

SANDRA (diabolisch grinsend): Dann werde ich mich hüten, dich am Abend davor zu besuchen.

Sandra küsst Chiara, die beiden schauen sich an und küssen sich wieder.

SANDRA: Ich finde, es war eine wirklich sehr interessante Idee, die Installation hier in Mailand zu machen.

Sandra küsst Chiara noch einmal.

CHIARA: Die Bombe ist bereit zu platzen!

Chiara küsst Sandra.

SANDRA: Bumm!

Sandra lächelt und küsst Chiara. Sie haben Sex.

Einstellung 6: Chiaras Wohnung / Sandras Wohnung. Innen – Tag

Das Telefon klingelt, Chiara hebt ab.

CHIARA: Ja, bitte?
SANDRA: Hallo, ich bin's …
CHIARA: Hallo, Liebling, bald bin ich bei dir!
SANDRA: Kannst du nicht einen Zug früher kommen? Ich halte es nicht mehr aus – es sind 123 Stunden vergangen, seit wir uns zuletzt gesehen haben, meine Hormone sausen wie wild in meinem Körper herum – ich tue alles, was du willst, erfülle dir jede Fantasie, wenn du einen Zug früher kommst …
CHIARA: Ich sage das Vorstellungsgespräch ab und komme!

Einstellung 7: Der Bahnhof in Bologna. Außen – Abend

Chiara kommt am Bahnhof an, Sandra erwartet sie. Sie küssen sich leidenschaftlich inmitten der Leute, die die Köpfe nach ihnen drehen. Sie machen weiter, ohne sich darum zu kümmern.

Einstellung 8: Sandras Wohnung / Chiaras Wohnung. Innen – Nacht

Das Telefon klingelt.

SANDRA: Ja?

CHIARA: Um wie viel Uhr kommst du an?
SANDRA: In zwei Stunden und fünfzig Minuten. Wir werden zwei Tage lang nicht aus dem Haus gehen, stimmt's?
CHIARA: Ich habe allen gesagt, dass ich wegen der Arbeit unterwegs bin. Niemand hat es geglaubt – ich habe ja keine Arbeit, aber sie haben kapiert, dass sie mich in Ruhe lassen sollen ... Die Tage gehören nur uns beiden, der Kühlschrank ist voll, und sobald du hier bist, ziehe ich den Telefonstecker raus.
SANDRA: Ich komme mit dem Intercity 52345.

Einstellung 9: Chiaras Wohnung/Sandras Wohnung.
Innen – Tag

Chiara schläft. Sandra trägt ein üppiges Frühstück ans Bett, weckt sie, sie küssen sich, frühstücken und flirten.

Einstellung 10: Der Bahnhof von Mailand.
Außen – Nacht

Sandra und Chiara küssen sich ununterbrochen und halten sich fest umschlungen.

SANDRA: Nächstes Wochenende kommst du also zu mir.
CHIARA: Freitagabend nehme ich den Sieben-Uhr-Zug – komme was wolle.
SANDRA: Wir telefonieren ...
CHIARA: Wir telefonieren!

Einstellung 11: Chiaras Wohnung / Sandras Wohnung. Innen – Tag

CHIARA: Hallo!

SANDRA: Hallo.

CHIARA: Wie geht es dir?

SANDRA: Was ist das für eine Scheißfrage? Meinst du, so was fragt man? Ich bin hier jeden Tag mit dem Tod konfrontiert – wie zum Teufel soll es mir schon gehen?

CHIARA: Entschuldige, ich wollte nicht ... Ist etwas passiert?

SANDRA: Ob etwas passiert ist? Merkst du eigentlich, was für eine Scheiße du redest? Denkst du auch mal nach, bevor du den Mund aufmachst?

CHIARA: Aber ich ...

SANDRA: Zum Teufel mit deinem ›Aber ich‹! Du bist nicht allein auf der Welt! Kannst du dir vorstellen, wie vielen Patienten am Tag ich hier immer wieder sagen muss, dass die Chemotherapie den Tumor eindämmen wird, doch stattdessen wird es überhaupt nicht besser, im Gegenteil, es wird schlimmer, und irgendwann muss ich ihnen sagen, dass sie sterben werden! Und du fragst mich, wie zum Teufel es mir geht? Wage es nie wieder, mir so eine Frage zu stellen, kapiert?

CHIARA: In Ordnung, Sandra, wir sprechen uns ein andermal ...

Sandra legt ohne ein weiteres Wort auf.

Einstellung 12: Sandras Wohnung. Innen – Abend

Chiara sitzt mit einem Bier auf dem Sofa, neben ihr Roberta. Bea reicht den Joint herum, der beinahe zu Ende ist. Sandra trinkt einen Schluck.

ROBERTA: Ich fürchte, es wird schwierig, Fabienne um diese Uhrzeit noch abzuholen. Ihre Eltern werden sicher Probleme machen.

BEA: Also, was sollen wir tun?

SANDRA: Ihr könnt ihr sagen, sie soll zu Monica gehen. Dann können wir beide dort abholen. Sie wohnen doch nur drei Straßen voneinander entfernt.

ROBERTA: Ich habe heute kein Auto, mein Bruder braucht es gerade.

BEA: Ihr seid sicher dabei, oder?

SANDRA: Ich komme auf jeden Fall …

CHIARA (schaut Sandra dabei fest an): Ich auch, wenn ich nicht störe.

ROBERTA: Also, Sandra, dann haben wir dein Auto, oder? Du hast ja keine nervigen Brüder!

SANDRA: Nein, ich bin Einzelkind, und das hat nicht nur Vorteile. Aber ja, mein Auto ist da. Eine alte Karre, doch sie fährt.

BEA (nimmt den letzten Zug): Mädels, das ist ein ganz besonderer Schwarzer Afghane … ganz rein … eine echte Rarität!

CHIARA: Fantastisch, seit Jahren habe ich so etwas schon nicht mehr geraucht. In Mailand bekommt man so gutes Zeug nicht!

ROBERTA: Apropos, wart ihr beide nicht dabei, eine SM-Installation in Mailand vorzubereiten? An welchem Punkt seid ihr denn damit?

SANDRA: An einem toten!

Bea (schaut auf die Uhr): Zum Teufel, Roby, wir müssen gehen. Wir sind schon eine halbe Stunde zu spät! Ich bin völlig von der Rolle von diesem Zeug.

Roberta (schaut auf die Uhr): Scheiße! Fabienne wird außer sich sein …

An der Tür küssen und verabschieden sich alle. Als sie draußen sind, will Sandra in die Küche gehen, doch beim ersten Wort von Chiara bleibt sie stehen.

Chiara: Kannst du mir mal erklären, was los ist? Ich glaube, ich habe wohl irgendwas verpasst … Sonntag haben wir uns getrennt wie zwei Turteltäubchen, Montag und Dienstag war am Telefon alles wie immer, Mittwoch hast du mich wegen etwas angefahren, das ich nicht einmal verstehe, und dann nichts mehr, als hätte ich aufgehört zu existieren. Puff, und weg bin ich.

Sandra: Es ist nichts, Chiara, entschuldige, mir geht es nicht so gut.

Chiara: Das klingt wie Katia: Es ist nichts, mach dir keine Gedanken … Bist du einfach nur ein Arschloch, oder hast du beschlossen, eine neue SM-Praktik mit mir zu erproben?

Sandra: Du hast recht, es ist etwas, aber es ist nicht so leicht, darüber zu sprechen. Es ist allein mein Problem, und ich muss es allein lösen … Du kannst mir dabei nicht helfen.

Chiara: Aber wenn … Okay, du willst nicht darüber reden, aber dann hör auf, mich zu ignorieren und so zu tun, als wäre ich nicht da …

Sandra: Ich weiß. Doch ich kann nicht anders, irgendetwas läuft da falsch, aber ich weiß nicht, was ich tun soll … Das ist mein Problem … Ich spüre, dass du mir nahe sein willst, aber … aber ich … will das nicht … auch jetzt nicht … Mir geht es dann noch schlechter – es macht mir furchtbare Angst, wenn du mir helfen willst … Es ist besser, wenn du jetzt gehst und mich allein lässt …

CHIARA: Aber …

SANDRA: Ich muss jetzt allein sein. Tut mir leid, es ist besser, wenn du gehst …

CHIARA: Du willst also, dass ich jetzt gehe?

SANDRA: Ja.

Chiara packt zusammen, nimmt ihre Jacke und geht zur Tür. Sandra begleitet sie. Chiara zögert.

CHIARA (in der Tür stehend): Ich gehe zu Rita, falls …

Sandra schlägt ihr die Tür vor der Nase zu, ohne erkennbare Gefühlsregung. Chiara steht wie versteinert vor der verschlossenen Tür.

Die Probe ist sehr gut gelaufen. Maria ist grandios als Sandra, wie wir es uns gedacht haben, doch anstatt meinem Enthusiasmus Ausdruck zu verleihen, sitze ich schweigend da.

»Chiara, alles in Ordnung?«

»Das Drehbuch laut zu lesen berührt mich schon. Bin diese Idiotin wirklich ich?«

»Ich fürchte ja …«

»Auch diesmal verhalte ich mich wieder genauso.«

»Tja …«

Simona schaut mich mit ihrem üblichen ironischen Lächeln an.

»Verdammt, ich muss irgendwas tun …«

»Das höre ich seit Jahren von dir, aber ich sehe keine Fortschritte!«

»Dann, fürchte ich, gibt es keine Hoffnung mehr. Ich werde als Idiotin sterben.«

7

Nachdem die Einkäufe und die Proben erledigt sind, wir gegessen und den ersten Liter Wein des Abends getrunken haben, gehen wir in Lucias Bar, um Renatas, Luisellas und Carmelas Geburtstag zu feiern, die am 6., 9. und 10. November geboren sind. Es ist einer dieser mondänen Abende, wo alles durcheinanderwuselt: Gesichter, Namen, Begrüßungen, Küsse, Gerüche, Kleider, gebrochene Herzen, neue Lieben, alte Freunde, das übliche Durcheinander, das mir heute aber keinen Spaß macht. Ich bin nervös wegen des Streits mit Alessandra. Sie hat sich nicht gemeldet, und ich habe mich stolz zurückgehalten, sie anzurufen, um zu erfahren, was passiert ist. Ich bin nicht sicher, ob das eine gute Taktik war.

Einige Freunde, die Kontrabass, Saxophon und Cembalo spielen, machen Jazzmusik, die Gitarristen spielen spanische Lieder, die mit den Bongos machen afrikanische Musik. Alles verschwimmt ineinander, ein Rhythmus folgt dem anderen, die Menschen tanzen, schwitzen, füllen die verlorene Feuchtigkeit durch einen weiteren Drink wieder auf, gehen auf die Toilette, um überschüssige Flüssigkeit loszuwerden. In der Toilette herrscht ein großes Kommen und Gehen, und wenn man keine geübte Beobachterin ist, fällt es nicht weiter auf, dass alle zu zweit hineingehen und dass die Paare sich andauernd neu mischen. Man muss ebenfalls eine gute Beobachterin sein, um zu bemerken, wie sie mit angespannten Kiefermuskeln und eckigeren Bewegungen wieder herauskommen und wie die Worte anfangen, immer dichter und schneller zu fließen. Jemand zeigt eine übertriebene Reaktion auf einen harmlosen Kommentar über Faltenhosen, irgendeine Hand fasst sich ein bisschen zu häufig an die Nase, eine andere Nase wird ununterbrochen hochgezogen (es muss eine Erkältungsepidemie im Umlauf sein). Jahrelang habe auch ich nichts gemerkt – ich habe den Geschichten meiner Freundinnen geglaubt, die behaupteten, tage- und nächtelang am Stück arbeiten zu können, allein dank der belebenden Wirkung von Vitamin C, und die Toiletten habe ich als Höllenkreis erlebt, zu beschäftigt mit den Krämpfen meiner Blase, um irgendetwas mitzubekommen. Dann habe ich eines Abends im *Mandala* eine Bekannte an der Bar getroffen, wir haben uns unterhalten, und sie fragte mich, ob sie mich auf etwas einladen könne. Ich habe ja gesagt und wollte gerade einen Gin Tonic bestellen, als sie aufstand und mich zu den Toiletten führte. Ich folgte ihr widerstandslos, zugleich überrascht und neugierig. Sie zog ihr Portemonnaie aus der Tasche, dazu einen Fünfzigtausend-Lire-Schein, rollte ihn zusammen, drückte ihn mir in die Hand, zog ein weißes Papiertütchen heraus und sagte:

»Ich habe heute zum ersten Mal etwas gekauft. Weißt du, wie man das macht?«

Ich habe die Kabine mit einem neuen Bewusstsein verlassen – dem Bewusstsein über die Welt der Toiletten. Wie in dieser alten AIDS-Kampagne des italienischen Gesundheitsministeriums hatte ich plötzlich eine Welt von Menschen mit einer weißen Aura um sich entdeckt, die Fünfzigtausend-Lire-Scheine rollten, Kreditkarten ableckten, die Hälfte ihrer Abende mit taubem Mund, triefender Nase und dem bitteren Geschmack des Kokains in der Kehle verbrachten. Und die Welt derjenigen, die damit aufgehört haben – die darauf verzichten können, mit allem, was es kostet. Eine schnelle, lebhafte Welt voller Adrenalin. Eine sexuell hyperaktive Welt. Hemmungslos bohémien. Zum Teil auch von einer unerträglichen Traurigkeit. Und fast immer voller verzweifelter Einsamkeit.

Patrizia zwinkert mir zu, deutet auf Claudia, schlägt sich mit einer Hand aufs Herz, fragt mich: Willst du sie? Wenn du die in der Tasche hast, stecken dir alle die Zunge in den Hals. Ich frage, hattest du nicht aufgehört? Natürlich habe ich aufgehört, das wissen alle, frag doch Giò, schau her, ich trinke auch nur Wasser …

Ich ziehe nur selten einmal was, in Maßen. Am meisten Spaß macht es mir, eine Linie in der Damentoilette im Kino zu ziehen, wenn draußen eine Menge Frauen in Bügelfalten und Kleidchen wartet. Wenn die Lichter im Saal ausgehen und die Leinwand aufleuchtet, wird man förmlich hineingesogen, ist alle Personen zur gleichen Zeit, spürt all ihre Emotionen.

Dieser Abend heute macht mir dagegen überhaupt keinen Spaß – im Gegenteil, er macht mich nervös und reizbar. Patrizia mit ihrer Hand in der Innentasche der Jacke, Milena, die immer schneller redet und dabei absolut nichts sagt, Simona, die zu mir herüberkommt und verkündet, dass Nico heute Abend zu sehr hinüber ist, um sie eines Blickes zu würdigen – nun ja, ich wusste schon, dass es so werden würde – morgen ist ein neuer Tag. Ich setze mich allein auf ein müffelndes Sofa und denke, dass mich alles ankotzt, dass ich endlich mein Leben ändern muss, dass dieser ganze Haufen Menschen mir absolut nichts mehr gibt, kein positives Gefühl, keinen intellektuellen Anreiz, er bringt mich nicht einmal mehr zum Lachen. Wärt ihr in der Lage, zum hundertsten Mal über denselben Witz zu lachen, über dasselbe Zitat, dieselbe Geschichte? So läuft es hier. Das Kokain verknotet dir die Synapsen, bis sie beginnen, in einer Endlosschleife zu laufen. Die Gespräche wiederholen sich bis in alle Ewigkeit, immer gleich, doch das stört niemanden – wichtig ist es zu reden, egal worüber. Ich denke an Alessandra und daran, was sie wohl sagen würde, wenn sie jetzt hier wäre.

»Was für ein finsteres Gesicht.«

»Hä?«

»Ich sagte, du siehst super genervt aus.«

»Ach ja?«

»Ja. Störe ich? Dieser Laden ist echt anstrengend. Ich habe dich hier allein sitzen sehen und hatte plötzlich Lust, zu dir zu gehen. Ich habe die ganze Klatscherei satt, und mir schien, als hättest auch du davon die Nase voll.«

»Da könntest du recht haben.«

»Ich heiße Bruna.«

»Chiara.«

»Ich habe dich schon ab und zu mal irgendwo gesehen ...«

»Wirklich? Ich glaube, ich habe dich noch nie gesehen.«

(Verdammt, was bin ich für ein Miststück.)

»Ich gehe nicht viel aus. Ich bin mit Mirella hier, weißt du, die Anwältin, die Freundin von Alessandra, die Ex von Patrizia ...«

»Ach ja – Mirella ...«

»Wir waren zusammen auf dem Gymnasium und treffen uns vielleicht zwei Mal im Jahr, darum hast du mich vermutlich noch nie gesehen. Das hier ist eines der zwei Male. Dich zu sehen ist dagegen nicht schwer – du tauchst überall auf, aber ich habe dich noch nie so allein gesehen wie heute.«

»Ja, heute Abend bin ich nicht sehr gut drauf.«

»Kann ich etwas tun, um das zu ändern?«

»Bring mich von hier weg. Bist du mit dem Auto da?«

»Nein …«

»Schade, ich hätte solche Lust, ans Meer zu fahren!«

»Ans Meer?«

»Ja, in einer Stunde ist man da. Man kann zum Strand laufen und die salzige Luft einatmen, sich ein bisschen vom Wind durchpusten lassen, einen Krapfen mit Cremefüllung frisch aus dem Ofen essen und dann nach Hause fahren.«

»Tut mir leid, das klingt sehr gut, aber mein Auto ist in der Werkstatt, und ich bin mit Mire hergefahren. Vielleicht ein andermal …«

Unsere Köpfe sind sehr dicht beieinander, um den Lärm der Musik zu übertönen, ein wenig zueinandergeneigt, so dass ich sie bisher noch gar nicht richtig angesehen habe. Ich richte mich auf, setze mich bequem hin und betrachte sie aufmerksam. Sie ist um die vierzig, kräftig gebaut, hat leicht gewellte dunkle, mittellange Haare, die ein wenig strubbelig sind, ist weder gut noch schlecht gekleidet. Sie ist einfach angezogen, würde ich sagen, weder hübsch noch hässlich, und bisher hat sie weder besonders sympathische noch besonders abstoßende Dinge gesagt, weder intelligente noch dumme. Meine Inspektion bringt sie in Verlegenheit, das sieht man, doch sie senkt leicht den Kopf und schenkt mir ein strahlendes Lächeln, und das ist wirklich schön. Ein offenes, spontanes und ansteckendes Lächeln. Ich lächle auch und nehme unsere Unterhaltung wieder auf.

»Entschuldige, ich bin heute wohl nicht sehr umgänglich.«

»Ist etwas passiert?«

»Nur das Übliche. Wahrscheinlich ist es das, was mir schlechte Laune macht.«

»Jetzt bin ich ja da. Ich bin etwas anderes als das Übliche.«

Ein neuerliches Lächeln, ein kleines Ziehen im Magen. Ein kleiner moralischer Zweifel zieht durch mein Hirn: Wenn ich es tue, bin ich dann eine Schlampe oder nicht? Und diese Zerrissenheit zwischen Herz und Möse – ist das normal oder krank? Denn mein Herz schlägt für Alessandra, daran besteht kein Zweifel. Aber diese Bruna mit ihrem bezaubernden Lächeln und ihren klaren Verführungsabsichten ist ziemlich aufregend. Also, was tun?

»Entschuldige, ich muss mal schnell zur Toilette.«

»Nein, ich bitte dich, geh da nicht hin!«

Sie schaut mich verblüfft an.

»Ach, vergiss es, das zu erklären würde zu lange dauern ...«

Sie fängt an zu lachen, ein Lachen, das Fröhlichkeit verbreitet.

»Ich schwöre, dass ich nur pinkeln muss. Du kannst mitkommen und das überprüfen, wenn du willst!«

»Nein, nein, ich glaube dir!«

Sie macht sich auf den Weg zu den Toiletten, dabei kichert sie weiter vor sich hin. Ich folge ihr mit den Augen und denke, dass ich wirklich ziemlich gestresst bin. Ein bisschen guter Sex ist jetzt genau das Richtige.

Natürlich dauert es eine Weile, bis sie zurückkommt – wieder einmal eine ewig lange Schlange vor dem Klo. In der Zwischenzeit habe ich meine Entscheidung getroffen.

»Hör zu, ich habe keine Lust mehr hierzubleiben. Ich bin mit der Vespa da. Wollen wir eine Runde am Wasserflughafen drehen? Wenn wir Glück haben, ist das Loch noch nicht zugemacht worden, durch das ich immer reinkomme. Es ist nicht das Meer, aber wenigstens ist es Wasser.«

»Ja, komm, Mirella wird sowieso nicht bemerken, wenn ich nicht mehr da bin.«

Wir schlüpfen beinahe heimlich hinaus; in einer kleinen Weile wird die eine oder andere sich fragen, was aus uns geworden ist, aber so müssen wir wenigstens keiner Rede und Antwort stehen. Wir steigen auf die Vespa und fahren los. Bruna legt mir ein wenig schüchtern die Arme um die Taille, dann schmiegt sie sich etwas enger an mich, vielleicht um sich vor dem kalten Wind zu schützen, und dann immer enger, als sie merkt, dass mein Körper entspannt und einladend ist. Wie gut mir diese Berührung tut! Die Geschichte mit Silvia und meine Lust auf Alessandra haben mich so sehr beschäftigt, dass ich kaum bemerkt habe, wie sehr mir ein wenig gesunder Körperkontakt fehlte. Auf der Vespa ist es wirklich kalt; mit zusammengekniffenen Augen starre ich auf die Straße und verwünsche mich ein wenig für die idiotische Idee, bis hier herauszufahren, doch jetzt sind wir da. Ich parke, nehme die Taschenlampe und zwei Flaschen Bier aus dem Sitz der Vespa, schaue mich vorsichtig um, suche das Loch, und wir steigen ein.

»Und wenn sie uns erwischen?«

»Keine Ahnung. Das ist mir noch nie passiert.«

»Kommst du oft her?«

»Oft nicht, aber ab und zu schon. Abends ist hier nie jemand. Wenn ich mich entspannen will, ist das der beste Ort. Wenn ich so viel Glück habe wie wir heute, ist der Himmel klar und man kann sogar Sterne sehen.«

Ich nehme sie bei der Hand und ziehe sie hinter mir her. Wir erreichen die Startbahnen aus Zement, die einen Schritt vom Wasser entfernt enden, und setzen uns.

»Ist das nicht wunderschön? Tagsüber finde ich es hier schrecklich deprimierend, aber um diese Zeit ist es fantastisch. Hör mal, wie still es ist. Rauchst du?« Ich ziehe das Dope aus der Tasche.

»Nur Gras«, antwortet sie und holt einen Beutel voll heraus. »Es ist schwieriger zu bekommen, aber es lohnt sich.«

Wir rauchen auf dem Rücken liegend, schauen in die Sterne, trinken dazu unser Bier und lernen uns ein wenig kennen. Dann dreht Bruna sich auf die Seite, schaut mich an und beginnt mich zu streicheln. Eine Sekunde später küssen wir uns, es ist ein schöner, sanfter Kuss, ein langer Kuss, der sich nach und nach in einen leidenschaftlichen verwandelt.

»Warte, warte, hier ist es zu kalt. Wollen wir zu mir gehen?«

Ich denke nicht einen Augenblick darüber nach, ziehe sie auf die Füße und eile auf den Ausgang zu. Der Rückweg scheint mir noch endloser als der Hinweg, mit Bruna hinter mir, die mir die Schenkel streichelt, bis zwischen die Beine, drückt und streichelt, die ganze Strecke.

Wir kommen in einem Zustand schwindelnder Erregung bei Bruna zu Hause an, und als sie die Haustür aufschließt, ziehe ich sie ungestüm hinunter auf die teppichbespannten Stufen. Wir küssen uns eine Weile, und als die Spannung kaum noch auszuhalten ist, zieht Bruna mich an einem Ärmel meiner Jacke in die Höhe, bis ich aufstehe.

»Los, komm, wir können doch nicht hier vögeln.«

»Schade, es war so aufregend.«

Sie steckt den Schlüssel ins Schloss der Tür, die den Eingangsbereich vom Treppenhaus trennt. Plötzlich wird sie ernst, versucht durch das Milchglas zu spähen, ihr Gesicht verzerrt sich, sie gibt etwas zwischen einem Schrei und einem Stöhnen von sich.

»He, was ist los?«

Ohne eine Antwort und mit angespanntem Gesicht deutet sie auf die Tür. Ich nähere mich, doch kann nichts Ungewöhnliches erkennen. Dann bemerke ich einen kaum wahrnehmbaren dunklen Schatten auf dem Boden, am Fuß der Treppe. Es ist dunkel, und das Glas ist getönt, aber es sieht aus wie ein Mensch.

»Los, mach auf, vielleicht braucht da jemand Hilfe.«

»O Gott, und wenn er tot ist? Ich traue mich nicht.«

»Gib mir die Schlüssel. Ich schließe auf.«

»Aber pass auf …«

»Auf was denn? Wenn die Person tot ist, ist sie tot. Wenn es ihr schlecht geht, nachdem sie so lange bewegungslos dort gelegen hat, ist sie sicher viel zu schwach, um mir etwas zu tun …«

Ich öffne die Tür. Eine etwa sechzigjährige Frau liegt vor mir auf dem Boden, in Hausschuhen und Nachthemd. Ihr Gesicht sieht friedlich und entspannt aus.

»Signora! Signora, geht es Ihnen nicht gut?«

Keine Antwort.

»Sie … schläft!«

Bruna lugt hinter meiner Schulter hervor.

»Das ist ja Signora Torrisi aus dem zweiten Stock! Sie wohnt unter mir und beklagt sich immer, dass ich solchen Lärm mache. Was tut sie hier? Wir müssen sie wecken und in ihre Wohnung bringen!«

»Lebt sie allein?«

»Ach was! Sie lebt mit ihrem Ehemann und der alten Mutter zusammen. Es ist zwei Uhr nachts – die beiden werden einen Schlag bekommen, wenn wir um die Zeit klingeln.«

»Wenn sie morgen früh aufwachen und sie ist nicht da, ist das sicher nicht viel besser! Vielleicht ist die Tür offen, und sie kann hineingehen, ohne viel Lärm zu machen … Signora Torrisi. Signora Torrisi, wachen Sie auf!«

Signora Torrisi öffnet die Augen einen Spalt, dann reißt sie sie auf und setzt zu einem entsetzten Aufschrei an. Bruna ist schneller als sie und legt ihr die Hand auf den Mund.

»Ganz ruhig. Ich bin Bruna Mainetti aus dem dritten Stock. Es ist alles in Ordnung. Ich nehme die Hand jetzt weg, wenn Sie nicht mehr schreien, in Ordnung?«

Signora Torrisi nickt zustimmend.

»Wir haben Sie hier schlafend gefunden. Geht es Ihnen gut?«

»Ja … ja, ich glaube schon … O Gott, ich erinnere mich an nichts mehr. Warum bin ich hier? Ach ja. Ich bin ein bisschen länger aufgeblieben, um fernzusehen, und dann habe ich über mir Geräusche gehört. Ich dachte, das wären Sie mit einer Ihrer … kleinen Freundinnen.«

(Ein schiefer Blick in meine Richtung.)

»Dann habe ich noch mehr Lärm unten im Treppenhaus gehört; Sie wissen ja, wie sehr mich Lärm stört. Ich bin hinausgegangen, um zu sagen, dass sie ein wenig leiser sein sollten, da haben mir so ein paar junge Bengel Beleidigungen zugerufen. Also bin ich hinuntergegangen, um zu sehen, wer das war, jemand aus dem Haus, vielleicht die Söhne von Ingenieur Falchetti, die immer so respektlos sind. Wären sie es gewesen, hätte sich endlich einmal auch der Vater bei mir entschuldigen müssen. Doch als ich unten ankam, war niemand mehr da, und ich war plötzlich so müde, wissen Sie, meine Gesundheit ist auch nicht mehr die beste. Ich habe mich einen Moment hingesetzt, um Luft zu schöpfen und …«

»Und dann sind Sie eingeschlafen.«

»So scheint es. O Gott, das ist mir so peinlich!«

»Keine Sorge, Signora, das bleibt unser kleines Geheimnis. Jetzt kommen Sie mal wieder hoch. Wir bringen Sie nach oben und Sie legen sich einfach ganz still ins Bett.«

»Danke, vielen Dank. Sie sind wirklich ein nettes Mädchen, wissen Sie das? Wenn auch manchmal ein bisschen laut ...«

Die Wohnungstür von Signora Torrisi steht noch sperrangelweit offen – sie muss in größter Eile hinausgelaufen sein –, und so kann sie hineingehen, ohne Aufsehen zu erregen und sich ins Bett legen, als wäre nichts geschehen.

Wir steigen die Treppe weiter hinauf und unterdrücken nur mit Mühe das Lachen, voller Vorfreude auf den Rest des Abends. Als wir oben ankommen, bleibt Bruna plötzlich stocksteif stehen und wird blass. Sie starrt auf einen Punkt vor ihren Augen. Auch ihre eigene Wohnungstür steht einen Spalt weit offen. Nach dem ersten Moment der Lähmung stürzt Bruna los, reißt die Tür auf und macht das Licht an. Dann bricht sie in Tränen aus. Was sich meinen Augen da bietet, lässt auch mich erblassen, obwohl es mich kaum etwas angeht. Die Wohnung ist leer. Das heißt, die Möbel stehen alle noch da, doch ihr gesamter Inhalt ist über den Boden verstreut, und was auf ihnen stand, ist verschwunden: Fernseher, Videorecorder, Stereoanlage, Computer, Drucker, Scanner, Fax, Bilder, Figuren und Figürchen, Mikrowelle und andere Dinge, die ich nicht benennen kann, weil ich diese Wohnung zum ersten Mal betrete.

Anstelle des Weinkrampfes tritt jetzt die ängstliche Bestandsaufnahme: ist noch da, ist noch da, fehlt! Fehlt! Fehlt. Das ist noch da. Hysterischer Zusammenbruch, unkontrollierbarer Lachkrampf.

»Guck mal, das haben sie hiergelassen. Den Brieföffner aus dem 19. Jahrhundert. Diese Idioten – sie haben gar nicht bemerkt, wie wertvoll der ist. Hahaha.«

Darauf folgt wieder ein Weinkrampf. So schlimm, dass ich die Situation in die Hand nehme. Ich habe eintausendfünfhundert Kurse für Erste Hilfe besucht, und ich erinnere mich absolut nicht, was man bei Schockzustand tun soll. Ein Glas Wasser zu trinken geben. Nein, auf keinen Fall etwas trinken lassen. Den Verletzten nicht bewegen. Nein, das gilt bei einem schweren Unfall. Warte, warte, ja, vielleicht die Person mit erhobenen Beinen und dem Kopf nach unten lagern. Versuchen wir's, schaden wird es nicht. Ich umarme Bruna und flüstere ihr beruhigende Dinge ins Ohr wie: keine Sorge, du wirst sehen, die Polizei findet alles wieder, die Menschen, die das getan haben, haben ihr Karma für die nächsten sieben Reinkarnationen versaut; dann drücke ich sie mit sanfter Gewalt aufs Sofa, lege sie mit dem Po gegen die Rückenlehne, mit dem Rücken auf die Sitzfläche und lasse ihren Kopf nach unten hängen. Ich setze mich neben sie, nehme ihre Hand und improvisiere eine Sitzung autogenes Training.

»Jetzt versuche, dich zu entspannen. Atme langsam, spüre, wie dein Hintern schwer wird, immer schwerer …«

Es funktioniert. Langsam beruhigt sich Bruna, und wir können wieder eine normale Sitzposition einnehmen, um zu besprechen, was nun zu tun ist.

»Wir müssen die Polizei rufen und den Diebstahl anzeigen.«

»Als ob das was bringen würde!«

»Wir müssen es trotzdem tun. Lass uns versuchen, eine komplette Liste aller Gegenstände zu erstellen, die sie mitgenommen haben. Hast du eine Versicherung?«

»Jaja, aber die werden keinen müden Euro rausrücken.«

»Das kommt darauf an. Hast du ein Gutachten der vorhandenen Sachen erstellen lassen, als du die Police abgeschlossen hast? Und hast du noch die Quittungen der Dinge, die du seitdem gekauft hast?«

»Wieso kennst du dich so gut damit aus?«

»Ich hatte auch mal eine Diebstahlsversicherung, und als man mich tatsächlich ausraubte, haben sie mich verhungern lassen. Ich weiß alles. Hast du eine Alarmanlage, Gitter vor den Fenstern und ähnliches?«

»Warte, ganz langsam. Ich bin schon jetzt reichlich verwirrt. Ich habe Gutachten einiger Gegenstände, die wertvoll waren, ich habe einige Quittungen und ... eigentlich habe ich auch eine Alarmanlage. Warum zum Teufel ist die nicht losgegangen?«

»Ist es eine von denen mit Code?«

»Ja ... Ich kann nicht glauben, dass sie den geknackt haben!«

»Diese Diebe sind unglaublich geschickt. Während du versuchst, eine möglichst vollständige Liste anzulegen, rufe ich eine Freundin von mir an, die Polizistin ist, und bitte sie herzukommen.«

»Um diese Uhrzeit wird sie dir was husten, wenn sie nicht gerade Dienst hat.«

»Ich glaube nicht, ich habe einiges bei ihr gut. Und fass hier nichts an!«

»Hallo, Ale, hier spricht Chiara.«

»Chiara ... es ist mitten in der Nacht ... Ist dir was passiert?«

»Mir nicht, aber einer Freundin. Sie haben ihre Wohnung ausgeraubt. Entschuldige, dass ich dich um die Uhrzeit geweckt habe, aber ...«

»Du hast mich nicht nur geweckt – ich hätte beinahe einen Herzinfarkt bekommen!«

»Entschuldige, das wollte ich nicht. Es ist nur, in Mailand eine Diebstahlsanzeige aufzugeben ist, wie einen Brief an den Weihnachtsmann zu schicken ... Ich dachte, wenn wir dich anrufen, ist die Chance vielleicht etwas größer, dass jemand kommt. Es scheint, als seien auch einige recht wertvolle Dinge gestohlen worden ...«

»In Ordnung, wir machen es so: Ihr fasst nichts an. Morgen früh komme ich, und wir tun, was zu tun ist. Vielleicht schlaft ihr heute Nacht lieber in deiner Wohnung, dann kommt deine Freundin nicht in Versuchung, alles aufzuräumen. Wie lautet die Adresse?«

»Corso di Porta Ticinese 47. Treffen wir uns vor der Haustür?«

»Ja, um acht.«

»Um acht?«

»Danach habe ich Termine ...«

(Zuckersüße Stimme. So eine Ratte, jetzt rächt sie sich. Aber weswegen – für den Streit von gestern, dafür, dass ich sie so spät geweckt habe, oder für Bruna?)

»Na gut, dann um acht. Bis morgen.«

»Bis morgen.«

»...«

»...«

»Ale?«

»Ja?«

»Gute Nacht.«

Klick.

Ich schleppe Bruna mit zu mir nach Hause. Den Abend so zu beschließen, wie wir es eigentlich vorhatten, davon kann keine Rede sein, also flöße ich ihr ein paar Tropfen Henna ein und stecke sie ins Bett. Ich selbst nehme auch zwei, ärgere mich darüber, Alessandra angerufen zu haben, und zum ersten Mal seit Tagen sinke ich sofort in einen tiefen Schlaf.

»Guten Tag. Ich bin Alessandra Pastore.«

»Guten Tag. Bruna Mainetti.«

»Hallo.«

»Hallo.«

»Zeigen Sie mir die Wohnung?«

»Ja, gehen wir rauf.«

Eisiges Schweigen auf dem ganzen Weg. Alessandra würdigt mich keines Blickes und keines Wortes.

»Wir sind gestern Abend nach Hause gekommen, und die Tür stand offen, etwa so. Als wir hineingingen, bot sich uns dieses Schauspiel ...«

»Es tut mir wirklich leid. Ich weiß, wie das ist ... Haben Sie schon eine Liste aller vermissten Gegenstände erstellt?«

»Ja, hier – bitte.«

Alessandra greift nach der Liste und überfliegt sie zerstreut.

»Wir protokollieren jetzt die Anzeige, dann können Sie sich an Ihre Versicherung wenden. Chiara hat mir gesagt, dass wertvolle Dinge dabei waren – die haben Sie bestimmt versichert. Ich werde auch jemanden vorbeischicken, der die Fingerabdrücke sichert, aber das bringt selten etwas. Es gibt so viele Diebstähle ... Aber ich rufe jetzt einen Kollegen an und sage ihm, er soll jemanden herschicken. Jetzt muss ich leider gehen. Chiara, begleitest du mich bitte? Ich muss mit dir sprechen.«

»Okay. Tschüs, Bruna, wir telefonieren später, ja? Erzählst du mir, wie es ausgegangen ist?«

»Jaja, ich rufe dich nachher an.«

Alessandra und ich verlassen schweigend die Wohnung. Als wir auf die Straße hinaustreten, schweigen wir immer noch, und schweigend steigen wir in ihr Auto.

»Hör mal, Ale, ich wollte mich entschuldigen. Ich weiß, dass ...«

»Du musst dich nicht entschuldigen. Bei all der Zeit, die du für mich geopfert hast, kann ich dir auch einen Gefallen tun …«

»Und warum bist du dann so wütend?«

»Ich bin nicht wütend, nur erschöpft. Ich arbeite zu viel und schlafe zu wenig …«

»In Ordnung. Wenn du es sagst …«

Wir schweigen beide, und einige Sekunden lang, während derer die Befangenheit einem kleinen Funken Hoffnung Platz macht, weiß ich, dass sie weiß, warum ich bei Bruna war. Wetten, sie ist eifersüchtig?

»Willst du nicht wissen, was Sam mir erzählt hat?«

Ihre Frage holt mich jäh in die Realität zurück.

»Natürlich will ich das wissen!«

»Sie hat etwas von Silvia, das sie für sie aufbewahren sollte, weil sie dachte, dass es bei ihr zu Hause nicht sicher sei. Sam hat uns das am Anfang verschwiegen, weil es ein wertvoller Gegenstand ist und sie hoffte, damit etwas Geld zu machen, doch dann wurde ihr bewusst, dass Silvia vielleicht deshalb sterben musste, und da hat sie Angst bekommen. Sie meint, es könnte uns vielleicht dabei helfen, die Mörderin zu finden …«

»Und was ist das für ein Gegenstand?«

»Eine chinesische Vase.«

»Eine chinesische Vase?«

»Ja, und da drinnen steckten zwei Zertifikate – eines, das sie als Fälschung ausweist, und eines, demzufolge es sich um ein Stück aus dem Jahr 875 nach Christus handelt, aus der Tang-Dynastie, mit einem Wert von etwa zwanzigtausend Euro.«

»Scheiße! Und wo kommt sie her?«

»Ich weiß es nicht. Der Kollege, der sie untersucht hat,

sagte, dass das chinesische Gesetz es verbietet, Gegenstände auszuführen, die älter als dreißig Jahre sind, doch dass es Wege gibt, das Problem zu umgehen, beispielsweise mit Hilfe bestimmter Läden in Hong Kong. Aber wir wissen nicht, ob sie die Vase aus China hat oder ob sie sie in Europa gekauft hat. Mein Kollege sucht gerade die Namen aller Experten für chinesische Kunst heraus, und die werden wir dann besuchen, vielleicht weiß einer von ihnen etwas. Doch das wird eine Weile dauern. Wir müssen auch herausfinden, über welche Wege die inoffiziellen Handelsbeziehungen laufen, wenn es welche gibt … Wahrscheinlich hat die Vase die Grenze problemlos passiert, dank des Zertifikats, das ihre Unechtheit bescheinigt, und dann wurde sie an irgendeinen Sammler verkauft.«

»Aber so eine hohe Summe sind zwanzigtausend Euro doch dann auch wieder nicht.«

»Leider gibt es Menschen, die für weniger töten, und wenn wir annehmen, dass Silvia in die Art Geschäft verwickelt war, solche Objekte nach Italien zu schmuggeln und zu verkaufen, können wir von ganz anderen Summen ausgehen.«

»Also gibst du die Spur der lesbischen Täterin auf?«

»Noch nicht. Silvias Geschäftspartnerin war auch ihre Ex-Freundin, nicht wahr? Früher oder später müssen wir auf etwas stoßen!«

»Na ja, etwas haben wir herausgefunden …«

»Ja, dank dir!«

»Sehr gut. Wenn ich endlich beschließe, seriös zu werden, kann ich zur Polizei gehen! Ein kleines Empfehlungsschreiben könntest du mir doch sicher ausstellen?«

Alessandra lächelt. Endlich hat sie sich ein wenig entspannt.

»Heute Nachmittag drehen wir wieder …«

»Ich glaube nicht, dass ich kommen kann.«

»... und morgen geht's ins *Alu* – kommst du da mit?«

»Was ist das *Alu?*«

»Ein Kulturzentrum. Da sind ganz andere Leute, als du bisher getroffen hast ...«

»Und wann ist das?«

»Um vier. Soll ich dich abholen?«

»Nein, ich weiß noch nicht, wo ich vorher bin. Sag mir, wo es ist, und wir treffen uns da.«

»Es ist in einer abgelegenen Straße im Ticinese-Viertel. Wir machen es so: Wir treffen uns um vier vor der Cariplo-Stiftung – in Ordnung?«

»Gut, bis morgen.«

Ich steige beinahe fröhlich aus dem Auto, ohne das übliche Gefühl von Frustration, das mich bei jedem Abschied überfällt: Wir sind dabei, Dinge zu entdecken, die uns vielleicht zu der Schnitte führen, die Silvia auf dem Gewissen hat. Alessandra ist mir dankbar, vielleicht ist sie sogar eifersüchtig, und die Filmaufnahmen laufen super!

Ich drehe mich um und schaue an die Stelle, an der Ale geparkt hat, und ich sehe sie dort noch immer stehen, mit grübelndem Gesichtsausdruck.

CHIARA, SIMONA UND DIE ANDEREN
Vierte Szene

Einstellung 1: Ein Lokal in Mailand, vor dem Discobesuch. Innen – Nacht
Personen: Chiara, Andrea, Renata, Diana (feste Freundin von Renata), Laura (Freundin), Rossana (Freundin).
Titel über der Szene: Andrea, August 96

Alle trinken Alkohol; einige haben sich in Schale geworfen, denn danach geht es zum Tanzen.

LAURA: Noch vier Tage, dann wird Eressos uns gehören!

ROSSANNA: Die Musen, die Spaziergänge …

DIANA: Die Bar Marianna …

RENATA: Der Kiosk am Strand …

LAURA: Der Strand und der Schlafsack zum Vögeln wie die Karnickel. Eressos, ich komme! Mädels, es sind jetzt sechs Monate, dass ich nichts mehr zwischen die Finger gekriegt habe …«

RENATA: Chiara, bist du sicher, dass du nicht mitkommen willst? Wir haben noch Platz im Auto!«

CHIARA: Nein, nein, danke, ich will hier in Mailand bleiben, um …

ROSSANNA: … um bittere Tränen um Sandra von Kramp zu weinen!

CHIARA: Nein, es ist nicht wegen Sandra, das ist vorbei, ich schwöre … Ich bin nur noch nicht in der Lage, mich in solche Situationen zu …

LAURA: Mein Schatz, in Eressos wird alles ganz entspannt, keine Schläge, nur ein bisschen harmloser, vergnüglicher Urlaubssex.

ROSSANNA: Komm schon, was willst du denn ganz allein in Mailand? Komm mit uns … Du wirst deine innere Mitte wohl kaum wiederfinden, indem du dich den ganzen August in deiner Trauer suhlst, einsam wie ein Hund!

DIANA: Meine Liebe, die beste Kur für so etwas lautet: Ein Keil treibt den anderen. Glaub mir! (Sie gibt Renata einen Kuss.)

RENATA (zu Diana und dann zu Chiara): Danke, mein Schatz, für diese echte und ernsthafte Liebesbekundung … Aber Diana hat recht, um Sandra zu vergessen, gibt es nur eines …

LAURA: Mit uns nach Eressos zu fahren …

ROSSANNA: … und ein bisschen herumzuvögeln!

DIANA (küsst Renata und kuschelt sich an sie): *Don't worry, be happy …*

LAURA (pustet in die Hände und zeigt auf ihren Bauch): Und Sandra – ffffft, *no more Kramp!*

CHIARA (erschöpft): Verdammt, mit euch auszugehen ist schlimmer als Psychoanalyse! Sandra hier, Sandra da … Ich habe das Gefühl, ihr verschwendet mehr Gedanken an sie als ich! Also, A: Ich habe kein Geld, B: ich muss in Mailand bleiben, C: ich habe einen Sommerjob gefunden, D: als Hunde- und Katzensitterin – herrliche Tiere, die einem nicht so auf die Nerven gehen wie ihr, und F und G: Ich will eine Zeitlang weder von Frauen noch von Sex reden hören! Ihr wisst doch, dass ich zu empfänglich bin für Hormone, die unkontrolliert herumschwirren. Ich könnte nicht widerstehen und würde mich sofort ins nächste Desaster stürzen.

Einstellung 2: Eine Mailänder Wohnung.
Innen – Tag

Chiara sucht an einem großen Schlüsselbund die Schlüssel zur Wohnung.

CHIARA: Das ist die Wohnung von Rosalba, Sabrina und Flavia, Betta, ah, da ist er ja … (eintretend) Dilda, Dildaaaa, hier kommt das Fresschen! (Sie betritt die Wohnung, man sieht den Hund.) Da bin ich. Wo ist denn dein

Halsband? (Sie greift nach einigen Sadomaso-Halsbändern und legt dem Hund eines davon um.) Das sind wohl nicht deine, oder? Ah, da ist es ja ... Los, gehen wir und drehen eine Runde im Park.

Einstellung 3: Im Park.
Außen – Tag

CHIARA (während sie den Stock für den Hund wirft): Diesmal reicht es, meine liebe Dilda! Nur noch ernsthafte Beziehungen, was bedeutet, ich möchte mit Frauen zusammensein, die wenigstens ein bisschen vernünftig sind! Es reicht mir mit all den Verrückten, den Stimmungsumschwüngen, den Erdbeben ... Nein, nein, nein, ab jetzt nur noch Geschichten, bei denen alles sauber und klar ist!

Einstellung 4: Eine Wohnung.
Innen – Tag

Chiara stellt der Katze eine Dose Futter hin, mit den Schlüsseln in der Hand.

CHIARA: *Meine liebe Dyke, hier deine Dose ... Niere und Lamm. Mmmh, was für eine Leckerei!*

Die Katze frisst, und Chiara streichelt sie, dabei wirft sie einen Blick auf das Katzenklo, das gesäubert werden muss.

CHIARA: Was für ein glückliches Leben ohne Bewusstsein. Essen, schlafen, trinken ... und kacken. Für euch Stadtkatzen *no problem!* Und ich schlage mich mit meinen

Kätzchen herum, die kratzen und fauchen: Stopp, keinen Schritt weiter, heute geschlossen! Wichtig ist, von keiner etwas zu erwarten: Jede gibt das, was sie kann, und basta! Am Anfang muss alles auf den Tisch kommen: Ist es das, was wir wollen? Ja! Ist es das, was wir voneinander erwarten? Ja! Punkt. Alles unter Kontrolle!

Einstellung 5: Im Park.
Außen – Tag

Chiara mit einem anderen Hund, spielt mit den Wohnungsschlüsseln.

CHIARA: Kontrolle, Gleichgewicht, nur noch Beziehungen mit ausgeglichenen Frauen! Super ausgeglichenen! Keine reinen Bettgeschichten mehr. Sex soll nur mehr eine Dreingabe sein!

Einstellung 6: Eine Wohnung.
Innen – Tag

CHIARA (füllt eine Schüssel mit Wasser): Hier ist das Wasser für Djuna! Wir legen eine Zeitung drunter, sonst gibt es eine Schweinerei.

Aus dem Stapel Zeitungen fällt ein Flugblatt heraus, Chiara hebt es auf und liest.

CHIARA: ›Andrea Bergson: *Over Gender* – Von Judith Butler zu den Grenzen des Transgender. Seminar: Das körperliche Geschlecht? Nichts als eine soziale Konstruktion! 28.06.1997, Berlin.‹ Mann, das ist ganz schöner Zündstoff. Aber interessant! ›Kontakt: info@androgine.de‹.

Einstellung 7: Chiaras Wohnung.
Innen – Nacht

Chiara schreibt auf ihrem Computer, in Englisch.

CHIARA: Hallo, ich bin Chiara aus Mailand. Mir ist ein Faltblatt von deinem Seminar in die Hände gefallen: ›Von Judith Butler zu den Grenzen des Transgender‹. Ich würde gerne mehr darüber wissen. Weißt du, hier in Italien spricht man noch kaum über diese Dinge – über Transgender, *queer* und *drag* ... Wie lief das Seminar denn ab? Haben die Teilnehmer sich eingebracht? Ich bin Mitglied einer Lesbengruppe in Mailand, Lesbroccate, und mich würde interessieren, wie das Thema im Ausland behandelt wird, das bei uns noch vollkommen tabu ist – totgeschwiegen! Vielleicht gibt uns das ein paar Ideen, um die Diskussion anzustoßen. Jetzt, wo ich darüber nachdenke, vermute ich, dass du im Urlaub bist ... Wie alle anderen Weißen der Welt. Viele Grüße und bis nach den Ferien also – Chiara.

Einstellung 8: Chiaras Wohnung.
Innen – Nacht

Chiara öffnet das Mailprogramm und sieht, dass sie bereits eine Antwort von info@androgine.de bekommen hat.

CHIARA: Wow, das ging aber schnell ... Nein, sie schreibt sogar auf Italienisch: ›Hallo, ich heiße Andrea! Hat sich mein Seminar wirklich bis nach Italien herumgesprochen? Wir beschäftigen uns schon seit Längerem mit Gender und Transgender, die gesamte Gay Community ist sehr interessiert. Unsere Lesbengruppe hat das Seminar an der Universität organisiert. Es war für alle offen und hat die ganze große Aula gefüllt. Es war so ein Erfolg, dass die homosexuelle Sommeruniversität von Marseille mich gebeten hat, dasselbe Seminar in zwei Wochen bei ihnen zu halten, darum bin ich nicht im Urlaub, sondern ordne meine Texte und Notizen. Viele Grüße, Andrea.‹

CHIARA (antwortet sofort): Hallo, Andrea! Wenn du in zwei Wochen nach Marseille fährst, warum kommst du nicht auf einen Sprung in Mailand vorbei? Fahr doch einfach zwei oder drei Tage früher los, dann kann ich dir persönlich von dem Wenigen berichten, was die italienischen Lesben tun, dir unser Zentrum zeigen, und du erzählst mir von deinem Seminar! Ich weiß, dass dir der Vorschlag vielleicht ein wenig übereilt vorkommt – wir kennen uns ja gar nicht. Und Mailand ist im August sicher schlechter zu ertragen als Berlin, schwül und verlassen, aber es könnte der Anfang eines Anfangs sein, ein Wiedererwachen der italienischen Lesben. Denk zumindest mal darüber nach! Ich habe ein Gästezimmer, und wenn du arbeiten musst, stelle ich dir gerne meinen Computer zur Verfügung. Wie du siehst, es gibt uns noch. Bis bald, Chiara.

Einstellung 9: Im Park.
Außen – Tag

Andrea und Chiara gehen im Park Sempione spazieren. Andrea spricht Italienisch mit deutschem Akzent. Dilda rennt um sie herum. Chiara ist völlig in Andreas Erzählungen versunken.

ANDREA: Wenn man es ganz einfach sagen will, ist das Originellste an Judith Butlers Gedanken die Konzentration auf eine fundamentale These. Die besagt, dass die symbolische Ordnung, und damit auch die geltenden sozialen Codes, ihre Struktur aus der Zentralität des heterosexuellen Paradigmas beziehen ... mit anderen Worten, dass die Hegemonie der Machos nichts anderes ist als eine direkte Konsequenz aus der Hegemonie der Heteros, die die Geschlechterrollen festsetzen und definieren ... das heißt, das Weibliche und das Männliche mit bestimmten Normen belegen ... Die Überschneidung zwischen den feministischen und den lesbischen Positionen ...

Einstellung 10: Eine Wohnung.
Innen – Tag

Chiara gibt Dyke etwas zu fressen.

ANDREA: Am Aufkommen des Begriffs ›Transgender‹ kann man die verschwimmenden Grenzen zwischen den Geschlechtern und Sexualitäten ablesen: Anders als der Begriff ›transsexuell‹ bedeutet ›transgender‹, sich mit einem anderen Geschlecht als dem bei der Geburt festgeschriebenen zu identifizieren. Obwohl auch dieser Begriff einen Verweis auf Sexualität enthält, verknüpft ›transgender‹ den Sinn einer Wandlung nicht mit einem anatomischen Wechsel des Geschlechts, allerdings …

Einstellung 11: Im Park.
Außen – Tag

Wieder im Park, mit einem anderen Hund.

ANDREA: Es bleibt also die Frage, welche Bedeutung das weitverbreitete Interesse an der Sexualität und der Theorie hat. Welchen Zusammenhang gibt es zwischen Aids, sexueller Befreiung und Transgender?

Chiara schaut fragend zu Andrea, wartet auf die Antwort.

ANDREA: An dem Punkt beginnen die Teilnehmenden, aktiv mitzuarbeiten, ausgehend von Foucault, der uns gelehrt hat, dass …

Einstellung 12: Chiaras Wohnung.
Innen – Nacht

Chiara und Andrea sitzen erhitzt auf dem Sofa und trinken Bier. Chiara ist hin und weg und wendet die Augen nicht mehr von Andrea. Die redet und redet und redet …

ANDREA: Der Körper ist eine durchlässige Oberfläche, eine offene Grenze zwischen der äußeren Welt, der Realität, den anderen, den sozialen Institutionen auf der einen und der inneren Welt auf der anderen Seite, der Welt der Psyche, der Triebe, des Unbewussten, der Abwehrmechanismen. Wir können nur dann Subjekte werden, wenn wir Körper sind, aber wenn wir die Gegebenheiten unseres Körpers als unabänderlich empfinden …

Chiara stürzt sich auf Andrea und küsst sie. Andrea ist zunächst vollkommen perplex, dann erwidert sie den Kuss, und eines führt zum anderen …

Einstellung 13: Chiaras Wohnung.
Innen – Tag

Das Bett ist zerwühlt. Eine strahlende Chiara steht im Bad unter der Dusche. Wir hören, was sie sagt, doch die Kamera filmt Andrea, die im Bett liegt und sich verwirrt umschaut. Sie hat keine Lust mehr, in dieser Wohnung zu bleiben, und packt eilig ihren Koffer, während Chiara weiterplaudert.

CHIARA: Weißt du, ich habe viel über das nachgedacht, was du über Butler gesagt hast, und mir scheint, dass sie sich ein wenig widerspricht: Auf der einen Seite sagt sie, dass das Subjekt einzig und allein als Zitat der Macht selbst existieren kann, aber auf der anderen Seite, dass die queeren Praktiken eine Rückverwandlung der erlittenen Entwertung in politische Aktion bedeuten … Ich weiß nicht, was sagst du dazu, Andrea?

ANDREA: Ja, in der Tat, das könnte ein Widerspruch sein, auch wenn Butler eine Revolution im Bereich Gender und politische Aktion angestoßen hat …

Andrea öffnet die Tür und geht, ganz selbstverständlich mit den Schlüsseln in der Hand.

CHIARA: Ja, du hast recht, ich weiß noch nicht genug, um gegen sie zu argumentieren ... Jedenfalls finde ich dein Seminar hochinteressant ... Was meinst du dazu, wenn wir so eines auch hier in Mailand organisieren? Vielleicht ist das wirklich der Beginn von etwas ...

Chiara kommt aus der Dusche.

CHIARA: He, was sagst du dazu, Andrea?

Sie sucht sie in der ganzen Wohnung.

CHIARA: Andrea? Andrea! Wo bist du denn?

Chiara zieht sich eilig an, schaut aus dem Fenster, geht zur Tür und versucht sie zu öffnen.

CHIARA: Wo zum Teufel ist sie denn hin? Und warum, verdammt noch mal, ist die Tür abgeschlossen? Andrea, du hast mich eingeschlossen ... Komm schon, wenn das ein Scherz ist, war er gut, aber jetzt mach auf!

Stille. Chiara versucht die Tür mit Gewalt aufzureißen.

CHIARA: Verdammte Scheiße, sie hat mich eingeschlossen! Verdammtes Miststück! Wieder so eine Verrückte ... Diese Scheißdeutsche, sie hat mich eingeschlossen!

Chiara sucht nach den Schlüsseln, rückt wie im Rausch

alle Möbel beiseite und späht dahinter. Nichts.

CHIARA: Warum ist sie denn einfach so gegangen? Was zum Teufel ist passiert? Wo sind denn nur die Ersatzschlüssel? Ruhig, ganz ruhig ... Also, hier sind sie nicht. Hier in der Schublade auch nicht! Oben auch nicht ... So ein Mist! Geh auf! Verdammter Scheißdreck!

Chiara versucht, durch Ziehen und Zerren die Tür zu öffnen. Schließlich gibt sie auf und lässt sich mit dem Rücken an der Tür nach unten sinken.

Einstellung 14: Der Bahnhof von Mailand.
Außen – Tag

Andrea studiert die Abfahrtstafel, findet einen Zug, der sie nach Marseille bringt. Sie steigt in den Zug, setzt sich, seufzt, zieht ein Buch von Judith Butler heraus und legt das Schlüsselbund darauf. Die Szene endet mit einer Großaufnahme der Schlüssel.

Einstellung 15: Chiaras Wohnung.
Innen – Tag

CHIARA (noch immer mit dem Rücken an der Tür und den Kopf zwischen den Knien. Plötzlich schießt ihr ein Gedanke durch den Kopf): Scheiße, die Schlüssel der ganzen anderen Wohnungen!

8

Sonntagnachmittags trifft sich immer ein kleiner Kreis von Mädels im *Alu,* das ist das Akronym für *Associazione lesbiche unite*, ›Verband der vereinigten Lesben‹, ein Kulturzentrum, dessen Räumlichkeiten der örtlichen Verwaltung mit Zähnen und Klauen entrissen werden mussten, um dort spielerische, identitätsstiftende, kulturelle und politische Aktionen zu veranstalten. Da die letzten beiden Wörter bei einer großen Zahl von Lesben Reaktionen hervorrufen, die von allergischem Ausschlag bis zu offenem Spott reichen, bleibt die Gruppe im *Alu* klein, trotz aller engagierter und verzweifelter Versuche, sich einen Platz in den Herzen der Frauen zu erkämpfen. Ich gehe oft dorthin; die Vorstellung, nachmittags mit entspannten und nüchternen Menschen reden zu können – nicht im Sinne von sachlich, sondern im Sinne von nicht betrunken –, gefällt mir. Man lernt immer mal wieder neue Frauen kennen; meist trifft man alte Freundinnen, die sich eher umbringen würden als dem Treffen fernzubleiben; es wird diskutiert und geklatscht, manchmal schauen wir auch einfach nur zusammen einen Film, es gibt Buchpräsentationen und Vortragsreihen über Lesben gestern und heute. Die Räume sind nicht besonders einladend, und vielleicht ist das ein weiterer Grund dafür, dass wir unter uns bleiben. Obwohl die Wände farbig gestaltet sind, es hübsche Tische und bequeme Sofas gibt, bleibt ein nicht näher identifizierbarer spartanischer Gesamteindruck, der alles ein wenig kahl und ungepflegt erscheinen lässt.

Alessandra ist überrascht. »Sind wir hier richtig? Im Vergleich zu den Orten, an die du mich bisher gebracht hast, ist das eine Klosterzelle. Verkaufen sie auch Schaumwein?«

»Nein, den habe ich hier schon immer vermisst …«

Das Lokal besteht aus einem einzigen Raum, mit einem großen Schaufenster zur Straße hin. An den Tischen sitzen etwa zehn Frauen, die sich umschauen, als wir eintreten, und mich dann freudig begrüßen. Wir durchqueren das ganze Lokal, um zu sehen, wer alles da ist, und ich sehe eine bekannte, aber vollkommen unerwartete Person aus der Küche am anderen Ende des Raumes kommen.

»Vivi!«

»Chiara, lange nicht gesehen!«

»Jahrhunderte! Ich dachte schon, du hättest dich verabschiedet ...«

»Ich habe eine Weile mit dem Gedanken gespielt, aber zu guter Letzt hat der Instinkt gesiegt! Wenn man erstmal den ersten Schritt getan hat, kann man nicht mehr zurück, vor allem, wenn das Schicksal seine Hände im Spiel hat ...«

Viviana sieht gut aus, groß gewachsen und sportlich, die langen Haare zum Pferdeschwanz gebunden, Brille, ein hübsches Gesicht – ich habe sie kennengelernt, als ich bei der Telefonseelsorge im lesbischen ARCI Dienst hatte, dem italienischen Kultur- und Freizeitverein. Eines Tages klingelte das Telefon, und eine unsichere Stimme erklang am anderen Ende der Leitung.

»Hallo, kann ich dir helfen?«

»Ich weiß es nicht. Ich rufe zum ersten Mal an.«

»Einmal ist immer das erste Mal. Willst du wissen, wie das Zentrum funktioniert?«

»Ich weiß nicht.«

»Warum rufst du denn an?«

»Ich hatte mal eine Freundin, die hat eines Tages zu mir gesagt, ich sei lesbisch und ekle sie an. Ich bin wütend geworden – wir waren schließlich Freundinnen, und ich habe nicht verstanden, warum sie so etwas sagt.«

»Vielleicht gefiel sie dir, und sie hat das bemerkt und Angst bekommen …«

»Sie gefiel mir nicht. Es ist gar nicht wahr, dass ich lesbisch bin!«

»Und was ist dann passiert?«

»Wir haben zusammen in einem Bett geschlafen, in den Bergen. Wir quatschten noch ein bisschen vor dem Einschlafen, sie erzählte von ihrem Freund, und ich hatte plötzlich den spontanen Impuls, sie zu umarmen. Ich fand nichts daran verwerflich …«

»In der Tat ist daran nichts verwerflich. Vielleicht hast du sie ein wenig zu … innig umarmt, so dass sie dachte …«

»Aber ich bin nicht lesbisch!«

»Und warum rufst du dann hier an?«

»Ich weiß nicht … Ich habe die Nummer gefunden …«

»Wie heißt du denn?«

»Viviana.«

»Hallo, Viviana. Ich bin Chiara. Wie alt bist du?«

»Achtzehn.«

»Und bist du sicher, dass Frauen dich nicht interessieren?«

»Nein, sie ekeln mich an!«

»Also ekle ich dich auch an? Ich bin lesbisch – das weißt du, oder?«

»Nein, du nicht, du hast eine nette Stimme …«

»Hör mal, warum kommst du nicht her und wir reden ein bisschen in Ruhe?«

»Nein, in das Zentrum gehe ich nicht …«

»Komm schon, das ist nichts Schlimmes. Du kommst her, machst dir ein Bild … Es ist nicht ansteckend. Wenn du nicht lesbisch bist, wirst du es auch nicht werden, und wenn vielleicht doch …«

»Bestimmt nicht. Es gibt nichts zu besprechen.«

Stille.

»Vielleicht für ein halbes Stündchen. Wo seid ihr denn?«

Sie ist schließlich gekommen, und wir haben den ganzen Nachmittag geredet. Als sie ging, war sie ein wenig entspannter, aber immer noch sehr abwehrend. Sie hier zu treffen ist eine echte Überraschung. Ich habe sie seit ihrem ersten Besuch nicht wiedergesehen und nichts von ihr gehört, darum nahm ich an, sie hätte beschlossen, das Problem beiseitezuschieben und ihr altes Leben vor dem Intermezzo mit der Freundin wiederaufzunehmen.

»Was ist denn in der Zwischenzeit passiert? Das Letzte, was ich von dir gehört habe, war, dass du absolut nicht lesbisch bist ...«

Viviana beantwortet meine Frage nicht, sondern stellt mir ein blondes Mädchen vor, die aussieht wie eine Zwölfjährige. Sie trägt ein T-Shirt mit breiten Streifen, weite Hosen, riesige Turnschuhe, zerzauste Haare und ein Piercing in der Nase.

»Chiara – Jane.«

»Hallo.«

»Hi.«

»Jane spricht kein Italienisch, aber sie versteht es. Sie lernt sehr schnell.«

Jane verzieht das Gesicht, und Viviana umarmt sie lachend.

»Wirklich, Jane, du bist gut!«

»Das hier ist Alessandra.«

»Angenehm.«

»Hallo.«

»Hi.«

Ich schaue Viviana fragend an. Sie nimmt mich am Arm und lädt mich ein, an ihrem Tisch Platz zu nehmen.

»Komm, setzen wir uns, dann erzähle ich dir alles. Nachdem wir miteinander gesprochen hatten, hat sich etwas in mir in Bewegung gesetzt. Aber in meinem Umfeld, mit meinen Eltern, meiner Erziehung … Ich war sicher, dass niemand mich verstehen würde. Stell dir vor, ich verstand es ja selbst nicht! Also habe ich beschlossen, es sei an der Zeit für einen Tapetenwechsel, und bin nach London gegangen, unter dem Vorwand eines Aufbaustudiums. Meine Mutter, die sich nicht vorstellen konnte, wie ich in dieser großen Stadt allein zurechtkommen sollte – ›Wer weiß, was für Leute du da triffst‹ –, hat gesagt, die Tochter einer ihrer Freundinnen lebe seit einigen Jahren dort und könne mich vielleicht für eine Weile aufnehmen – ›ein gutes Mädchen, ganz sicher‹. Meine Mutter hat ihre Freundin angerufen, und die meinte, ihre Tochter wäre sicher gerne bereit, mir beim Einleben zu helfen, und sie gab ihr die Nummer von Silvia, so heißt sie. Ich rief sie an. Sie antwortete mäßig begeistert, ich könne eine Weile bei ihr bleiben, das Haus sei groß genug. Als der Tag meiner Abreise feststand, machten wir aus, uns am selben Abend in einem Lokal zu treffen, weil sie tagsüber zu tun hatte. Schon dorthinzufinden war eine echte Herausforderung – das Lokal war beinahe an der Endhaltestelle der U-Bahn, jenseits der Themse, und von der Haltestelle war es noch eine ganz schöne Strecke zu Fuß, in einer Gegend, wo niemand auf der Straße war, nicht gerade ein Wohnviertel … Ich habe mir beinahe in die Hosen gemacht! Endlich kam ich an, aber natürlich waren nur ich, die Kassiererin und die Barfrauen da …«

»Hattet ihr denn keine Uhrzeit ausgemacht?«

»Doch, aber ich war so nervös, dass ich viel zu früh ankam! Jedenfalls setzte ich mich an den Tresen und trank eine Cola. Schon vorher hatten die anderen mich komisch angeguckt – stell dir vor, eine Cola in London am Freitagabend, verrückt! Nach und nach kommen die Leute, und mir wird immer mulmiger zumute – nie zuvor habe ich so viel Leder, so viele Ohrringe und so viele gefärbte Haare gesehen und vor allem nie so viele Frauen auf einem Haufen!«

»Eine Lesbenbar!«

»Ja … Ich war außer mir … Ich weiß nicht, wie lange ich reglos auf meinem Barhocker saß und völlig verängstigt um mich schaute. Schließlich kam eine zu mir und sagte: ›Du musst Viviana sein.‹ Ich fragte sie, wie sie mich erkannt habe. Daraufhin schaut sie sich um, schaut dann mich an und sagt: ›Das war nicht sehr schwierig.‹ Ich fühlte mich so fehl am Platz wie im Gymnasium, wenn ich samstagabends mit meinen Klassenkameradinnen in die Disco ging, alle total zurechtgemacht und herausgeputzt, und ich, die ich versuchte, es ihnen nachzumachen, und mich furchtbar fühlte.«

»Und dann?«

»Silvia hat gesagt, dass sie mich dort hatte treffen wollen, damit von vornherein alles klar sei, doch als sie mich sah, habe sie sofort gewusst, dass es kein Problem geben würde …«

»Da warst du doch sicher auf Hundertachtzig!«

»Vielleicht war es die Tatsache, dass ich weit weg war von zu Hause, an einem Ort, wo niemand mich kannte, aber nach ein paar Stunden schien mir die Situation plötzlich vollkommen normal. Ich fing an zu tanzen und mich wohlzufühlen, frei und glücklich. Ich bin einen Monat bei Silvia geblieben, und dann habe ich Jane getroffen … Es war Liebe auf den ersten Blick. Ich bin sofort zu ihr gezogen, und als das Studium zu Ende war, haben wir beschlossen, zusammen zurück nach Italien zu gehen.«

»Wow. Und deine Mutter?«

»Die war hochzufrieden. ›Endlich hast du deinen Weg gefunden‹ hat sie gezwitschert, als ich ihr Jane vorstellte. ›Ich habe wirklich gehofft, dass Silvia dir helfen würde zu begreifen, dass du lesbisch bist. Ich weiß es, seit du sechs bist, aber immer wenn ich mit dir darüber reden wollte, wurdest du wütend und ranntest weg. Ich wusste nicht mehr, was ich tun sollte!‹ Verstehst du? Sie hat mich zu Silvia geschickt, wohl wissend, dass ich lesbisch war, um mir die Augen zu öffnen! Und ich habe mich jahrelang umsonst gequält …«

»Das ist ja nicht zu glauben! Und diese Silvia – wie kam sie auf die?«

»Wie gesagt, sie ist die Tochter einer Freundin meiner Mutter, bei der irgendwann eine Sicherung durchgebrannt ist. Silvia hat alles hingeschmissen und ist nach London gegangen, um weiß ich was zu tun. Sie verschwand immer mal wieder monatelang, ohne zu sagen, wohin sie ging. Irgendwann sagte sie, sie müsse zurück nach Italien, und ich habe nie wieder etwas von ihr gehört. Ich habe versucht, sie ausfindig zu machen, als ich hier ankam, aber ihre Mutter ist ständig unterwegs und Silvia bin ich noch nicht über den Weg gelaufen. Aber wenn sie hier ist, ist es nur eine Frage der Zeit …«

»Wie heißt sie denn mit Nachnamen?«

»Sorini – warum? Chiara, was ist denn los? Du bist ja weiß wie ein Laken. Ist alles in Ordnung?«

Um mich dichter Nebel. Wie an diesen Tagen, die es in Mailand inzwischen nicht mehr gibt, wohl aber in den Dörfchen rund um Pavia, wo man keinen Meter weit mehr sieht, eine Watte, die den gesamten Raum um dich herum ausfüllt, du verlierst die Orientierung, und wenn du schreist, scheint sich die Stimme im Nichts zu verlieren. Für einen Moment existiert die Welt um mich herum nicht, ich bin allein. Dann gelingt es mir ganz langsam wieder, klar zu sehen. Ich sehe Viviana, die mit mir spricht, aber ich sehe nur, wie ihre Lippen sich bewegen; Alessandra, die mir einen Arm um die Schultern legt und mich sanft schüttelt; Jane, die mir etwas an den Mund hält. Eine Sekunde später kommt auch der Ton zurück: »*Sugar – she needs some sugar*«, »Chiara, Schatz, alles in Ordnung?«, »Ich hole ein Glas Wasser.« Ein weiterer Sekundenbruchteil, und alles ist wieder ganz normal, abgesehen von meiner trockenen Kehle und den nassgeschwitzten Klamotten.

Ich schaue Alessandra an. War sie es, die mich ›Schatz‹ genannt hat? Ich flüstere ihr ein wenig verwirrt ins Ohr: »Und was machen wir jetzt?« Sie sagt laut: »Ich gehe mit ihr auf die Toilette. Wir sind gleich wieder da.« Während wir uns entfernen, höre ich Viviana zu Jane sagen: »*What a beautiful woman. Chiara is really lucky!*«, und Jane antwortet: »*Yeah.*« Alessandra grinst mich verhalten an, und ich kann mir das Lachen nicht verkneifen. Ich lache, bis mir die Tränen in die Augen steigen, ich lache so sehr, dass ich nicht mehr laufen kann. Ich lache so sehr, dass mir bewusst ist, dass ich einen hysterischen Anfall habe, und in der Tat kann ich gerade noch über die Schwelle zur Toilette taumeln, bevor ich in Tränen ausbreche, ich lache und weine gleichzeitig, unfähig, mich zu entscheiden, unfähig, damit aufzuhören. Alessandra umarmt mich, flüstert mir beruhigende Worte ins Ohr, und nach und nach wird mein Körper in ihren Armen weich, ich vergrabe mein Gesicht im Duft ihres Halses und beruhige mich. Wir bleiben schweigend eine Weile so umarmt stehen, dann löse ich mich und wasche mir das Gesicht, trinke einen Schluck Wasser. Alessandra streicht meine Haare zurecht, lächelt mich an und streichelt meine Wange.

»Geht's dir jetzt besser?«

»Besser, ja. Was machen wir jetzt?«

»Wir versuchen, Viviana irgendwohin zum Abendessen einzuladen – es ist ja beinahe Zeit. Dann können wir in Ruhe mit ihr reden, an einem intimeren Ort. Was denkst du, packst du das?«

»Ja, klar packe ich das, auch wenn ich auf der Stelle einschlafen könnte, zusammengerollt auf dieser Toilette, so müde bin ich!«

Pause. Ich schaue sie an. Dann umarme ich sie und wirble sie in dem engen Toilettenraum herum.

»Wir haben sie gefunden, wir haben sie gefunden!«

»Jaja, aber jetzt beruhige dich. Ich freue mich auch, aber es ist noch nicht gesagt, dass uns das irgendwo hinführt ...«

»Uff, du bist vielleicht pessimistisch.«

Ich lasse sie herunter, und dabei verliere ich das Gleichgewicht, so dass wir gegen die Mauer sinken, mein Körper dicht an ihrem. Bevor die Versuchung, sie zu küssen, übermächtig wird, öffne ich die Toilettentür und gehe hinaus. Ein paar Freundinnen kommen mir entgegen und fragen, wie es mir geht, und ich antworte, dass es wohl ein Blutdruckabfall gewesen sein muss, ich sei sehr müde, schlafe momentan wenig. Sie lachen, schauen Ale an und sticheln: »Ja, das kann ich mir vorstellen.« Und zu ihr: »Nimm sie nicht zu hart ran, ja?« Ich möchte auf der Stelle tot umfallen. Ale lacht, wie üblich, und spielt das Spielchen mit: »Diese Hühner, immer eine große Klappe, aber nach zwei Tagen halten sie sich nicht mehr auf den Beinen!« Irgendwann werde ich sie dafür ... Ich weiß auch nicht.

Inzwischen sind wir bei Vivianas Tisch angekommen, wo sie und Jane sich leidenschaftlich küssen.

»Vivi, entschuldige ...«

»O Chiara, wie geht es dir?«

»Besser, aber ich sollte etwas essen. Habt ihr Lust, mit in die Pizzeria zu gehen? Dann können wir noch ein bisschen reden.«

»Sehr gerne, aber kommt doch zum Essen zu uns nach Hause – das ist hier ganz in der Nähe! *What do you think, Jane?* Zum Abendessen, *dinner,* heute Abend?«

»*It would be great!*«

»Los, Jane freut sich auch. Dann könnt ihr unser Nest sehen – wir haben gerade alles fertig bekommen …«

Wir verabschieden uns von allen, Küsse und Umarmungen, und endlich stehen wir draußen. Ich schließe die Augen, atme tief durch und genieße den frischen Wind im Gesicht. Der schwierigste Teil steht uns noch bevor. Damit der Abend so fröhlich endet, wie er begonnen hat, wenigstens für Vivi und Jane, müssen wir versuchen, so viel wie möglich herauszubekommen, ohne zu viel zu verraten.

Ihre Wohnung ist wirklich ein Nest, klein, aber sehr gemütlich. Die Wohnungstür führt direkt in einen Raum, der als Küche, Wohn- und Schlafzimmer dient, aber es gibt einen wunderschönen Balkon, der auf einen ruhigen kleinen Innenhof voller Blumen hinausgeht, ein unerwartetes Stückchen Landleben inmitten des Großstadttrubels.

Während Viviana das Essen zubereitet, komme ich nonchalant auf das Thema London zurück.

»Wo hast du denn in London gewohnt?«

»Solange ich bei Silvia war, in der Nähe von Camden Town, in einer Wohngegend mit diesen hohen, schmalen viktorianischen Häuschen mit Spitzdach. Eine tolle Gegend – in so einem Haus möchte ich sterben. Drei Stockwerke, mein Zimmer lag direkt unterm Dach, rundherum Fenster, Parkettboden, ein niedriges Bett. Sie bewohnte die erste Etage, und darunter war ein riesiger Raum mit Küchenzeile, einem Tisch für zwölf Leute und einer Art Wohnbereich mit Sofas, Stereoanlage, Fernseher. Und eine ganze Wand war praktisch ein monumentales Fenster, das auf den Park hinausging. Ganz unten war der Eingangsbereich und ein riesiges Wohnzimmer, das Silvia nur für Partys benutzte …«

»Was hat diese Silvia denn gearbeitet, dass sie sich so ein Haus leisten konnte? Ich meine mich zu erinnern, dass die Mieten in London nicht gerade günstig sind …«

»Mieten? Das Haus gehörte ihr!«

»Scheiße, diese Kinder reicher Leute, die sich alles leisten können, beneide ich wirklich …«

»Nein, nein, meine Mutter sagt, dass Silvias Mutter eine ganz gediegene Person ist, eine pensionierte Fotografin, die ein gutes Auskommen hat, aber sicher nicht im Geld schwimmt. Der Vater ist Lehrer, doch die beiden sind seit Jahren geschieden und sehen sich kaum.«

»Woher hat sie es dann?«

»Das habe ich mich auch gefragt – keine Ahnung, sie wollte nie darüber sprechen …«

»Vielleicht Drogenhandel!«

»Ach was, jemand, die sauberer ist als sie, ist mir noch nie begegnet, weder in London noch hier in Mailand. Es ist mir ein Rätsel … Jedenfalls bin ich dann zu Jane nach Clapham gezogen – eine ganz andere Welt, ein Unterschied wie Tag und Nacht, würde ich sagen. Aber ich war so glücklich, dass ich auch in einer Höhle hätte leben können!«

»Und was macht Jane?«

»Sie arbeitet als DJ. Ich habe sie in dem Lokal kennengelernt, wo ich mich das erste Mal mit Silvia getroffen habe. Sie ist jetzt hier an ein paar Abenden gebucht, aber es ist nicht so einfach …«

»Und du?«

»Ich mache dies und das, Übersetzungen, Nachhilfeunterricht … Ich suche gerade eine Sprachschule für Englisch, die noch eine Lehrerin braucht …«

»Na dann, willkommen im Club ›Mädchen für alles‹.«

»Wieso? Hast du nicht beim Radio gearbeitet?«

»Ach, davon wusste ich noch gar nichts«, mischt Alessandra sich ein. »Seit wir uns kennengelernt haben, überrascht mich Chiara immer wieder mit der Anzahl verschiedener Jobs, die man gleichzeitig haben kann, aber sie hat mir nie erzählt, dass sie beim Radio war!«

»Ja, ich habe fast zehn Jahre da gearbeitet. Vor etwa zwei Jahren hatte ich dann die Nase voll, und jetzt bin ich gerade dabei, mich neu zu erfinden!«

Die Zeit bis elf Uhr vergeht wie im Flug; bald müssen wir gehen, und wir haben noch immer nichts über das erfahren, was uns auf den Nägeln brennt. Taktvoll lenkt Alessandra das Gespräch wieder auf Silvia.

»Ich muss nächste Woche aus beruflichen Gründen nach London. Kennt ihr nicht vielleicht eine, die mich aufnehmen könnte?«

»Haufenweise Leute … Aber alle leben in Schuhschachteln, oder ihnen wurde gerade der Strom abgestellt … Wenn Silvia wieder zurück wäre …«

»Ich könnte ja versuchen, sie anzurufen!«

»Warum nicht? Ich glaube nicht, dass es ihr etwas ausmacht, wenn ich dir ihre Nummer gebe, in 99 Prozent der Fälle erreicht man sie sowieso nicht! Aber wenn du mit ihr sprichst, sag ihr, sie soll mich anrufen. Ich habe momentan kein Geld für Ferngespräche.«

»Wird gemacht …«

»Ich schreibe dir die Nummer auf, ja? Hier – bitte.«

»Danke!«

»Jetzt muss ich leider unhöflich sein und euch rauswerfen. Ich muss morgen früh raus, und Jane und ich schaffen es nie, richtig früh einzuschlafen ...«

»Kein Problem! Auch Alessandra und ich haben vor dem Schlafengehen noch eine Kleinigkeit zu besprechen ...«

Küsse und Umarmungen, wir sehen uns bald wieder, ich verlass mich darauf, alles Gute, und dann sind wir draußen auf der Straße.

»Morgen früh fahren wir nach London.«

»Wir?«

»Ja, klar, du kommst mit! Nach allem, was du getan hast, hast du es dir verdient, die Erste zu sein, die mit mir dieses Haus betritt. Oder hast du etwas anderes vor?«

»Ich würde sagen, dass alles andere warten kann ... Aber ist es nicht illegal, das Haus einfach so zu betreten, ohne Genehmigung?«

»Ja, aber von den offiziellen Stellen haben wir noch keine Antwort bekommen, und je mehr Zeit vergeht, desto schwieriger wird es, und da wir jetzt Schlüssel und Adresse haben ...«

Um acht Uhr sind wir bei mir verabredet, um nach London aufzubrechen. Ich bin schrecklich nervös, mir ist ein wenig übel; um sieben bin ich schon fertig und tigere mit Blick auf die Uhr in der Wohnung auf und ab. Natürlich habe ich kein Auge zugetan. Wenn diese ganze Geschichte vorbei ist, muss ich erstmal Urlaub machen, ich bin völlig am Ende. Ich schlafe nicht mehr, esse schlecht und bin ein nervliches Wrack. Zum ersten Mal in meinem Leben erscheint mir der Urlaub in einem Feriendorf in Tunesien oder Marokko erstrebenswert. Es ist alles da, du musst deinen Hintern nur vom Bett ans Frühstücksbuffet bewegen, dann an den Strand, zurück zum Mittagsbuffet, zum Strand, zum Abendbuffet und dann wieder ins Bett. Großartig. Oder auf eine Schönheitsfarm. Massagen, Thermalbäder, Diät, Fitness-Studio, Sauna, Schlammpackungen. Und Bücher. Im Koffer nichts als Bücher. Allerdings müssten sie erstmal ein Kopfgeld auf Silvias Mörderin aussetzen, sonst kann ich mir so etwas nicht leisten. Im besten Fall kann ich zu Andrea nach Berlin fahren, aber auch da kann von Schlafen und Erholung keine Rede sein. Oder nach Paris zu Françoise und Michela, aber ich würde die Abendessen mit ihren intellektuellen Freundinnen nicht ertragen …

Es klingelt, und mir klopft das Herz bis zum Hals. Ich stürze nach unten und steige ins Auto, wo eine offenbar vollkommen entspannte Alessandra mit laufendem Motor auf mich wartet.

»Hallo, wie geht's?«

»Ich bin supernervös. Hast du ihre Hausschlüssel dabei?«

»O Gott, die Schlüssel!«

»Was heißt das, ›o Gott, die Schlüssel‹? Hast du sie nicht dabei? Wie konntest du die vergessen?«

»Ich weiß auch nicht …«

Während ich mich aufspule, kann sie sich ein verstohlenes Lächeln nicht verkneifen.

»Du bist wirklich unmöglich! Findest du, das ist der richtige Moment für solche Scherze?«

»Weißt du, dass du manchmal richtig lustig bist?«

Ich bin beleidigt und ziehe eine Schnute. Sie lächelt und knufft mich in die Schulter.

»Komm schon, Chiara, sei nicht sauer. Wenn du dich nicht ein bisschen entspannst, bevor wir in London ankommen, stirbst du noch am Herzinfarkt!«

»Wie kannst du denn so ruhig sein?«

»Ich bin nicht ruhig, aber ich habe so viel erlebt in all den Jahren …«

»Du hast mir nie gesagt, warum du dich für diesen Job entschieden hast.«

»Du hast mich nie danach gefragt! Es ist eine Familientradition, wie so oft. Mein Vater war Polizist, ich bin mit seinen Freunden aufgewachsen, Polizisten haben mich in den Armen gewiegt, als ich klein war, Polizisten haben mich dabei erwischt, als ich meine ersten Joints rauchte …«

»Joints? Du rauchst Joints und hast mir nichts davon gesagt?«

»Und Polizisten haben mich zum Altar geführt. Was sollte aus mir anderes werden? Nur dass ich studiert habe und Kommissarin geworden bin. Ich erzähle meinem Vater von allen meinen Fällen. Wir haben ein sehr enges Verhältnis.«

»Hast du ihm auch von diesem hier erzählt?«

»Ja, natürlich.«

»Und was denkt er darüber? Ich meine, von der Szene, von mir …«

»Du bist ihm sehr sympathisch. Er sagt, dass ich dich irgendwann mal mitbringen soll. Magst du Pferde?«

»Ja, warum?«

»Als er in Rente ging, ist er aufs Land gezogen, in ein großes Haus mit einem großen Stall. Er hat zwölf Pferde, die er umsorgt, als wären sie seine Kinder, sie sind immer sauber und ordentlich gestriegelt …«

»Reitest du?«

»Ja, allerdings Westernstil. Der englische Reitstil ist ein bisschen zu prätentiös für meinen Geschmack.«

»Und wie ist deine Wohnung?«

»Sehr schön. Ich habe sie gerade neu renovieren lassen –

ich bin wirklich sehr zufrieden. Ich habe immer Parkettboden geliebt, und endlich habe ich mir den Luxus gegönnt, es überall verlegen zu lassen, auch im Bad ... Aber was hat das damit zu tun?«

»Nichts, ich war einfach nur neugierig ...«

Die Kraft der Joints. Manchmal öffnen sie einem den Geist so sehr, dass man durch Mauern gucken kann. Ich saß einmal in einer Bar in Griechenland, an einem Tisch mit zwei israelischen Mädchen. Wir sprachen Englisch, aber ab und an machten die beiden einen Witz in ihrer Muttersprache. Irgendwann sagt eine von beiden etwas auf Hebräisch, und ich antworte: »Gute Nacht«. Die beiden schauen mich an und fragen: »Wie hast du das denn verstanden?« Sie hatten Hebräisch gesprochen, und ich schwöre, ich habe es auf Italienisch gehört!

Sobald das Flugzeug abgehoben hat, beginne ich mich zu entspannen. Das Blau, das mich umfängt, ist wie das Meer, und das sanfte Dröhnen der Motoren wiegt mich in den Schlaf. Ich träume von einem riesigen Landhaus, das im gleißenden Sonnenschein daliegt, und von einem fröhlichen Alten, der im Schatten eines Baumes vor dem Stall einen Sattel fettet.

Als wir ins Taxi steigen, bin ich ganz ruhig. Das Schlafen und der Traum haben mich entspannt, und der Zyklonen-Effekt muss sein Übriges tun: Ich bin genau im Zentrum, dort, wo Wind und Regen nicht wüten, während draußen die Hölle tobt.

»Wir sind da – endlich! Jetzt müssen wir nur noch beten, dass der Schlüssel ins Schloss passt und die Tür aufgeht, sonst sind wir umsonst hergekommen ...«

Feierlich zieht Alessandra den Schlüssel, den sie in Silvias

Wohnung gefunden hat, aus der Tasche, steckt ihn ins Schlüsselloch und, o Wunder, er dreht sich! Wir werfen uns einen Blick zu und betreten vorsichtig das Haus. Erst einmal gehen wir durch alle Zimmer, um uns einen Gesamteindruck zu verschaffen. Es ist alles genau so, wie Viviana es beschrieben hat: im Erdgeschoss ein riesiges Wohnzimmer, ganz in Weiß, mit Parkett und niedrigen Möbeln, zwei großen Sofas und einer Eine-Million-Dollar-Stereoanlage. Die schmale Treppe führt in das Zimmer hinauf, das vermutlich Zentrum aller Aktivitäten im Haus war. In der offenen Küche hängen überall Küchenutensilien herum, alles ist voller Gewürze und Töpfe und Kochbücher. Offenbar kochte Silvia gerne. Auf dem ebenfalls riesigen Tisch stehen drei hölzerne Aschenbecher und leere Obstkörbe. In der Wohnecke Hunderte von CDs, alle in ihren Hüllen. Auch hier stehen wunderschöne Möbel, viel Ethno, alles ist sauber und sehr ordentlich, ein krasser Gegensatz zu ihrer Mailänder Wohnung. Wir gehen weiter hinauf. Auf halber Treppe befindet sich die Tür zu Silvias Zimmer, einem sehr großen, hellen Raum mit einem Bett, einem breiten Bücherregal und einem Schreibtisch in der Ecke. Alessandra setzt sich an den Tisch und beginnt die Papiere durchzusehen, die fein säuberlich in verschiedene bunte Plastikablagen sortiert sind. Rechnungen, zu beantwortende Briefe, Quittungen. Ich ziehe eine Schublade der Kommode neben dem Bett heraus und finde die übliche Ausstattung für etwas ungewöhnliche Sexualpraktiken: ein paar bunte Dildos aus Latex, ganz weich, wie man sie nur hier findet, einer davon in Form eines Delfins, ein anderer stellt die Venus von Milo dar. Dazu Gleitcreme, Handschellen, ein paar schmutzige Zeitschriften, nichts Außergewöhnliches. Ich ziehe eine weitere Schublade heraus.

»Hier ist nichts«, sagt Alessandra. Ich sitze bleich auf dem Bett, mit einem Foto in der Hand. Neugierig geworden, setzt Alessandra sich neben mich. Ich reiche ihr das Foto. Sie umarmt mich. Auf dem Foto ist Silvia zu sehen, die vor dem Hintergrund der Themse lächelnd auf einem Mäuerchen sitzt, Arme und Beine um eine Frau geschlungen, die vor ihr steht: Giò.

»Alles in Ordnung?«

Ich schaue Alessandra benommen an.

»Ich kann es nicht glauben! Das ist nicht sie – das muss eine Doppelgängerin sein. Man sagt, dass jeder von uns auf der Welt mindestens zehn davon hat …«

Ich kann die Augen nicht von dem Foto lösen.

»Denkst du, dass Silvia sie meinte in der Mail, die sie Sam geschickt hat?«, frage ich Ale.

»Wenn hier sonst keine Fotos von anderen Frauen herumstehen, ist die Antwort ziemlich einfach …«

»Aber das muss nicht heißen, dass sie es war, die sie umgebracht hat, oder? Außerdem ist Giò Unternehmensberaterin, und Silvias Freundin hatte eine Firma mit ihr gegründet!«, beharre ich.

»Ich fürchte, dass das nicht viel heißt, vor allem da es sich dabei um etwas nicht ganz Legales gehandelt haben muss …«

»Das macht Giò also zur Verdächtigen Nummer eins, oder?«

»Ja.«

»Ich habe schon befürchtet, dass wir etwas herausfinden könnten, das mir nicht gefallen wird, aber so etwas wäre mir nicht im Traum eingefallen … Nicht nur wegen der Lügen, die sie erzählt hat, oder besser gesagt, der ausgesparten Informationen. Ich kann sie mir auch einfach nicht vorstellen, wie sie Silvia erwürgt und dann den Selbstmord inszeniert … Unter anderem braucht man dafür beachtliche Körperkräfte, und Giò ist nicht so stark.«

»Wir werden sehen, was sie zu sagen hat, wenn wir zurück in Mailand sind. Jetzt schauen wir mal, ob wir noch etwas Brauchbares finden.«

Tatsächlich finden wir im Bücherregal Ordner über Ordner voller Papiere, die wir zu dem großen Küchentisch schleppen, um sie eingehend zu studieren. Nach halbstündigem Schweigen verkündet Alessandra, die in der Zeit Silvias Kontoauszüge und Kreditkartenabrechnungen durchgesehen hat, dass gelegentlich enorme Summen eingegangen sind, immer als Bareinzahlungen, bis zum April letzten Jahres. Wir suchen weiter.

»He, schau mal hier!«

»Was ist das?«

»Auftragsbestätigungen einer Speditionsfirma … Davon gibt es eine ganze Menge, und alles wurde von ein und derselben Adresse an eine Adresse in Mailand verschickt, die *Ethnical Stores*. Sagt dir das was?«

»Nein. Und was wurde da verschickt?«

»Chinesische Vasen, Teller, verschiedene Keramik …«

»So kam das ganze Zeug also nach Italien!«

»Sobald wir zurück sind, besuchen wir die *Ethnical Stores* und reden auch mit denen ein paar Worte.«

»Was für ein erfolgreicher Ausflug!«

Wir suchen weiter, auch wenn wir beide ahnen, dass das, was wir bisher gefunden haben, alles ist, was man in diesem Haus finden konnte.

»Los, gehen wir. Hier haben wir alles gesehen.«

»Nein, eine Sache fehlt noch …«

Ich stehe auf, steige die Treppe hinauf bis zum obersten

Stock, in das Zimmer, in dem Viviana ein Jahr lang gelebt hat und ohne die wir nie etwas erfahren hätten. Ich befinde mich in einer Mansarde unter dem Dach, um mich herum überall Fenster, der Fußboden Parkett, ein niedriges Bett. In der Ecke steht eine chinesische Vase.

»Ob die wohl echt ist?«

»Davon habe ich keine Ahnung. Sie könnte aus der Zeit Marco Polos stammen, und ich würde es nicht bemerken … Aber unsere Fachleute sind dabei zu untersuchen, was wir von Samanta bekommen haben. Bald werden wir Näheres wissen …«

Zur Sicherheit gehen wir noch einmal durch das ganze Haus, aber wir haben wirklich alles gesehen und beschließen, uns mit unserer reichen Beute auf den Weg zu machen.

»Um wie viel Uhr ist der Rückflug?«

»Wir haben Zeit. Da ich nicht wusste, wie lange wir brauchen würden, habe ich einen für heute Abend gebucht.«

»Wow, dann haben wir den ganzen Nachmittag frei. Was wollen wir machen? Wo wollen wir hin?«

»Wozu hast du denn Lust?«

»Das findest du wahrscheinlich ziemlich albern …«

»Schieß los.«

»Gleich um die Ecke ist der Regent's Park, und ich würde so gerne eine Runde mit dem Boot auf dem See drehen. Ich habe London noch nie sehr gemocht, keine Ahnung warum – mir sind immer unangenehme Dinge passiert, wenngleich die Umstände noch nie so unangenehm waren wie heute! Aber die Parks sind spektakulär, und ich habe immer die Leute in den Booten beneidet, wenn ich am Ufer stand und mir vorstellte, dass es das Entspannendste von der Welt sein muss …«

»Okay, in Ordnung. Ich bin auch erschöpft, und heute ist

wunderbares Wetter, und ich habe auch keine bessere Idee. So können wir ein bisschen unsere Gedanken ordnen.«

Wenn ich doch nur sinnvolle Gedanken zum Ordnen hätte! Mein Hirn fühlt sich an wie in Watte gepackt. Es gelingt mir nicht nachzudenken. In meinem Kopf schwirren nur die verschiedensten Namen in absoluter Dunkelheit umher, wie im letzten Bild von *The Wall,* wenn der letzte Ziegelstein geworfen wird. Giò! Sie kann es nicht gewesen sein!

Auf dem Weg sprechen wir beide kein Wort. Ich betrachte die Stadt und denke, dass sie diesen ganzen Wirbel, der um sie veranstaltet wird, wirklich nicht wert ist. Alessandra macht ein paar Anrufe, und ich konzentriere mich voll und ganz auf ihre Stimme, die gleichzeitig bestimmt und samtweich klingt. Plötzlich wird mir bewusst, dass wir in wenigen Minuten dicht beieinander in einem kleinen Boot sitzen werden, allein mitten auf dem See. Ich versuche meine Aufregung zu verbergen.

Ist es möglich, in ein und demselben Augenblick so viele verschiedene Gefühle zu haben? Ist es normal, dass ich mich nach einem ruhigen Bootsausflug sehne, nachdem ich Silvias Haus durchsucht habe, die seit zwei Wochen tot ist, und dabei herausgekommen ist, dass meine Freundin Giò ihre heimliche Geliebte und damit ihre potenzielle Mörderin gewesen ist? Und ist diese verrückte Lust auf Alessandra eine normale Reaktion auf die Nähe des Todes? Darauf finde ich keine Antwort, und Ale ist nicht die richtige Person, um ihr diese Fragen zu stellen, wenigstens nicht die letzte, zumindest nicht jetzt.

9

Auf den ersten Blick scheint es ein Morgen zu sein wie jeder andere: spät aufstehen, Dusche, Frühstück auf dem Balkon. In Wirklichkeit gibt es wenigstens zwei große Unterschiede: Erstens ist Simona gestern nach Berlin gefahren, und es ist das erste Mal seit Beginn dieser Geschichte, dass ich nicht auf ihren heilsamen Zynismus zählen kann, um ein wenig Abstand zu den Vorfällen zu gewinnen. Und zweitens hat Alessandra heute Morgen meine Freundin Giò ins Polizeipräsidium bestellt – sie ist die Hauptverdächtige im Mordfall Silvia Sorini, und während ich nach der soundsovielten durchwachten Nacht in einem tiefen Erschöpfungsschlaf lag, hat sie zur Unterstützung ihre Anwältin angerufen. In den Filmen und Büchern habe ich es immer ziemlich unglaubwürdig gefunden, dass derjenige, der ein Verbrechen begangen oder zumindest vermeintlich begangen hat, irgendwann immer seinen Anwalt anruft; wenn man mich verhaften würde und ich auf den meinen warten müsste, bliebe ich für immer im Gefängnis, denn ich wüsste überhaupt nicht, wen ich anrufen soll. Und doch scheint es, als hätte selbst Giò einen zur Hand, denn sie hat angekündigt, mit ihm zusammen zu erscheinen. Vielleicht wollte sie nur ein bisschen Eindruck schinden, doch irgendjemanden wird sie sicher mitnehmen, denn sie kann sich wohl denken, dass ihre Lage nicht gerade rosig ist, wenn etwas über ihr Verhältnis zu Silvia ans Licht gekommen ist.

Während ich diese Gedanken wälze, sitze ich auf dem Balkon in meine Hollywoodschaukel gefläzt; ein wenig lasse ich meinen Hirngespinsten freien Lauf, ein wenig versuche ich, eine Erklärung für das unerwartete Auftauchen Giòs in dieser Geschichte zu finden. Mein Gehirn weigert sich, ernsthaft in Erwägung zu ziehen, dass meine Freundin Silvia umgebracht haben könnte. Wenn es hier um Totschlag ginge – ich glaube, so heißt es, wenn man jemanden nicht umbringen will, der aber trotzdem stirbt, zum Beispiel wenn man wütend ist, jemanden schubst, der stürzt und sich den Kopf aufschlägt –, dann könnte ich vielleicht zugeben, dass sie es gewesen sein mag. Aber die Vorstellung, dass sie Silvia erwürgt haben soll, will nicht in meinen Kopf, denn das würde einen Wutanfall von mindestens zehn Sekunden voraussetzen, und das sind ein paar zu viele, als dass nicht wenigstens der Verdacht eines Vorsatzes aufkommen muss. Niemals hätte ich Giò für eine Frau gehalten, die kaltblütig mordet. Laura wäre dazu fähig, glaube ich, aber sie hat mit der ganzen Geschichte nichts zu tun, also ist es müßig, darüber nachzudenken. Und dann hätte sie noch die Selbstmordszenerie aufbauen müssen. Abgesehen von allem anderen: Wie zum Teufel soll sie es geschafft haben, die Leiche hochzuheben, um sie am Kronleuchter festzubinden? Und überhaupt: Wie zum Henker hat der Kronleuchter das ausgehalten? Aber er hat gehalten, und irgendwem ist es gelungen, fünfzig Kilo Mensch daran aufzuhängen und sich ungestört aus dem Staub zu machen. Sicher nicht Giò, die selbst nicht mehr wiegt und nur einen Meter sechzig groß ist. Aber warum hat sie uns verschwiegen, dass sie Silvia kannte, wenn sie es nicht gewesen ist?

Da ich keine Antwort auf diese Fragen finden werde, aber auch nicht aufhören kann, darüber nachzudenken, beschließe ich, ins Schwimmbad zu gehen, in der Hoffnung, dass ein wenig körperliche Aktivität und der Kontakt mit dem Wasser mich ein bisschen entspannen. Ich habe Glück – das Becken ist beinahe leer, und ich habe eine Bahn ganz für mich allein. Kopf rein, Kopf raus, Kopf rein, Kopf raus, einen Moment stürmen tausend verschiedene Geräusche auf mich ein, dann wieder gar nichts, erst sehe ich halbe Oberkörper und Köpfe, dann Beine und Füße, es ist kaum zu glauben, aber in diesem Auf und Ab gelingt es mir, die Unterhaltung zweier Mädchen mitanzuhören, die sich am Beckenrand ausruhen, und eine Lektion über Rückenschwimmen aufzuschnappen.

Vielleicht bin ich ein bisschen obsessiv, aber ich frage mich, wie viele Lesben und Schwule sich wohl gerade hier aufhalten – es ist schwierig, einen Tipp abzugeben, wenn du nichts als Sportbadeanzüge, Badekappen und Schwimmbrillen zu sehen bekommst. Es ist auch deshalb schwierig, weil in diesem Aufzug niemand sexy genug ist, um Interesse zu wecken, und die Blicke verweilen nie besonders lange auf dem Körper anderer, außer vielleicht um ihre sportlichen Fähigkeiten abzuschätzen. Vielleicht findest du die Kleine auf Bahn zwei anziehend, die ohne Pause schwimmt wie eine Olympiasiegerin, aber schließlich taucht auch sie erschöpft aus dem Wasser auf und entpuppt sich als Frosch mit blaurosa gemustertem Kopf, und du würdigst sie keines Blickes mehr. Könnte jemand von außen sagen, dass ich lesbisch bin? Nur weil ich die Olympiasiegerin auf Bahn zwei angesehen habe?

Gewissheit darüber, dass es sich um Heteras handelt, erlangt man meist in der Umkleide. Erstens anhand der Unterwäsche: ordentlich aufgepolsterte Push-ups und Tangas – Wäsche, die meine Freundinnen nur zu einem sehr geringen Prozentsatz benutzen. Und dann anhand der Gespräche – die Schwiegermutter, der Freund, die wartende Hausarbeit, der süße Kollege, der faszinierende Büroleiter, die Zimtzicke vom Nachbarschreibtisch –, die für sich genommen natürlich nichts bedeuten müssen, aber zusammen mit den

Ballerinas, den runden Ohrringen, den eleganten Tops und vor allem den feindseligen Blicken, die sie mir zuwerfen (Unterhose mit Eingriff, Sport-BH, Stiefel, zerschlissene Jeans, Muskelshirt, Lederriemen um den Hals, kurzgeschorene Haare), ergeben sie eine nahezu lückenlose Indizienkette für garantierte Heterosexualität.

Und noch wichtiger: Mein Radar springt nicht an. Ich wurde schon dutzendfach gefragt, wie wir uns gegenseitig erkennen, und es ist mir nie gelungen, es überzeugend zu erklären. Der Look ist wichtig, dann das Auftreten, die Blicke und die Gespräche, aber es ist wahr, dass das allein nicht ausreicht. Dann gibt es da diese Art sechsten Sinn, den beinahe alle Homosexuellen besitzen und der fast nie irrt. Wir nennen ihn liebevoll den ›gaydar‹, den Homo-Radar, der anspringt, wenn sich eine andere Lesbe oder ein Schwuler in der Nähe aufhält. Das ist so verbreitet und allseits bekannt, dass sogar eine der wichtigsten homosexuellen Datingplattformen so heißt. Doch jetzt habe ich es eilig, herauszufinden, was mit Giò ist, also reiße ich mich los von den anthropologischen Betrachtungen meiner Umkleidegenossinnen und fahre nach Hause – ein klein wenig ruhiger dank der Endorphine, die bei der körperlichen Betätigung ausgeschüttet worden sind, aber trotzdem in banger Erwartung des versprochenen Anrufs von Ale, der mich auf den neuesten Stand bringen soll.

Als ich meine Haustür erreiche, steht Ale davor und wartet auf mich. Sie so unerwartet vor mir zu sehen jagt mir einen wohligen Schauer durch den Körper, und ich bekomme Herzrasen. In dem Moment verliebe ich mich noch ein bisschen mehr. Sie hat Giòs Aussage aufgezeichnet, und obwohl das illegal ist, hat sie sie mitgebracht, damit ich sie mir anhöre und ihr sage, inwieweit ich das Gesagte nach dem

Klang der Stimme für glaubwürdig halte, schließlich kenne ich sie sehr gut. Wir machen es uns auf der Hollywoodschaukel bequem, und sie schaltet das Band ein.

»Wann haben Sie Silvia Sorini kennengelernt?«

»Vor fünf Jahren.«

»Wo?«

»Auf der Geburtstagsfeier meiner Schwester.«

»Und wann haben Sie begonnen, ein wenig ... intimer miteinander umzugehen?«

Hier gibt es einen kleinen Moment des Zögerns, vielleicht überlegt Giò, ob sie lügen oder lieber die Wahrheit sagen soll, da die Kommissarin sowieso Bescheid zu wissen scheint.

»Sofort.«

»Könnten Sie ein wenig kooperativer sein? Meine Fragen vielleicht etwas detaillierter beantworten? Dann würde unsere Unterhaltung schneller und schmerzfreier verlaufen.«

»Wollen Sie meiner Klientin drohen?«

Bis zu diesem Zeitpunkt hatte die Anwältin geschwiegen, die mich der Stimme nach an jemanden erinnert, aber es gelingt mir nicht auszumachen, an wen.

»Ich drohe überhaupt niemandem. Ich sage nur, wenn sie mir ein wenig aussagekräftigere Antworten gibt, vermeiden wir, dass ich ihr zweitausend Einzelfragen stellen muss; dann können Sie in einer halben Stunde wieder gehen, und ich kann die Idee aus meinem Kopf streichen, dass sie etwas zu verbergen hat.«

»Ich habe nichts zu verbergen!«

»Dann erzählen Sie mir etwas über Ihr Verhältnis zu Silvia Sorini!«

Ein weiterer Moment des Zögerns, dann endlich beschließt sie zu reden.

»Sie war damals mit einem ehemaligen Schulfreund zusammen, aber es war auf eine Meile Entfernung zu erkennen, dass ich ihr gefiel, und ich halte mich nie zurück. Am Anfang war es nur ein Abenteuer, aber dann haben wir uns verliebt und eine Beziehung angefangen, die sie aber um jeden Preis vor allen geheimhalten wollte. Wir waren eine Zeitlang zusammen. Dann hat sie beschlossen, Mailand zu verlassen, weil sie es nicht mehr aushielt, hierzusein und allen etwas vorzuspielen …«

»Wäre es nicht einfacher gewesen, mit den Lügen aufzuhören?«

»Für mich ja, aber nicht für sie. Sie hatte Angst, dass die anderen sich von ihr abwenden würden, darum zog sie es vor, dieses Risiko nicht einzugehen und woanders neu anzufangen.«

»Soweit ich weiß, wussten hier doch alle von ihrer Homosexualität.«

»Nachdem sie in London eine Weile ihren Spaß gehabt hatte, hat sie eingesehen, dass ihre Freundinnen und Freunde und ihre Mutter die Wahrheit verkraften würden und hat es ihnen erzählt.«

»Und die Beziehung zu Ihnen?«

»Wir haben uns getrennt, aber wir sind weiter miteinander ins Bett gegangen. Immer heimlich, denn inzwischen hatten wir beide neue Beziehungen, und unsere Freundinnen hätten es sicher nicht gerne gesehen. Es war alles ganz zwanglos – wenn ich wegen der Arbeit in London war, trafen wir uns, und wenn wir Lust hatten, landeten wir bei ihr zu Hause.«

»Haben Sie sich getroffen, als sie nach Italien zurückkam?«

»Ein paar Mal.«

»Immer heimlich?«

»Ja.«

»Haben Sie etwas Ungewöhnliches an ihr bemerkt?«

»Ja.«

»Was denn?«

»Sie war angespannt, besorgt, aber sie wollte nicht sagen weshalb, und ich habe nicht insistiert.«

»Warum haben Sie nicht gleich gesagt, dass Sie sie kannten? Sie verstehen doch, dass das kein gutes Licht auf Sie wirft?«

»Was hätten Sie denn gemacht? Ich hatte Angst, da mit hineingezogen zu werden ... Niemand wusste von uns, und darum hielt ich es für einfacher, so zu tun, als ginge mich das alles nichts an. Ich hätte sowieso nichts Nützliches aussagen können.«

»Haben Sie auch zusammen gearbeitet?«

»Nein.«

»Da habe ich andere Informationen ...«

»Nein, hatten wir aber nicht.«

»Und was können Sie mir über *Ethnical Stores* sagen?«

Ale hat beschlossen zu bluffen.

»Es ist der Laden meiner Schwägerin. Ich habe nichts damit zu tun!«

»Aber es ist schon ein seltsamer Zufall ...«

»Das ist kein Zufall. Ich habe die beiden miteinander bekannt gemacht. Silvia war Anthropologin und hatte ihre Abschlussarbeit über eine kleine Gemeinschaft geschrieben, die in einem Tal in China lebt, und meine Schwägerin betreibt einen Laden für ethnische Produkte. Also habe ich die beiden in Kontakt gebracht, und Silvia hat für sie den Import chinesischer Kunsthandwerkartikel organisiert ...«

»Wo waren Sie Samstag, den 13. Mai, zwischen 21 und 23 Uhr?«

»Beschuldigen Sie meine Klientin?«

Wieder die Anwältin – kann sie nichts anderes sagen? Und wer ist das bloß?

»Ich habe sie nicht umgebracht!«

»Im Moment beschuldige ich niemanden, aber ich muss wissen, wo Sie am Abend des Mordes waren.«

»Kein Problem, das weiß ich noch sehr gut, denn als ich erfuhr, dass Silvia tot ist, dachte ich, dass es echt Glück war, an dem Abend auswärts gegessen zu haben, noch dazu mit einer ansehnlichen Anzahl von Zeugen. Ich war eingeladen bei Roberta Manzotti. Sie können sie fragen. Sie kennen sie ja, nachdem Sie mit Chiara bei ihr waren …«

»Und wie haben Sie erfahren, dass Silvia tot ist?«

»Am Morgen danach – von Chiara, die es wohl von Ihnen hatte …«

O Scheiße, ich hatte vollkommen vergessen, dass ich mit Giò und Patrizia zu Mittag gegessen habe, gleich nachdem ich Alessandra das erste Mal gesehen hatte! Aber ich hätte mir doch niemals vorstellen können, dass eine von beiden irgendwie in dieser Sache drinhängt … Alessandra wirft mir einen Blick zu, sagt aber nichts, sondern legt nur ihre Hand auf meine Hand, während die Aufnahme weiterläuft.

»Hören Sie, ich möchte Sie um einen Gefallen bitten. Nicht so sehr meinetwegen als vielmehr für Chiara. Lassen Sie sie raus aus der Geschichte. Es war ein unglücklicher Zufall, dass wir uns gerade in dieser Situation kennengelernt haben, aber sie hat nichts mit den Ermittlungen zu tun – sie denkt, dass der Fall abgeschlossen ist, und ich will nicht, dass sie meinetwegen Probleme bekommt.«

»Ja, ich denke auch, dass sie von nichts weiß. Es ist Chiaras Spezialität, sich mit Frauen einzulassen, die sie auf die eine oder andere Weise verarschen …«

Danke, Ale, dass du dich als Schutzschild vor mich gestellt hast, auch wenn mich das ziemlich bloßstellt, aber was soll's, besser so, als dass ich als Spionin enttarnt werde. Aber hat Giò ihr das wirklich abgenommen? Wer weiß. Das Wichtigste ist jedenfalls, dass sie unmöglich jemanden umgebracht haben kann – es sei denn, sie besitzt die Gabe, an zwei Orten gleichzeitig zu sein, was jedoch nicht ausschließt, dass sie jemand anderen geschickt haben könnte.

»Wissen Sie, ob Silvia Sorini noch eine andere Arbeit hatte, weitere Kontakte in Mailand, eine Person, die ihr besonders am Herzen lag?«

»Nein, soweit ich weiß, war die Arbeit mit meiner Schwägerin ihr einziger Job, und soweit ich weiß hatte sie zurzeit keine Beziehung.«

»Und verdiente sie gut bei Ihrer Schwägerin?«

»Genug, um davon zu leben.«

»Genug, um ein Haus in der Londoner Innenstadt zu kaufen?«

»Sie hat gesagt, sie habe es von dem Erbe einer alten Tante gekauft.«

»Gut. Für den Moment ist das alles. Ich danke Ihnen, dass Sie gekommen sind. Ich muss Sie bitten, die Stadt nicht zu verlassen – wir könnten Sie noch einmal brauchen.«

»In Ordnung. Auf Wiedersehen.«

Ende der Aufnahme. Wir sitzen eine Weile schweigend da. Alessandra wartet, bis ich das Gespräch verdaut habe, doch der einzige Gedanke, der mir im Kopf herumschwirrt, ist: Wer ist nur diese Anwältin? Ihre Stimme kommt mir bekannt vor, aber es gelingt mir nicht, sie zu identifizieren. Dann bricht die Kommissarin das Schweigen.

»Was denkst du?«

»Nach dem, was ich gehört habe, und so wie ich sie kenne, hat sie die Wahrheit gesagt, aber natürlich kann ich das nicht beschwören. Wer war denn die Anwältin?«

»Patrizia Marconi, deine blonde Freundin mit dem Haus am See.«

»Patrizia! Wie kann es sein, dass ich sie nicht erkannt habe? Und wieso bin ich nicht darauf gekommen, dass Giò natürlich sie anrufen würde? Wie war sie? Abgesehen von den Phrasen, die sie gedroschen hat, meine ich?«

»Vollkommen undurchdringlich. Sie hat kein einziges Mal ihren Ausdruck oder ihre Sitzposition verändert – insgesamt eher feindselig, würde ich sagen. Giovanna dagegen war sehr angespannt. Wusstest du, dass sie ernsthafte finanzielle Probleme hat?«

»Na ja, wenn man darüber nachdenkt, erscheint das recht logisch, bei ihrem Lebensstil ... Aber was hätte sie davon gehabt, Silvia umzubringen?«

»Ich glaube, Giò und Silvia hatten einen Handel mit chinesischen Antiquitäten aufgezogen, und den Laden haben sie als Tarnung benutzt, um die wertvollen Stücke zusammen mit anderen, wertlosen Gegenständen ins Land zu bringen. Giò war diejenige, die die Sachen hier in Italien verkauft und Silvia dann ihren Anteil geschickt hat. Irgendwann bekam Silvia ihren Anteil nicht mehr und beschloss, eine wertvolle Vase höchstpersönlich nach Mailand zu bringen. Sie kommt persönlich, weil sie Giò nicht mehr traut, aber sie braucht sie, um das Stück zu verkaufen. Aber erst will sie ihren Anteil. An diesem Abend streiten sie, wieder einmal, Giò verliert die Nerven, wird aggressiv und beginnt Möbel auszuräumen, Sachen durch die Gegend zu werfen, Schubladen herauszuziehen, und als sie nichts findet, dreht sie durch, sie geht auf Silvia los und würgt sie. Dann gerät sie in Panik und inszeniert den Selbstmord, denkt, dass tagelang niemand überhaupt etwas merken wird, und dass, wenn man sie findet, niemand auf die Idee kommen wird, an einem Selbstmord zu zweifeln.«

»Das würde alles passen, wäre Giò an diesem Abend nicht auswärts zum Essen gewesen.«

»Ich weiß, ich weiß. Es gibt ein paar Kleinigkeiten, die nicht zusammenpassen, aber ich bin sicher, dass es sich mehr oder weniger so zugetragen hat. Vielleicht hat sie Robertas Haus unter irgendeinem Vorwand verlassen und ist nach dem Besuch bei Silvia wieder dahin zurückgekehrt – das muss man überprüfen. Oder hast du eine bessere Idee?«

»Nein, aber das muss nicht heißen, dass deine die richtige ist! Außerdem kann man Giò nicht nur nicht beweisen, dass sie es war, die Silvia umgebracht hat, sondern genauso wenig, dass sie mit geschmuggelten Antiquitäten gehandelt hat …«

Und doch ist Alessandras Theorie insgesamt ziemlich einleuchtend, und auch wenn herauskommen sollte, dass Giò sich keinen Moment aus Robertas Haus entfernt hat, könnte sie jemanden geschickt haben, um die Vase zu suchen. Vielleicht hat die Person nicht damit gerechnet, Silvia zu Hause anzutreffen, und als sie sie plötzlich vor sich hatte, wusste sie nichts Besseres, als sie umzubringen. Aber wen könnte sie geschickt haben? Und wo hat sie so jemanden kennengelernt? Wenn ich sie auch nie für eine Heilige gehalten habe, scheint es mir doch ziemlich unwahrscheinlich, dass sie solchen Umgang pflegt. Allerdings ist Giò für alles Mögliche offen, und niemand von uns weiß, wie es ihr gelingt, durch welche Art von Bekanntschaften und Kompromissen, all das Geld zu verdienen, das sie ausgibt, ohne groß nachzudenken – für Abendessen, Reisen, Poker, Frauen und massenhaft Kokain, das sie für sich selbst benutzt und um ihre sozialen Kontakte zu schmieren. Aber reicht das, um aus ihr eine Mörderin zu machen? Aus Erfahrungen anderer Leute weiß ich, dass die einzigen Schulden, die nicht vernünftig zu regeln sind, die bei Dealern und Halsabschneidern sind, und ich weiß ebenfalls sicher, dass Giò andauernd mit irgendwelchen Dealern zu tun hat. Ist es möglich, dass sie einem von ihnen Geld schuldete und solche Angst bekam, dass sie vollkommen die Nerven verlor?

Und dann gibt es noch etwas, das ich nicht verstehe ... Wenn tatsächlich sie den Handel betrieben hat – wie ist sie mit ihren Kunden in Kontakt gekommen? Sie kennt wohlhabende Leute, aber Leute, die so reich sind, dass sie zwanzigtausend Euro für einen Teller ausgeben? Plötzlich durchfährt mich eine Vision ... Ich greife zum Telefon.

»Alessandra?«

»Hallo, Chiara, alles in Ordnung? Wir haben uns doch erst vor einer halben Stunde getrennt ...«

»Ja, das heißt, nein, egal, das spielt jetzt keine Rolle. Hör mal, erinnerst du dich an Bruna – die mit der ausgeräumten Wohnung?«

»Ja ...«

Bilde ich mir das ein, oder hat sich der Klang ihrer Stimme verändert?

»Mir ist gerade etwas eingefallen, aber vielleicht hat das auch nichts zu bedeuten ... Auf der Liste der gestohlenen Dinge stand ein chinesischer Teller! Und Tina, meine Informatik-Freundin, ist eine passionierte Sammlerin chinesischer Kunst. Sie hat mir einmal ganz begeistert von einem Krug erzählt, aus was weiß ich welcher Epoche, für den sie nur sechstausend Euro bezahlt hat, obwohl er mindestens achttausend wert ist ... Ich habe das nie besonders seltsam gefunden, schließlich haben sie viel Geld in diesen Kreisen und kennen sich alle, ich muss gedacht haben, das wäre eben gerade in Mode ... Es gab auch eine Phase, in der alle Lesben, die ich kannte, auf Futons schliefen und vegetarisch aßen ... Aber jetzt denke ich, dass vielleicht ...«

»Gut gemacht, das ist mir gar nicht aufgefallen! Du solltest wirklich mal überlegen, ob du nicht zur Polizei willst ...«

»Verarschst du mich jetzt?«

»Nein, wirklich, wir müssen unbedingt mit den beiden sprechen!«

»Ich weiß, dass Tina für ein paar Tage unterwegs ist, aber ich könnte Bruna anrufen ...«

»Vielleicht sollte ich nicht mitkommen. Versuche sie irgendwo zu treffen und frag sie, ob es etwas Neues von der Anzeige gibt ... Frag sie, was du willst, solange du alles über diesen Teller herausfindest, von wem sie ihn gekauft hat, wo, wann und für wie viel Geld, ohne dass sie Verdacht schöpft.«

»Zu Befehl!«

Die Vorstellung, Bruna wiederzusehen, löst widerstreitende Gefühle in mir aus – wir haben etwas auf halber Strecke unterbrochen, von dem ich nicht weiß, ob sie es fortsetzen möchte, und auch wenn es nicht unbedingt dazu kommen muss und sie vielleicht auch gar keine Lust hat, bin ich trotzdem ein bisschen nervös. Aber sie anzurufen und zu fragen, ob sie sich von dem Schrecken erholt hat, ist das Mindeste, was ich tun kann, Sex hin oder her. Also fasse ich mir ein Herz und rufe sie an. Sie freut sich sehr, meine Stimme zu hören; sie flirtet ein bisschen, aber nicht zu viel – natürlich hat sie Lust, mich zu sehen, gerne heute Abend, zum Abendessen.

»Ich fahre mit dir nach Genua. Wolltest du nicht letztes Mal ans Meer?«

»Nach Genua?«

»Da gibt es ein fantastisches Restaurant, wo sie einen Fisch zubereiten, wie du ihn noch nie gegessen hast – allein der gemischte Teller Frittiertes ist die Reise wert, das verspreche ich dir. Und in einer halben Stunde sind wir da. Wenn wir mit den Öffentlichen nach San Siro fahren, dauert das genauso lange.«

»Bruna, ich bin ziemlich abgebrannt ... Vielleicht lieber eine Pizza irgendwo in der Gegend ...«

»Auf keinen Fall! Ich lade dich ein. Das bin ich dir schuldig, nach dem Abend ...«

»Na gut ...«

»In Ordnung, dann hole ich dich um sieben ab. Bis später.«

Warum kann ich nie nein sagen?

Im Halbschlaf öffne ich die Augen und sehe den Wecker auf dem Nachttisch, der elf Uhr zeigt, aber es ist nicht mein Wecker und auch nicht mein Nachttisch. Ein wenig verwirrt fahre ich hoch und schaue mich um, während nach und nach die Bilder des vergangenen Abends in meinen Kopf zurückkehren.

Als Bruna bei mir zu Hause ankam, war ich sehr nervös. Die Vorstellung, sie ins Kreuzverhör zu nehmen, machte mir Angst – vielleicht weil ich Angst vor dem hatte, was sie mir erzählen könnte. Sie dagegen war sehr gelassen und fröhlich, wie bei unserem ersten Treffen, und ich habe mich schnell entspannt. Auf dem Weg nach Genua hat sie mich auf den neuesten Stand ihrer Einbruchsgeschichte gebracht – die Anzeige, die Versicherung, die Schadensbegutachtung, die Aufräumaktion, ihre Traumata und Ängste –, aber ich habe mich nicht getraut, nach dem zu fragen, was mich eigentlich interessierte, nicht gleich zu Anfang. Wenn sie mir gesagt hätte, dass Giò diejenige war, die ihr den Teller verkauft hat, wäre ich den ganzen Abend nicht mehr in der Lage gewesen, an etwas anderes zu denken, und jetzt, rückblickend auf das, was sie mir dann erzählte, habe ich gut daran getan. Das Restaurant war wirklich erstklassig, und das trug dazu bei, dass ich mich immer wohler fühlte. Bruna entpuppte sich als sehr angenehme Gesprächspartnerin, geistreich und sympathisch; sie hat schauspielerisches Talent und kann sich in Rage reden, was so typisch für die Leute aus dem Süden ist – so haben wir uns das ganze Essen über gut unterhalten, und der Wein tat ein Übriges. Im Auto auf dem Rückweg nach Mailand wagten wir uns an brenzligere Gesprächsthemen, und als wir meine Haustür erreichten, sagte Bruna rundheraus, dass sie Lust habe, mich zu küssen. Sie lächelte ihr Lächeln, das mich schon am ersten Abend umgehauen hat, und ich konnte nicht nein sagen, weil ich ebenfalls ziemliche Lust darauf hatte. Ich sagte, sie solle zu ihr fahren, und sie fuhr sofort los, vielleicht aus Angst, dass ich meine Meinung ändern könnte. Wir legten die ganze Strecke schweigend zurück, ohne uns anzusehen, aber unfähig, die Hände stillzuhalten. Dann stiegen wir die Treppe zu ihrer Wohnung hinauf, diesmal ohne Zwischenfälle, und fingen an, uns auszuziehen, kaum dass wir die Schwelle übertreten hatten. Wir legten uns auf den kalten Fußboden und vögelten dort, dann auf dem Sofa und später im Bett. Dann bekamen wir wieder Hunger und standen auf, um etwas zu essen. Es war in diesem Moment, vor einem Teller mit Käsebrot und einem Glas Wein, dass ich ihr endlich die Frage gestellt habe, vor deren Antwort ich mich fürchtete. Ich habe weit ausgeholt, angefangen mit Fragen über ihre Sammlung antiker Gegenstände, wie sie diese Leidenschaft für sich entdeckt hat und wo sie ihre Stücke kauft.

»Meistens bei Auktionshäusern oder Antiquitätenläden.«

»Und der Teller? Dieser chinesische?«

»Ach, das ist eine andere Geschichte – ein riesiger Glücksfall. Ich habe viel weniger dafür bezahlt, als er wert ist, weil eine Bekannte ihn mir verkauft hat, die dringend Geld brauchte, also wollte sie ihn schnell loswerden.«

»Also keine professionelle Händlerin ...«

»Nein, auch keine Sammlerin. Sie hatte ihn geerbt und war nur an seinem Geldwert interessiert.«

Einen Moment lang fühlte ich mich wie wiedergeboren.

»Der Glücksfall war, dass sie zufällig herkam ... Nun ja, du verstehst schon, warum sie hier war ... Und als sie meine Sammlung sah, beschloss sie, mich zu fragen, ob ich interessiert sei.«

»Ist es indiskret zu fragen, wer es war?«

»Du wirst doch nicht eifersüchtig sein?«

»Nein, nein, im Gegenteil, es erregt mich. Vielleicht finde ich heraus, dass es eine meiner Geliebten war, das könnte doch interessant sein!«

»Patrizia Marconi, weißt du, die Anwältin ...«

Ich war darauf vorbereitet gewesen, Giòs Namen zu hören, und ich dachte, ich wäre in der Lage, meine Reaktion zu kontrollieren, aber damit hatte ich wirklich nicht gerechnet. Patrizia – was zum Teufel hatte Patrizia damit zu tun? Es musste ein Zufall sein; sicher hatte sie nichts mit der Geschichte um Silvia zu tun.

»Mamma Mia, was für ein Gesicht ... War sie – oder ist sie für dich mehr als nur eine Geliebte?«

»Nein, nein, es ist nur eine sehr alte Geschichte, die ein schlimmes Ende genommen hat. Ich bin bloß überrascht, nichts weiter. Sie ist eine Herzensbrecherin, vielleicht daher meine Reaktion ...«

»Wenn es das ist, dann mach dir keine Sorgen. Seit dem Abend haben wir uns nicht mehr gesehen. Sie ist total auf Drogen. Ich habe sie erwischt, wie sie morgens auf der Toilette eine Linie zog, noch vor dem Frühstück. Mit solchen Leuten will ich nichts zu tun haben.«

Danach haben wir uns einen Gute-Nacht-Joint gerollt und sind erschöpft ins Bett gefallen.

Jetzt liege ich allein im Bett. Ich stehe auf, um Bruna zu suchen. Auf dem Küchentisch liegt ein Zettel: ›Die Arbeit ruft, aber du hast so schön geschlafen, dass es mir grausam vorkam, dich zu wecken. Danke für den tollen Abend! Bis bald – Bruna. P.S.: Behalte die Schlüssel ruhig, vielleicht brauchst du sie mal wieder, ich habe noch einen Zweitschlüssel.‹ Wo sie die Kraft hergenommen hat, aufzustehen und zur Arbeit zu gehen, ist mir ein Rätsel. Ich bin so fertig, dass ich am liebsten sofort weiterschlafen würde, aber ich muss Ale ein Lebenszeichen geben, die wahrscheinlich seit heute Morgen um neun auf meinen Anruf wartet. Ich würde gerne im *Cherubini* frühstücken gehen, wo sie die besten Croissants Mailands machen, und sie bitten, mich dort zu treffen, aber ich will nicht, dass sie erfährt, dass ich auswärts geschlafen habe. Also beschließe ich, direkt nach Hause zu fahren und sie nach einer erfrischenden Dusche von dort aus anzurufen. Auf dem Anrufbeantworter sind schon zwei Nachrichten: Ale, die nach Neuigkeiten fragt, und noch einmal Ale, die sagt, Sam habe sich bei ihr gemeldet. Ich verzichte auf die Dusche und wähle sofort ihre Nummer.

»Hallo! Wo hast du denn gesteckt? Ich dachte, du würdest mich wieder im Morgengrauen anrufen, um mir zu erzählen, was du entdeckt hast!«

»Nun, um die Wahrheit zu sagen … da bin ich erst ins Bett gegangen.«

Und jetzt? Soll sie sich selbst ausmalen, wie mein Abend verlaufen ist, oder lüge ich schamlos? Und wenn sie wenigstens ein Fünkchen Interesse an mir hat, das ganz schnell wieder erlischt, wenn sie erfährt, wie ich herumhure? Verdammt, ich bin ihr doch keine Erklärungen schuldig – es ist meine Sache, wie ich meine Nächte verbringe!

»Als ich gestern heimkam, war eine Nachricht vom Redaktionschef der Zeitschrift auf dem Anrufbeantworter, der mich dringend um den Artikel und die Druckfahnen bat, die ich hätte abliefern sollen. Bei all dem Stress der letzten Tage hänge ich ein wenig hinterher. Na ja, da bin ich nervös geworden und habe mich an die Arbeit gesetzt, darum bin ich spät schlafen gegangen und erst jetzt aufgewacht.«

»Du musst mal wieder ein bisschen zu dir kommen. Ich fahre dieses Wochenende meinen Vater besuchen. Ich muss meine Gedanken ordnen, und dabei ist er immer eine große Hilfe. Ich nehme dich einfach mit – er wird sich freuen, dich kennenzulernen, und ich bin sicher, er wird dich verwöhnen. Außerdem ist es sehr ruhig, dort wirst du deine Arbeit bestimmt fertig bekommen. Was meinst du?«

Dass ich mich wirklich mies fühle.

»Na ja, warum nicht?«

»Gut, dann rufe ich ihn nachher an und sage ihm, dass du mitkommst. Jetzt erzähl mir von gestern Abend.«

»Sag mir erst, was Sam von dir wollte.«

»Sie hat mich heute Morgen angerufen, um mir von einer Situation zu erzählen, die ihr wieder eingefallen ist, in der sie und Silvia miteinander geschlafen haben und sie den Namen einer anderen gesagt hat ...«

»War es Giò?«

»Nein. Ich weiß nicht, was uns das nützt, aber sie hat sie ›Patrizia‹ genannt.«

»Scheiße.«

»Ja, ich weiß, ohne Nachnamen nützt uns das nicht viel, aber ...«

»Scheiße, Scheiße, Scheiße!«

»Was ist los?«

»Den Nachnamen kann ich dir sagen: Marconi. Sagt dir das was?«

»Patrizia Marconi? Deine freizügige Freundin – Giòs Anwältin?«

»Vielleicht ist es besser, wenn wir das nicht am Telefon besprechen ...«

Ein kleiner Tisch auf einer Terrasse vor grünen Hügeln. Es weht ein laues Lüftchen, überall Blumenduft. Hunde jagen durch die Höfe, hinter den Büschen belauern sich Katzen. Es ist unmöglich zu arbeiten. Das heißt, theoretisch ist die Situation ideal, vielleicht weil es im Film immer irgendeinen Schriftsteller gibt, der sein Meisterwerk an irgendeinem weißen Sandstand beendet, an den die Wellen des Ozeans spülen, oder einen Dichter, der im Rosenduft eines imposanten Hauses im Tudor-Stil filigrane Verse schreibt. Aber es funktioniert nicht. Was mich angeht, gibt es hier viel zu viel Ablenkung. Um mich zu konzentrieren, müsste ich eine so große Anzahl von Stimuli ignorieren, die für ein Stadtkind wie mich vollkommen unbekannt sind, dass ich nicht weiß, ob es überhaupt sinnvoll ist, es zu versuchen. Stattdessen konzentriere ich mich auf die Geräusche, die ich höre: Tausende von Zikaden singen in einem nahen Baum, ein Ton, der immer gleich zu bleiben scheint, aber in Wirklichkeit unendlich viele verschiedene Rhythmen und Klangfarben hat. Zu diesem durchgehenden Grundton gesellt sich ab und an das Zwitschern eines Vogels, ganze Melodien und einzelne Laute. Dazu das Klopfen der Spechte, das Bellen eines Hundes in der Ferne, tausend verschiedene Arten von Summen und Brummen, die Hufe der Pferde, die in ihren Boxen scharren, und ihr langsames, gleichmäßiges Kauen. Doch der wahre Grund für meine Zerstreutheit sind wohl nicht die Wunder der Natur, sondern Alessandra, die sich mit ihrem Vater unterhält. Als ich zugesagt habe, hierher mitzufahren, habe ich nicht bedacht, dass sie im Moment meine größte Ablenkung darstellt und dass der Gedanke, es könnte mir hier gelingen, meine Arbeit zu erledigen, die reine Dummheit war, für die ich jetzt bezahle: Ich muss die Fahnen der Zeitschrift Montag früh abgeben, das ist die letzte und unaufschiebbare Deadline, und außerdem habe ich einen absurden Text über Luxusartikel für Männer zu schreiben, in dem ich ohne einen Funken Ironie nette Kleinigkeiten wie den Zahnpastabeutel im Hahnentrittmuster mit passender Zahnbürste anpreisen soll, während sie nur einen Schritt entfernt von mir sitzt.

Ihr Vater Marco (»Und lass dir ja nicht einfallen, mich zu siezen!«) ist um die siebzig, aber ein Bär von einem Mann und wirklich sehr nett. Ich habe nicht erwartet, dass ein pensionierter Polizist so aufgeschlossen und angenehm sein könnte. Gestern Abend haben wir lange über das Thema geredet; ich hatte mir vorgenommen, es nicht anzusprechen, einerseits aus Höflichkeit und andererseits, weil es zwei gegen eins stand, aber dann hat er es auf den Tisch gebracht.

»Du magst Polizisten nicht besonders, was? Wie ist es denn für dich, hier mit uns zusammenzusitzen?«

Verwunderter Gesichtsausdruck und unschuldiger Tonfall: »Aber nein, wie kommst du denn darauf?«

»Mal sehen, du bist jung, links, lesbisch, besuchst alle Demos und regst dich über die Anwesenheit der Polizei auf …«

»Na ja, die stehen da in Kampfmontur, bereit, den Knüppel zu erheben, sobald sie den Eindruck haben, die Situation könnte sich möglicherweise aufheizen, was normalerweise bedeutet, dass wir einfach marschieren und singen. Da sollen sie mir sympathisch sein?«

Warum kann ich nur nie den Mund halten?

»Du hast recht, weißt du. Einige von uns sind wirklich Arschlöcher – mein ganzes Leben habe ich mich darüber aufgeregt. Aber ab und zu tun wir auch sinnvolle Dinge, nicht wahr?«

»Ja, schon. Allerdings haben ich und der Großteil der Leute, die ich kenne, die Nützlichkeit der Ordnungskräfte noch nie zu spüren bekommen, dagegen tausend Mal ihre Arroganz ... Als Alessandra mich das erste Mal anrief und ich zum ersten Mal bei ihr im Büro saß, habe ich mich eher bedroht und verwirrt gefühlt als beschützt ... Nicht mal deine Schönheit hat mich da beschwichtigen können, Ale.«

Das ist mir so rausgerutscht, ohne vorher darüber nachzudenken, wie immer. Ale wird sichtlich rot, sagt aber nichts. Marco kichert.

»Nun, ich werde versuchen, dich eines Besseren zu belehren, indem ich dich verwöhne und mit Leckereien vollstopfe. Was hältst du von einem schönen Stück Apfelkuchen mit Sahne und einer Tasse Kaffee mit Zimt?«

»Das klingt fantastisch, wenn auch gleichzeitig bedrohlich. Für meinen Bauch, meine ich ...«

Mein Zimmer ist ein großer Raum im zweiten Stock des Hauses, genau neben dem Zimmer, in dem Alessandra schläft. Das Bett ist groß und weich, eines von denen, die dich umfangen und in den Schlaf wiegen, und darüber hängt ein Moskitonetz, was das Gefühl von Geborgenheit noch verstärkt. Eingerichtet ist der Raum mit einer Mischung aus Möbeln, wie sie bei meiner Oma stehen, und einigen exotischen Stücken, und das Ensemble vermittelt ein überraschendes Gefühl von Wärme. Meine Zwei-Zimmer-Wohnung voller Ikea-Möbel und Fundstücke ist entschieden weniger einladend. Die Ruhe und Gelassenheit, die die Einrichtung ausstrahlt, wird nur von einem Detail gestört: einem kleinen Balkon, auf den beide Zimmer hinausgehen und auf dem ich jeden Moment hoffe, meine Lieblingspolizistin auftauchen zu sehen.

Genauso gut könnte ich zu ihr hinübergehen, aber die Erinnerung an ein anderes Fenster, durch das ich einmal nachts eingestiegen bin, hält mich zurück: Einmal im Leben alle Würde zu verlieren ist eine Sache; zweimal ist entschieden zu viel. Es war in Griechenland, in Eressos, im vollen Delirium meiner Affäre mit Patrizia. Eines Abends, an dem sie früh schlafen gegangen war, dachte ich im Vollrausch, dass es eine romantische Idee wäre, mich heimlich in ihr Zimmer zu schleichen, indem ich die Hausmauer der Pension hinaufkletterte und über den Balkon einstieg. Ich erwartete einen Empfang alla Romeo und Julia, stattdessen tätschelte mir Patrizia, die zum Glück wenigstens allein im Zimmer war (ich weiß nicht, warum ich nicht auf die Idee gekommen bin, dass jemand bei ihr sein könnte), vollkommen ungerührt den Kopf und sagte: ›Ach, du bist's. Schlaf jetzt, gute Nacht.‹ Sie hat sich auf die andere Seite gedreht und ist wieder eingeschlafen. Keine der anderen Dummheiten, die ich danach gemacht habe, mit ihr oder irgendeiner anderen, hat mich mehr gedemütigt als dieses Erlebnis, und auch wenn ich inzwischen darüber lachen kann, habe ich doch meine Lektion gelernt: Betritt niemals nachts das Zimmer einer Frau, die dir nicht unmissverständlich zu verstehen gegeben hat, diesen Besuch zu wünschen. Um runterzukommen mache ich mich daran, die Fahnen zu korrigieren, bis mir die Augen zufallen und ich anfange zu träumen, dass Alessandra in meinem Zimmer erscheint, in einem alten T-Shirt und einem Paar Leggings als Schlafanzug, barfuß und wunderschön.

»Schläfst du?«

O Göttin, das ist gar kein Traum!

»Fast ...«

»Entschuldige, ich kann nicht einschlafen.«

»Willst du in mein Nest kommen?«

»Wenn es dir nichts ausmacht ...«

O Gott, Ale steigt zu mir ins Bett! Mein Herz klopft so laut, dass ich Angst habe, Marco zu wecken, der im Stockwerk unter uns schläft. Alessandra schiebt das Moskitonetz beiseite und legt sich auf die Seite, den Kopf in die Hand gestützt und den Ellenbogen auf das Kopfkissen. Im Halbschatten sieht sie wunderschön aus, und ich sterbe tausend Tode.

»Hast du wirklich gedacht, dass ich schön bin?«

»Ich dachte, das wäre offensichtlich ...«

»Ich war nicht sicher. Ich bin immerhin fünfzehn Jahre älter als du, und du bist so jung und voller Energie und Abenteuer ... Und das mit Bruna ... Es ist ja offensichtlich, dass ihr etwas miteinander habt ...«

»Das mit Bruna, das ist nicht ...«

»Egal, sag einfach nichts dazu.«

Sie streichelt mich sanft. Ich weiß nicht, was ich tun soll; ich liege wie versteinert neben ihr in Embryonalstellung, mit vor der Brust verschränkten Armen. Ich habe Angst, eine falsche Bewegung zu machen, ihre Absichten falsch zu interpretieren.

Dann spricht Alessandra wieder.

»Willst du mich umarmen?«

Ohne die Antwort abzuwarten, dreht sie sich zu mir und kommt näher. Ich öffne die Arme und nehme sie in die Mulde auf, die mein Körper bildet. Nach einer Weile zieht sie sich das T-Shirt aus und bleibt nackt und heiß an mich geschmiegt liegen. Ich weiß nicht mehr, ob es mein Herz ist oder ihres, das da so schlägt, und ich drücke sie fest an mich, während meine Erregung steigt. Ich will mich nie wieder von hier wegbewegen, will für immer spüren, wie sich mein Magen zusammenkrampft, sich mein Atem beschleunigt und die Feuchtigkeit zwischen meinen Beinen zunimmt, solange ich lebe. Stattdessen beginnt meine Hand wie von selbst Alessandra zu streicheln; ich spüre, wie ihr Bauch sich zusammenzieht und ihre Brustspitzen steif werden und wie ein Schauer durch ihren Körper geht. So bleiben wir eine Weile liegen, bis ich ganz langsam meine Hand nach unten gleiten lasse, unter den Gummi ihrer Hose, über den Venushügel zwischen ihre Beine. Sie atmet schwerer, dann schiebt sie sanft meine Hand weg und dreht sich zu mir. Sie schaut mir einen Augenblick ins Gesicht, und dann küsst sie mich beinahe gewaltsam, als wollte sie ganz mit mir verschmelzen, als wollte sie mich mit diesem einen Kuss voll und ganz besitzen. Dann beginnt sie meinen Hals zu küssen, hineinzubeißen, ihn zu lecken, danach macht sie mit dem Oberkörper weiter, den Brüsten, dem Bauch, dem Nabel, dem Venushügel, und als ich das Gefühl habe, jeden Moment ohnmächtig zu werden, kommt sie wieder hoch zu den Brustspitzen.

Plötzlich höre ich einen lauten Knall. Ich brauche ein paar Sekunden, um zu verstehen, dass der Lärm aus dem Stall kommt, ein Pferd wiehert, und die Hunde bellen. Wir fahren hoch und versuchen zu begreifen, was geschehen sein mag; wir hören, wie die Haustür zuschlägt. In null Komma nichts sind wir auf den Beinen, aus dem Bett, ziehen uns schnell etwas über und laufen hinunter, um zu sehen, was los ist, und um Marco zur Hand zu gehen. Wir treffen ihn vor einer der Boxen, in die er nachdenklich blickt. Auch er hat sich nur hastig etwas übergeworfen.

»Tut mir leid, dass ihr wach geworden seid. Das ist das zweite Mal diese Woche ... Dieses dumme Pferd legt sich hin, dann beschließt es, sich zu wälzen und bleibt stecken, gegen die Mauer gepresst. Ich frage mich, ob ich ihm einen Stall draußen bauen und ihn auch nachts dort lassen sollte.«

Marco betritt die Box, stellt sich an die gegenüberliegende Wand, nimmt das Vorderbein des Pferdes und hilft ihm, sich herumzudrehen.

»Das ist auf dem Reiterhof auch oft passiert, auf dem ich mal gearbeitet habe.«

Alessandra schaut mich verwundert an.

»Du hast auf einem Reiterhof gearbeitet? Wie viele Jobs hast du denn noch gemacht? Du hörst nie auf, mich zu erstaunen ...«

»Na ja, das hoffe ich doch ...«, sage ich und werfe ihr einen komplizenhaften Blick zu; dann erinnere ich mich daran, dass Marco neben uns steht, und reiße mich zusammen.

»Jedes Mal, wenn ich ihnen helfen musste, wiederaufzustehen, hatte ich Angst, sie könnten mich gegen die Wand quetschen. Wenn du willst, helfe ich dir morgen mit dem Stall, Marco. Wenn es hier in der Nähe etwas gibt, um Rindenmulch und Holz zu kaufen, bauen wir in ein paar Stunden ein wahres Meisterwerk. Ich kann gut mit Hammer und Nägeln umgehen.«

»Aber du bist doch hier, um dich auszuruhen und deine Arbeit zu machen!«

»Ich glaube sowieso nicht, dass ich noch viel schaffen werde. Den Artikel habe ich heute fertig geschrieben, und die Fahnen, nun ja … Niemand wird es merken, wenn ich sie nicht fertig korrigiere …«

»Na gut, in Ordnung. Dann geh jetzt aber wieder ins Bett, sonst schläfst du morgen bis drei Uhr nachmittags und wir haben den ganzen Tag nichts von dir – ich kenne doch die alternative Jugend! Alessandra, ich habe noch mal über das nachgedacht, was wir heute besprochen haben. Ich wollte es dir eigentlich morgen sagen, aber jetzt sind wir ja sowieso wach – willst du jetzt darüber reden? Dann kannst du eine Nacht darüber schlafen, und morgen früh siehst du vielleicht etwas klarer.«

»Aber …« Sie schaut mich an, und ich nicke ihr zu. Der magische Moment ist sowieso vorbei, und ich bin sicher, dass es bald eine neue Gelegenheit geben wird. Wir gehen hinüber zum Haus. Sie gibt mir einen heimlichen Kuss, dann verschwinden Marco und sie in seinem Arbeitszimmer.

10

»Entschuldige, wenn ich dich wachhalte, um mitten in der Nacht über Mordfälle zu sprechen, aber ich wollte dir die Informationen weitergeben, die ich bekommen habe, ohne dass Chiara mithört. Es ist wahr, dass sie diejenige ist, die dich auf Patrizias Spur gebracht hat, aber nach dem, was du mir erzählt hast, ist diese Frau eine gute Freundin von ihr, und darum ist es vielleicht besser, wenn du ihr die Neuigkeiten schonend beibringst.«

»Was hast du erfahren?«

»Wie versprochen habe ich Patrizia Marconi überprüfen lassen, ob in letzter Zeit ein Verwandter gestorben ist – das ist nicht der Fall, weder ein naher noch ein entfernter, wenigstens offiziell hat sie keine Erbschaft gemacht. Das schließt natürlich nicht aus, dass ihr jemand auf anderem Weg Geldsummen oder anderes hinterlassen hat. In den letzten Jahren ist sie sehr häufig nach London gefahren, etwa einmal im Monat; meist blieb sie zwei Tage, manchmal aber auch drei oder vier. Sie ist dabei nie in einem Hotel registriert worden. Ihre Konten sind das reinste Chaos – es gibt Forderungen und Hypotheken auf Immobilien, alle aus der näheren Vergangenheit. Es sieht ähnlich aus wie bei dem anderen Mädel – Giovanna. Du hast gesagt, dass sie gut befreundet sind, oder?«

»Sehr gut, würde ich sagen. Sie treffen dieselben Leute, teilen dieselben Laster und dieselben Liebhaberinnen, wie es scheint. Bleibt nur noch, ihnen etwas nachzuweisen. Aber etwas haben wir immerhin, nicht? Mein Kollege Massimini hat mit dem Speditionsunternehmen gesprochen, das Silvias Pakete nach Italien verschickte, und er hat herausgefunden, dass ein weiterer, von Giovannas Schwägerin bezahlter Transportunternehmer sie dort im Lager abholte und in den Laden lieferte. Natürlich hat Massimini auch mit dem zweiten Spediteur gesprochen – ein schweigsamer Typ um die vierzig, aber schlau genug, um zu kapieren, dass es besser war, seine Fragen zu beantworten. Er hat zugegeben, dass er sich ein kleines Zubrot damit verdient, unterwegs einen Zwischenstopp einzulegen und Pakete an jemanden auszuliefern. Und rate mal, an wen!«

»Ist er bereit, das zu bezeugen?«

»Ja. Deine Vermutung hat sich voll bestätigt. Ich wusste

es – dich zu besuchen war eine großartige Idee! Und weißt du was, ich denke, dass auch der Raub in der Wohnung der Mainetti ihr Werk gewesen sein muss. Wenn sie so dringend Geld brauchte, dass sie deswegen ihre Geliebte umgebracht hat, wer konnte sie daran hindern, eine Wohnung auszuräumen, von der sie wusste, dass dort einiges zu holen war?«

»Das ist möglich, aber auch das ist kaum zu beweisen.«

»Jedenfalls kommt in ein paar Tagen die andere Freundin von Chiara zurück, diese Tina, die chinesische Antiquitäten sammelt, und wir werden bald wissen, ob die Marconi auch ihr etwas verkauft hat. Dann werden wir der Nachbarin von Silvia Fotos zeigen, die ja die einzige Augenzeugin ist, und dann bestellen wir Patrizia ins Kommissariat. Sie ist ein ganz harter Brocken. Das habe ich gemerkt, als ich Giovanna befragt habe – sie war vollkommen ungerührt, und unser einziger Beweis ist die Aussage des Transportunternehmers und vielleicht eine Gegenüberstellung, so viel das eben wert ist. Aber wenn wir sie unter Druck setzen, bekommt sie vielleicht Angst und tut etwas Unüberlegtes …«

»In Ordnung, ich glaube, das ist im Moment alles. Lass uns jetzt schlafen gehen. Dein alter Vater muss sich ausruhen. Morgen wartet harte Arbeit auf uns.«

Ich überlege kurz, ob ich auf Alessandra warten soll, aber nachdem ich mich ein paar Minuten angestrengt wachgehalten habe, schlafe ich ein wie ein Baby. Zum ersten Mal seit Monaten habe ich keine Alpträume, und am Morgen weckt mich ein Kuss, und eine Hand streichelt meine Wange. Ich denke, dass ich vielleicht noch träume und kneife die Augen fest zusammen; dann spüre ich, wie die Matratze sich senkt und eine Hand unter das Laken gleitet, um meine Hüfte zu streicheln.

»Also ist es wirklich geschehen …«

»Scheint so, ja.«

Ich ziehe sie an mich, aber sie entwindet sich meinem Griff, setzt sich lachend rittlings auf mich und hält meine Hände über dem Kopf fest.

»Tut mir leid, aber unsere nähere Bekanntschaft müssen wir auf einen anderen Zeitpunkt verschieben. Mein Vater ist schon gefahren, um das Holz für den Unterstand zu besorgen, und in der Küche stehen Kaffee und selbstgebackene Mandelkekse bereit. Ich lasse dich jetzt los, und du stehst ganz brav auf und kommst runter, und du versuchst auch nicht, mich zu küssen.«

Dann hört sie auf zu lachen und fügt hinzu:

»Ich habe solche Lust, mit dir Liebe zu machen, dass es beinahe weh tut. Gestern Nacht war ich gnädig und habe dich schlafen lassen, und jetzt wartet mein Vater auf uns, aber wenn du mich berührst, weiß ich nicht, ob ich widerstehen kann. Also versuchen wir, anständig zu sein, ja?«

»Nicht mal ein Kuss?«

»Nicht mal ein Kuss. Versprochen?«

»Versprochen.«

Ich bin verloren. Ich hoffe, dass Alessandra nicht beschließt, sich die Lust ganz auszutreiben und mich wieder fallenzulassen, denn das würde bei mir ein emotionales Erdbeben von unermesslichen Ausmaßen verursachen. Widerwillig stehe ich auf, steige unter die Dusche, um mich ein wenig zu sammeln, und gehe dann hinunter in die Küche zu Marco und Alessandra.

Dort duftet es fantastisch. Alessandras Vater ist in der Küche ein wahrer Zauberkünstler. Ich lasse mir das Rezept der Biscotti Schritt für Schritt genau erklären, die in Wirklichkeit eher eine Art mit Mandelcreme gefüllte Ravioli aus

Mürbeteig sind. Ich esse ein paar davon, dann folge ich ihm in den Werkstattschuppen. Wir arbeiten den ganzen Vormittag und einen Teil des Nachmittags in einem guten Rhythmus, und am Ende bin ich selbst überrascht von dem Ergebnis: Der Unterstand sieht sogar hübsch aus. Ich bin zu Tode erschöpft, aber so glücklich wie lange nicht mehr – vielleicht sollte ich mein Leben ändern und an einen solchen Ort ziehen. Doch für den Moment gebe ich mich zufrieden mit dem Lohn für meine gute Arbeit: ein heimlicher Kuss und ein schöner Ausritt in den Hügeln.

Im Auto, während wir nach Hause zurückfahren, bringt mich Alessandra auf den neuesten Stand der Ermittlungen.

»Warum hast du vorher nichts davon gesagt?«

»Ich wollte dir das Wochenende nicht verderben. Ich weiß, dass Patrizia dir etwas bedeutet, und ich kann mir vorstellen, dass das ein ziemlicher Schlag für dich ist.«

»›Ein ziemlicher Schlag‹ trifft es nicht ganz. Ist dir so etwas je passiert? Dass du jemanden seit Jahren kennst, eine Frau, in die du auch verliebt warst, von der du dann erfahren musst, dass sie eine Diebin und eine kaltblütige Mörderin ist?«

»Nein.«

»Aber du hast sicher schon eine Menge Leute in meiner Situation gesehen …«

»Ja.«

»Und wie reagieren die üblicherweise?«

»Unterschiedlich. Es gibt einige, die es einfach nicht glauben, andere sind verzweifelt und weinen, wieder andere machen sich selbst verantwortlich oder verdrängen die Situation vollkommen. Manche hatten auch schon eine Ahnung und sind nicht sehr überrascht, einige verzeihen, andere hassen …«

»Schon verstanden.«

»Und du – wie fühlst du dich?«

»Weiß ich noch nicht. Sobald ich es herausfinde, sage ich es dir.«

Den Rest der Fahrt schweigen wir. Ich muss die Situation visualisieren, um zu verstehen, was das alles bedeutet. Wie schon wenige Tage nach Silvias Tod versuche ich mir vorzustellen, wie alles gewesen sein könnte. Diesmal ist sie nicht allein, nicht verzweifelt, kein Klingeln des Telefons hätte sie retten können. Stattdessen ist Patrizia bei ihr, die ihre Wohnung mit dem Schlüssel betritt, den Silvia selbst ihr gegeben hat, und überrascht sie, in die Lektüre eines Buches vertieft. Patrizia fragt, wo die Vase ist, wird wütend, beginnt alles zu durchsuchen, beschließt, dass Silvia ihr an diesem Punkt nicht mehr nützlich, sondern nur noch gefährlich ist und erwürgt sie. Patrizia ist sehr wohl groß und kräftig genug, um sie hochzuheben und ihr den Strick um den Hals zu legen. Und sie ist sehr wohl abgebrüht genug, das alles zu tun, ohne mit der Wimper zu zucken.

Wir fahren zu mir nach Hause, denn ich habe das Bedürfnis, an einem vertrauten Ort zu sein. Ich frage Alessandra, ob sie mit hochkommen möchte, doch während sie einparkt, klingelt ihr Telefon. Am anderen Ende ist jemand aus dem Kommissariat.

Ich sehe, wie sie blass wird. Dann höre ich sie sagen: »Ja, ich komme sofort.«

Fragend schaue ich sie an.

»Ich muss schnell ins Kommissariat ... Buonanno, der Transportunternehmer, der für die Lieferung der Ware der *Ethical Stores* vom Spediteur zum Laden zuständig war ... Er ist erschossen worden.«

Mehr als fünf Minuten lang kann ich mich auf gar nichts konzentrieren. Ich versuche zu lesen, aber ich verstehe den Sinn der Wörter nicht, nach drei Zeilen fange ich immer wieder vorne an. Dann versuche ich, mich auf einfache und potenziell entspannende Handlungen zu konzentrieren: ich dusche, rasiere mich, drücke meine Mitesser aus. Ich ziehe mich wieder an, tigere durch die Wohnung, mache einen Kaffee, stippe zwei Scheiben Brot darin ein, wie mein Opa es immer gemacht hat, und versuche, an meinen Opa zu denken. Nichts. Ich werfe einen Blick auf das Telefon. Stehe auf. Setze mich wieder. Es klingelt nicht. Ich starre auf den Fußboden, in der Hoffnung auf eine Eingebung, betrachte die Krümel, Hundehaare, eine gesprungene Fliese, aber auch das hilft nichts. Ich frage mich, von welchem Hund die Haare wohl stammen, aber es fällt mir nicht ein. Ich lasse im Geist alle Personen an mir vorüberziehen, die mich in der letzten Zeit besucht haben, aber eigentlich interessiert es mich nicht wirklich, und nach einer Weile gebe ich es auf. Ich weiß nicht, was los ist. Alessandra hat versprochen, mich sobald wie möglich anzurufen, aber dieses Scheißtelefon klingelt nicht.

Sie hat gesagt, dass sie an den Tatort fahren und dann einen Richter finden muss, den sie überzeugen kann, ihr einen Haftbefehl für Patrizia auszustellen – was angesichts der schlechten Beweislage nicht einfach werden wird –, um sie dann festzunehmen. Es gibt nicht die Spur eines Beweises, dass sie irgendetwas mit dem Mord an Silvia zu tun gehabt hat, abgesehen von der Aussage des armen Buonanno, der aber nicht mehr aussagen kann. Sie zu überraschen und unter Druck zu setzen ist der einzige Weg herauszufinden, ob sie es wirklich gewesen ist.

»Sie muss sich in die Enge gedrängt fühlen. Sie muss denken, dass die Polizei einen Royal Flush auf der Hand hat, auch wenn es nur ein Paar Zehner ist. Sie muss einen Fehler machen.«

Das wird nicht einfach sein. Patrizia hat Tage und Nächte damit verbracht, alle und jeden zu bluffen, am Spieltisch wie im Privatleben, über ihre Arbeit, ihre politischen Ansichten, ihre Bankkonten. Niemand hat je gewusst, welche Karten sie wirklich auf der Hand hatte, und immer sind alle rechtzeitig ausgestiegen, ohne zu sagen: »Ich will sehen.« Sie ist es nicht gewohnt, ein Gegenüber zu haben, das es versteht, ihr die Stirn zu bieten – ein Gegenüber, das ebenso gut bluffen kann wie sie. Vielleicht wird sie einknicken und alles gestehen wie in der Fernsehserie *Mord ist ihr Hobby*. Vielleicht gibt es auch gar nichts zu gestehen. Ich hoffe, dass es nichts zu gestehen gibt. Ich habe sie einmal geliebt, habe geglaubt, sie zu kennen, in ihr zu lesen wie in einem Buch, und als ich meinte, Dinge gelesen zu haben, die ich nicht akzeptieren konnte, habe ich aufgehört, sie zu lieben. Aber das geht entschieden zu weit – niemals habe ich in ihr Mr. Hyde gesehen, nicht einmal in ihren zynischsten Momenten. Und doch ... Jetzt klingle schon, du verdammtes Telefon!

Klingeliiiiiiing!

»Ja?«

»Meine Güte, Chiara, wie hörst du dich denn an! Hast du es schon erfahren?«

»Martina! Ich dachte, es wäre Ale – sie wollte mich anrufen ... Was denn erfahren?«

»Dass Patrizia verschwunden ist!«

»Verschwunden? Was sagst du da?«

»Ich war gerade im Buchladen, da kam Anna vorbei, die mir kichernd erzählt hat, dass Patrizia einem Haufen Leute

Geld schuldet und angeblich irgendwohin nach Asien geflüchtet ist, wo wohl ein durchgeknallter Onkel von ihr lebt.«

»Aber wann denn?«

»Heute Morgen in aller Frühe, scheint es. Gestern Abend waren noch alle wie üblich im *Adrenalina,* und Patrizia hat sich mit Giò zum Brunch verabredet. Giò hat eine Stunde auf sie gewartet, hat versucht, sie anzurufen, aber das Handy war aus, und zu Hause ging niemand ran. Wütend ist sie wieder gegangen und hat sich ausgemalt, wie sie es ihr am besten heimzahlen könnte, aber nachdem sie sie nirgends finden konnte, begann sie sich langsam Sorgen zu machen. Sie hat ein bisschen herumtelefoniert und schließlich Natasha erreicht, weißt du, die Ex von Filo, die von Marta erfahren hatte, die es von was weiß ich wem hatte, dass Sergione ihr an den Kragen wollte – du weißt schon, der Dicke mit der Jogginghose, den man ab und an in der kleinen Bar sieht, der seit Monaten keinen Cent von ihr bekommen hat und langsam wütend wird. Um es kurz zu machen – es sieht so aus, als wäre Patrizia heute Morgen aufgebrochen, mit nichts als den Kleidern, die sie am Leib trug.«

»Scheiße, Martina, Scheiße, Scheiße! Wieso bin ich immer die letzte Ahnungslose, die so etwas erfährt?«

»He, du nimmst es ja ganz schön schwer. Hast du nicht immer behauptet, die Geschichte sei für dich erledigt? Ich habe es dir jedenfalls gesagt, sobald ich es wusste, sei wenigstens nicht sauer auf mich ...«

Klick.

Ich habe kaum den Hörer auf die Gabel gelegt, als das Telefon schon wieder klingelt.

»Ja, bitte?«

»Chiara? Hier ist Alessandra ...«

»Ale! Was ist los? Martina hat mich gerade angerufen und gesagt, dass Patrizia abgehauen ist!«

»Ja, so scheint es.«

»Aber wie ist das möglich? Du hast doch gesagt, dass ihr sie im Auge behaltet!«

»Ja, aber sie ist dem Kollegen, der sie beschattet hat, entwischt. Heute Morgen hat sie das Haus verlassen und ist ins Büro gefahren – das kam ihm unverdächtig vor, schließlich ist sie Anwältin und konnte einen dringenden Fall haben, an dem sie arbeiten musste. Als wir sie anriefen, sagte sie, sie wäre noch im Büro, also haben wir sie gebeten, dort auf Massimini zu warten. Wir wollten zusammen hinfahren, um sie festzunehmen. Schließlich ist er allein gefahren, noch bevor ich den Haftbefehl hatte, aber der Vogel war ausgeflogen. Das Gebäude hat einen Hinterausgang – durch den muss sie entkommen sein. Wir haben sofort einen Fahndungsbefehl herausgegeben, die Bahnhöfe, Flughäfen und Häfen informiert, einfach alle, und wir haben die Tür zu ihrer Wohnung aufgebrochen. Wir hatten gehofft, etwas zu finden, eine Notiz über Zugfahrpläne oder Flugzeiten, irgendeinen Hinweis, und …«

»Und? Mach doch nicht diese endlosen Pausen!«

»Und ich habe einen Brief gefunden, der mitten auf ihrem Schreibtisch lag … adressiert an dich.«

»An mich?«

»Ja, an dich. Ich habe ihn geöffnet – du musst entschuldigen.«

»Und was steht drin?«

»Vielleicht bringe ich ihn dir lieber. Ich muss nur noch ein paar Sachen erledigen, dann komme ich.«

Liebe Chiara,
ich schreibe dir aus zwei Gründen. Einmal, weil du die Einzige bist, die wirklich versucht hat, mich zu verstehen, und auch wenn es dir nicht gelungen ist, verdienst du dafür ein Lob. Und zweitens, weil es auch dein Verdienst und das deiner Polizisten-Freundin ist, dass ich beschlossen habe, alles hinter mir zu lassen und ein neues Leben zu beginnen. Seit einiger Zeit schon denke ich darüber nach, aber bisher fehlte mir der Mut. Das menschliche Gehirn ist schon ein seltsames Organ, nicht wahr? Man kann ohne Probleme eine ehemalige Geliebte umbringen, aber die alten Freundinnen und Gewohnheiten hinter sich zu lassen scheint unmöglich. Doch jetzt habe ich keine Zeit mehr zum Nachdenken, ich seid mir gefährlich nahe gekommen, als ihr Giò befragt habt, und tatsächlich ist dieser Idiot Buonanno heute Morgen gekommen, um mir zu sagen, dass ihr mir auf der Spur seid. Ich weiß nicht, was ihr gegen mich in der Hand habt, aber ein guter Spieler weiß, wann es an der Zeit ist, den Tisch zu verlassen. Ich musste auch ihn töten – ohne ein lukratives Trinkgeld wollte er nicht wieder abziehen, und ich brauche alles Bargeld, das ich bei mir habe. Wie du weißt, gehört sonst alles den Banken – ich lasse nichts zurück. Ich glaube nicht, dass wir uns jemals wiedersehen. Mach's gut.

Deine Patrizia

Freitagabend. Ein Scheißabend. Ich fühle mich leer, benommen und verwirrt. Ich sitze mit Übelkeit und Kopfschmerzen auf meinem Hocker. Die Mädels tauchen eine nach der anderen fröhlich schwatzend auf, als wäre nichts geschehen, als wäre uns nicht ein Teil unserer Welt über dem Kopf zusammengebrochen. Aber sie haben eben nicht diesen Brief von Patrizia bekommen, diesen absurden Brief, den ich immer wieder lese, um zu sehen, ob ich vielleicht eine Zeile übersprungen, ob ich mich verlesen, ob ich etwas falsch verstanden habe.

Patrizia hat Silvia umgebracht. Kaltblütig und vorsätzlich. Sie schämt sich dessen nicht, sondern sie ist froh, endlich einen Grund zu haben, alles hinter sich zu lassen und ihr Leben zu ändern. Ich frage mich, ob es der Alkohol war, der sie so hat werden lassen, oder das Gefühl von Allmacht, das einem das Koks verleiht. Mein Freund Claudio, der sich stolz mit seiner Kokainsucht brüstet, sagt, dass Koks einen Menschen niemals so sehr verändern kann – dafür muss man schon von Natur aus ein ziemliches Arschloch sein.

Wenn ich nicht entschieden hätte, den Film zu drehen, hätte ich Silvia niemals kennengelernt, dann wäre ich nie in die Ermittlungen über ihren Tod hineingezogen worden, Patrizia wäre nie aufgeflogen und wäre nicht abgehauen, und ich würde vermutlich jetzt hier sitzen und fröhlich mit ihr scherzen. Wenn ich daran denke, bekomme ich eine Gänsehaut. Dann werde ich unendlich traurig. Ich denke an die Ehemänner, die Ehefrauen, die Eltern, die Geliebten, die Geschwister aller Mörder, die ihre Lieben weiterhin besuchen, ihre Unschuld beteuern, sie lieben und ihnen verzeihen. Ich habe mich immer gefragt, wie so etwas sein kann, und plötzlich verstehe ich. Es ist einfach unmöglich, die beiden Vorstellungen zusammenzubringen – sie bilden einen viel zu großen Gegensatz. Ist es denkbar, zwanzig Jahre lang einen Mörder, eine Mörderin geliebt zu haben? Ist es möglich, keine Anzeichen dessen bemerkt zu haben, was geschehen würde? Gab es diese neue, ganz andere Person, die man jetzt vor sich hat, schon damals, und man hat es nur nicht bemerkt? Und kann eine einzige Handlung, so monströs sie auch ist, tausend andere auslöschen?

Um meine Wohnung herum gab es früher lauter kleine Sträßchen, die nirgendwohin führten, Sackgassen, die auf verlassenen Fabrikhöfen endeten, Landstraßen, die zu alten, halb verfallenen Bauernhöfen führten. Dann gab es riesige eingezäunte Flächen von unfassbaren Ausmaßen, drumherum alternative Lokale und Lagerhallen, auch sie verlassen. Irgendwann wurde eine dieser Lagerhallen abgerissen, und an ihrer Stelle wuchs ein Supermarkt in die Höhe, die Einfriedungsmauern wurden durch heckengesäumte Zäune ersetzt und im Inneren eine Reihe identischer Wohnblocks errichtet; die Landstraßen wurden asphaltiert und mit größeren Verkehrsadern verbunden, und wo vorher nie jemand entlanggefahren war, herrscht nun rund um die Uhr Verkehr. Wenn ich mich konzentriere, sehe ich mein Viertel noch vor mir, wie es vor ein paar Jahren war, aber dafür muss ich entspannt auf meinem Bett sitzen, mit einer gewissen Menge Dope im Blut. Wenn ich tagsüber die Wohnung verlasse oder wenn ich nach Hause komme, schaue ich mich um, und es gelingt mir einfach nicht, mich zu erinnern, welcher Laden früher einmal anstelle der Autohändlerin gewesen ist und in welcher dieser vollkommen veränderten Straßen Antonellas Trattoria lag. Das Gedächtnis spielt dir böse Streiche – die Gegenwart beginnt die Vergangenheit bis zu dem Punkt zu ersetzen, an dem du zu zweifeln beginnst, ob es den Waschsalon je gegeben hat, ob der Tabakladen vielleicht schon immer diesen Spielautomaten in der Ecke hatte und dass das Eis vielleicht schon immer nach Pulver und Süßstoffen geschmeckt hat.

Heute Abend vor der Tür des *Adrenalina* gelingt es mir nicht, mich zu erinnern, warum ich hier bin, und es kommt mir so vor, als hätten mich dieser Überdruss und die Unzufriedenheit schon immer begleitet. Wer sind diese Frauen um mich herum? Warum treffe ich sie seit Jahren, ohne mir je über Sinn und Unsinn Gedanken zu machen? Warum scheint mir das, was ich früher bunt, intensiv, aufregend fand, jetzt so nichtssagend und leer? Diese ganze Geschichte hat auf mich einen ähnlichen Effekt gehabt wie die Bagger, die mein Viertel zerstört haben. Meine Welt ist zusammengebrochen, und ich weiß absolut nicht, wo ich anfangen soll, sie wieder aufzubauen. Und der Film ... Wer hätte jetzt noch Lust, ihn zu beenden? Wen könnte eine lächerliche Geschichte voller Liebe und Trennungsschmerz interessieren, wenn Patrizia Silvia umgebracht hat – und nicht einmal aus Leidenschaft, wie in einem schönen Schmachtfetzen alla Mario Merola, sondern wegen Geld? Und sie ist entkommen, spaziert seelenruhig irgendwo auf der Welt herum, lacht sich ins Fäustchen, wie sie alle hereingelegt hat, und es gibt sogar Leute, die sich, nachdem sie ihre unendliche Verwunderung und ihr Entsetzen kundgetan haben, ein paar Monate später an nichts erinnern und sie mit offenen Armen empfangen würden, wenn sie denn jemals zurückkommen könnte. Sie würden sagen: ›Weißt du schon? Patrizia ist zurück.‹ ›Wirklich? Warum war sie denn noch mal weggegangen – erinnerst du dich?‹ ›Ich glaube, es ging um irgendeine Frau. Einige behaupten, sie habe sie umgebracht, aber du weißt ja, wie das ist, wenn die Dinge von Mund zu Mund wandern ...‹

»He, Chiara, lach mal wieder! Was ist denn los?«

»Sieht man mir das so sehr an?«

»Du machst ein Gesicht! Reiß dich mal etwas zusammen. Schließlich bist du Türsteherin bei einer fröhlichen Lesbenparty, nicht Lurch vor dem Haus der Addams Family!«

Manuela klopft mir auf die Schulter und geht hinein, und ich rufe ihr nach, sie soll mir was zu trinken mitbringen. Ich werde die Depression dieses Abends in Alkohol ertränken, allein nach Hause gehen, das Telefon herausziehen und drei Tage damit verbringen, zu trinken, zu rauchen und zu schlafen.

Manuela kommt mit einem Gin Tonic zurück, und als sie ihn mir reicht, taucht Simo auf.

»Mamma mia, Chiara, was für ein Gesicht! Was ist passiert? Ich kann nie wieder ein paar Tage wegfahren, wenn ich dich danach so antreffe! Was ist los? Ist es wegen Alessandra? Hat sie dich schlecht behandelt? Hat sie dir gesagt, dass es mit euch nichts wird? Hast du sie mit einer anderen erwischt?«

»Es war Patrizia ...«

»Patrizia? Aber ... Bist du wieder mit Patrizia zusammen, nach allem was sie dir angetan hat?«

»Sie hat Silvia umgebracht.«

Auf Simos Gesicht erscheint ein dermaßen dümmlicher Ausdruck, dass ich eine Sekunde lang glaube, sie fällt in Ohnmacht. Dann fängt sie an zu lachen.

»Scheiße, Chiara, einen Moment habe ich dir wirklich geglaubt ...«

Schweigen. Sie blickt mich forschend an. Sagt: »Sag mir, dass du nur Witze machst.« Sagt: »Warte, ich muss mir etwas zu trinken holen.« Einige Minuten später taucht sie mit einem Whisky on the Rocks wieder aus dem Dunkel auf, steif, ein wenig bleich, mit einem Hocker unterm Arm. Sie stellt ihn neben mich hin und bringt mühsam heraus:

»Erzähl mir alles von Anfang an.«

Und ich erzähle es ihr. Simona hört schweigend zu. Sie ist sichtlich aufgewühlt. Doch dann überrascht sie mich mit einer Frage, die keiner anderen als ihr in einem Augenblick wie diesem in den Sinn kommen könnte:

»Und – wie ist es, die Frau einer Polizistin zu sein?«

Ach, Simona, wie du mir gefehlt hast!

»Genau wie im Film. Sie ist im Büro und arbeitet, und ich sitze zu Hause und warte auf einen Anruf, der nie kommt! Die Krönung meines etwas ... turbulenten Privatlebens!«

»Etwas zum Unglück verdammten, meinst du wohl.«

Dann fixiert sie einen Punkt hinter meinem Rücken, mit einer Bangigkeit, dass es sich nur um eine ihrer Flammen handeln kann. Noch bevor ich Zeit habe, mich umzudrehen, fassen mich zwei Arme um die Taille, und eine Locke blonder Haare fällt über meine Schulter, während eine Stimme mir ins Ohr flüstert: »Ich bin nur für dich zurückgekommen, mein Schatz.«

Aaaaaaaaah! Ich fahre aus dem Schlaf auf und merke, wie ich Patrizias Namen rufe. Ich brauche einige Sekunden, um zu begreifen, dass es nur ein Traum war; dann schaue ich mich um und werde ruhiger. Es ist nicht meine Wohnung, es ist nicht mein Bett, aber Alessandra, die neben mir geschlafen hat, umarmt mich fest.

»Ein schlimmer Traum! Was hat dir dieses schreckliche Weib angetan?«

»Sie ist zurückgekommen, um mich zu sehen ...«

»Du weißt, wenn sie noch einmal einen Fuß nach Italien setzt, ist das ihr Ende. Jetzt beruhige dich, komm in meine Arme und schlaf.«

»Du weißt doch, dass ich nicht schlafen kann, wenn ich dich umarme ...«

»Und ob ich das weiß!«

Die italienische Originalausgabe erschien unter dem Titel
Volevo solo un biglietto del tram bei Robin Edizioni SRL, Roma, Italia, 2008

Sajetti, Sarah: *Chiara, Simona und die anderen* / Roman
Aus dem Italienischen von Julika Brandestini
ISBN 978-3-930041-87-9

1. Auflage 2012
Lektorat: Gitta Büchner, Bochum
Gestaltung und Satz: Grafikbüro Schadenberg, Berlin
Coverfoto: © Getty Images
Druck: CPI – Clausen & Bosse, Leck

Zwei Kulturen, zwei Traditionen, eine leidenschaftliche Liebe …

Amman, Jordanien. Drei Hochzeiten hat die temperamentvolle Palästinenserin Tala, Tochter aus reichem Hause, bereits platzen lassen. Ihre Mutter, stets um den Ruf der Familie besorgt, schäumt vor Wut. Und Tala versichert: Der vierte Versuch wird klappen! Der Bräutigam ist ein Traummann, und die Hochzeitsvorbereitungen laufen auf Hochtouren. Da trifft Tala in London ihren alten Freund Ali wieder – und dessen neue Freundin Leyla, die aus einer gutbürgerlichen indischen Familie stammt und lieber Geschichten schreibt, als in der Firma ihres Vaters zu arbeiten. Bald schon geht Tala Leyla nicht mehr aus dem Sinn …

Mitten ins Herz ist der dritte Roman von Shamim Sarif, der renommierten Autorin von *Die verborgene Welt* und *Das Leben, von dem sie träumten.*

Shamim Sarif | **Mitten ins Herz**
208 Seiten, broschiert | ISBN 978-3-930041-81-7

www.krugschadenberg.de

ANTONIA BECKER
Vielleicht fühlt sich Liebe so an